LE VICAIRE

DE

WAKEFIELD

PAR GOLDSMITH.

TRADUCTION NOUVELLE

PAR CHARLES NODIER,

De l'Académie Française.

AVEC UNE NOTICE PAR LE MÊME SUR LA VIE ET LES ŒUVRES DE GOLDSMITH

Vignettes par Tony Johannot.

Sperate, miseri; cavete, felices!

PARIS,

PUBLIÉ PAR J. HETZEL,

RUE DE RICHELIEU, 76; RUE DE MÉNARS, 10.

— 1844 —

1843

LE VICAIRE

DE

WAKEFIELD.

Paris. — Imprimerie de Schneider et Langrand, rue d'Erforth, 1.

LE DÉPART POUR LA CHASSE

... nous marchions lentement,...

Petie, par J. Hetzel

NOTICE

SUR

GOLDSMITH.

NOTICE SUR GOLDSMITH.

Si vous demandez au vulgaire ce que c'est qu'un poëte, il vous répondra qu'un poëte est un homme qui fait des vers. Celui-là est poëte, à son avis, qui ne se sert pas de la forme naturelle et commune du langage pour exprimer sa pensée ; qui sait assujettir la période à de certaines règles convenues, balancer douze syllabes entre deux hémistiches égaux sur un axe qu'on appelle la césure, en chargeant d'adjectifs auxiliaires le côté le plus léger ; éviter le *concours odieux* de deux voyelles qui se heurtent, et frapper l'oreille du retour de deux riches consonnances qui se suivent et se répondent avec une harmonieuse uniformité. Quand on a le secret de ce mécanisme, on fait des vers, on est poëte ; on rime aisément ce que les gens sensés oseraient à peine dire en prose, dans le langage de la conversation la plus abandonnée ; on range ce fatras en lignes boiteuses sur du papier blanc, avec la précaution bénévole de séparer par de larges espaces tous les paragraphes qui contiennent quelque chose de semblable à

une idée, tant on suppose que l'intelligence du lecteur serait
en peine de lutter contre deux idées à la fois ; on multiplie
les pages, on épaissit les cahiers, on le bourre de faux titres
et d'épigraphes ; on apparaît enfin au jour, à mille reflets de
la publicité, poëte dans l'affiche, poëte dans l'annonce, poëte
dans le feuilleton, poëte d'*album*, poëte de salon, poëte d'a-
cadémie, poëte partout, si ce n'est dans le livre, et de l'aveu
de tous, si ce n'est de l'aveu du génie et de la nature.
Nonobstant cela, on est poëte ; on signe Charles, Isidore, An-
nibal le poëte, on sommeille sur un oreiller de poëte ; on se
plaint d'être trop poëte pour pouvoir goûter le tranquille repos d'un simple particulier ; un journal complaisant vous appelle *le poëte*, et le sobriquet vous en reste. Le poëte n'a plus
dès lors qu'à se livrer au cours facile de sa destinée ; il as-
pire à la croix, on le décore ; au fauteuil, il s'y assied. Jamais le cœur du traître n'a palpité au trouble d'un sentiment
profond ; jamais sa flasque et monotone abondance ne l'a
communiqué à personne. Qu'importe ? il est poëte, poëte li-
cencié, poëte immatriculé, poëte profès, le poëte d'une cote-
rie, le poëte des gens qui croient aux réputations polytypées,
le poëte du vulgaire.

Il y a un autre poëte, homme ingénu, mais sensible, inven-
tif et créateur, qui sait à peine ce que c'est que poëte et poésie, qui n'apprend pas la poésie, mais qui la devine, et dont
la vie entière est un poëme spontané. Celui-là étudie moins
qu'il ne sent, et sent plus qu'il ne produit. Sa production,
c'est sa pensée, sa pensée c'est son existence, qui n'a rien de
commun avec la pensée, avec l'existence des autres. Pour lui,

la création a tous les prestiges qui l'embellissaient quand elle sortit des mains de Dieu, le présent toutes les illusions de la jeunesse du monde, et l'avenir toutes les illusions du présent. Sa vue ne se repaît que de délicieuses merveilles; son oreille n'est ouverte qu'à d'ineffables mélodies ; son cœur est, comme celui du juste, une fête perpétuelle ; et quels vains soucis pourraient en altérer jamais la sérénité? Si la société s'ébranle, il demande un asile à la nature; si la terre menace ruine, il se réfugie dans l'infini ; car l'espace qui contient tous les mondes est soumis à son imagination. La providence du poëte, qui lui a souvent refusé un domaine de quelques arpents, lui a donné l'univers. Seigneur suzerain de tout ce qui existe, parce qu'il sait jouir de toutes choses ; indifférent à toutes les vicissitudes, parce qu'il n'a point de bail avec le temps ; subissant la mauvaise fortune, comme si elle était toujours près de finir, et se confiant à la bonne, comme si elle devait durer toujours, son séjour parmi les vivants est un rêve volontaire, dont il modifie à son gré les riants caprices, et qui ne s'interrompt un moment, au bruissement de la multitude, que pour se renouer avec plus de grâce et d'harmonie à des songes nouveaux. Aucune richesse ne le tente, aucune ambition ne le séduit ; car il plane bien au-dessus de toutes les ambitions et de toutes les richesses. La gloire elle-même n'aurait qu'un faible attrait pour lui, si elle n'avait quelque chose de vague et d'imaginaire comme le reste de ses fantaisies, et si le but le plus flatteur des espérances qu'elle donne n'était pas placé hors de la vie positive, dans l'émotion d'un cœur encore inanimé, où son nom ira vibrer peut-être, dans les sympathies d'un peuple qui ne sera peut-être point. Vous ne le verrez pas se mêler des intérêts matériels de la foule, et se débattre dans le réseau mystique des disputes humaines, comme un papillon aux ailes d'or, tombé dans une toile d'araignée; ce qu'il lui faut, comme à l'aigle sur son rocher, comme au lion dans son désert, c'est l'espace, la retraite et le silence. Le hasard et la nécessité peuvent lui ravir une solitude; mais il sait se faire une solitude partout, et le consentement universel des hommes n'engagerait point sa liberté. Voilà le poëte !

Je me suis dit souvent que si j'avais, par bonheur, ce qu'il faut d'esprit pour composer un roman, et ce qu'il faut de temps pour l'écrire, je me garderais bien de faire un roman, imitation plus ou moins exagérée des événements communs de la vie de tout le monde, qui n'est propre qu'à intéresser des esprits sans culture et sans élévation. Rien n'est plus fait pour rapetisser les idées de l'homme sur l'homme que cette peinture, trop fidèle jusque dans ses mensonges, des ridicules et des travers de la civilisation. C'est pourquoi les anciens, qui avaient un sentiment bien plus exalté que nous de la dignité de l'espèce, ont à peine connu le roman, ou ne l'ont inventé qu'en désespoir du passé, pour amuser les loisirs honteux de leur décadence. Siècle de romans, siècle de corruption et de ruine. Il n'appartient qu'à la puissance d'un grand talent d'employer cette forme étroite et bourgeoise, dans l'absence des formes déchues, pour restituer de hautes notions morales qui risquent de se perdre à jamais : c'est le roman de Goldsmith et d'un très-petit nombre d'autres.

Ce que je voudrais écrire, ce n'est pas le roman : c'est l'histoire d'un de ces hommes souverainement sensibles et souverainement intelligents, dont la vie mystérieuse touche à tout et ne se mêle à rien; qui ne communiquent avec le monde matériel que par les rapports qu'imposent le devoir ou le besoin, et qui embrassent le monde moral dans leurs conceptions; qui ne tiennent sur la terre que la place d'un enfant naïf et timide, qui n'y exercent que les droits limités de l'ilote et du paria, et dont la parole fera un jour la loi aux sages et aux potentats ; histoire ordinairement simple dans les événements, mais étrange et variée dans les sensations ; pleine d'espérances dont l'objet nous échappe, de luttes et de triomphes, d'entreprises et de conquêtes, de joies indicibles et de profondes douleurs que nous connaissons à peine, parce qu'elles appartiennent à une espèce plus relevée que la nôtre ; immense, enfin, dans ses tentatives, dans ses déceptions, dans ses jouissances, dans ses péripéties, dans son cours et dans sa fin, comme la nature, comme la poésie, comme l'âme, parce que l'histoire de la nature, de la poésie, de l'âme, c'est l'histoire même du poëte, parce que le cœur du poëte contient, et bien plus encore, tout ce que l'humanité a senti, aime tout ce qu'elle a aimé, possède tout ce qu'elle envie, souffre, quand il s'y condamne par la libre action de la pensée, tout ce qu'elle est capable de souffrir. J'exprimerais dans un seul type tous les traits dont se compose la physionomie mobile et presque insaisissable de l'homme. J'écrirais l'histoire d'Olivier Goldsmith.

Il suffit de jeter les yeux sur la forme de cet écrit pour

comprendre qu'au sujet près, il ne ressemble en rien au livre que je voudrais faire; je ne suis pas plus maître que ne l'était Olivier Goldsmith lui-même du choix, des développements, de la mesure de mes ouvrages, et, après un tel exemple, j'aurais mauvaise grâce de m'en plaindre. Ce que j'entreprends, c'est une notice réservée à la destinée ordinaire des notices, et dont le lecteur, justement impatient de connaître le chef-d'œuvre de Goldsmith, s'il ne le connaît point encore, plus impatient de le relire, s'il l'a déjà lu, se hâtera sagement de se débarrasser, comme du voile grossier qui couvre un tableau précieux. C'est justice, car une notice n'est pas autre chose; et je déclare, dans la sincérité de ma conscience, qu'il ne saurait prendre un meilleur parti.

Olivier Goldsmith naquit en Irlande le 29 novembre 1728. Deux villages se sont disputé, depuis sa mort, l'honneur de l'avoir produit; Pallas, dans le comté de Dongford; Elphin, dans le comté de Roscommon. Les probabilités sont en faveur du premier, et il faut se contenter des probabilités sur cet événement qui date d'un siècle. Si Olivier Goldsmith n'avait été qu'un propriétaire opulent, on saurait plus positivement à quoi s'en tenir.

Olivier fut le second fils d'un ecclésiastique, le révérend Charles Goldsmith; et sa mère était fille d'un maître d'école d'Elphin, nommé Olivier Jones; sa famille était nombreuse, puisqu'il eut quatre frères et deux sœurs. Son modique patrimoine lui offrait donc peu de chances de fortune; et comme il était né poëte, au véritable sens de ce mot, on devine aisément qu'il en trouva peu dans son caractère; il s'enrichit, du

moins, dans cette excellente maison, de trésors plus précieux
que l'or. Il y apprit les douceurs incomparables de la vie intérieure ; il y reçut les exemples les plus touchants de la piété
paternelle ; il y vécut au milieu des beautés naturelles les
plus fécondes en inspirations ; il y respira cette première vie
de l'âme, qui se compose de bienveillance, d'amour, de religion, de tout ce qu'il y a d'affectueux et de tendre dans les
sentiments de l'homme, et qui s'est répandue avec tant de
charme dans ses écrits. Quel que soit l'obscur berceau d'une
enfance prédestinée à la gloire, il n'y a point de génie bien-
faisant qui ne doive beaucoup à son père.

Il avait été convenu dans la famille d'Olivier qu'on en ferait
un commerçant. C'est une carrière dont les habitudes se con-
cilient assez bien avec celles de la littérature actuelle ; mais
la poésie du temps de Goldsmith ne s'était pas encore élevée
à ce genre de combinaisons. Il n'y avait pas une seule maison
de banque ouverte en Europe sous la raison de l'esprit. Toutes les sciences exigées du jeune candidat qui postulait pour
les honneurs du comptoir et du magasin, se réduisaient à la
lecture, à l'écriture, à l'arithmétique, et c'est à peu près tout
ce qu'il faut pour tenir l'aune ou la balance ; mais Goldsmith
devait se trouver bientôt une autre vocation. Le hasard lui
donna pour maître un vieux militaire, dont la jeunesse s'était
passée en voyages lointains, et qui aimait, comme tous les
voyageurs, à raconter ses aventures, en les relevant de circonstances extraordinaires qui n'étaient peut-être pas vraies.
Comme c'était déjà de la poésie, l'âme de notre écolier s'ou-
vrit avidement à ces merveilles. Il entrevit les régions de l'in-

connu, il les agrandit, il les peupla, il y construisit des mondes. Son imagination venait de se révéler avec l'instinct de la
variété, du mouvement, de l'espace. Il rêva le sort agité de
Pinto, le désert muet de Robinson, les vicissitudes de la vie
réelle, les chimères de la vie fantastique. En lui s'éleva un
invincible besoin d'activité, de transformation, d'expansion
universelle, une inquiétude curieuse, impatiente, obstinée,
qui n'était pas sans douceur, et dont il ignorait le nom. C'é-
tait l'accomplissement d'un grand phénomène, son génie qui
se faisait homme !

Le jeune Olivier se fit remarquer alors par ces bizarreries
de costume, d'habitudes, de caractère, qui révèlent la puberté
de l'âme dans les organisations distinguées ; car l'enfance et
l'adolescence des grands hommes ne ressemblent point à celles
des autres. Son humeur vive et passionnée, presque toujours
prête à s'épancher en saillies capricieuses, avait cependant de
singulières alternatives. On le voyait tomber de temps en
temps dans un recueillement austère, et se perdre tout à coup
dans des rêveries mélancoliques, dont la folle ivresse de ses
camarades avait peine à le tirer. C'était l'entretien secret de
la muse qui absorbait toutes ses pensées, en lui découvrant des
mystères sérieux, que personne autour de lui n'était capable
de comprendre. Tout ce qu'on savait de lui, c'est qu'il semblait parler et répondre à une voix intérieure qui l'appelait
dans les bois. Si on le suivait de loin pour le surprendre, on
le voyait arrêté, les yeux fixés sur un point du ciel, comme si
son imagination y avait réalisé une forme vivante, et recueil-
lant sur ses tablettes les paroles qui en descendaient, mais

qui ne se faisaient entendre qu'à lui. Quelques observateurs plus patients et plus adroits avaient profité de ses distractions pour s'assurer que les lignes qu'il traçait ainsi n'aboutissaient pas également à la marge de son papier, et ils en avaient conclu avec raison que son démon familier lui dictait des vers. Rien d'ailleurs ne l'avait prouvé ; car chaque feuille disparaissait, abandonnée aux vents comme celles de la Sibylle, aussitôt qu'elle était couverte ; et ce dédain de la pensée écrite n'est pas une chose indigne d'attention dans les essais d'un talent précoce. C'est lui qui marque essentiellement ce qu'il y a de différence entre le poëte et le versificateur ; le poëte n'est jamais satisfait de son ouvrage ; le versificateur l'est toujours. La nature, pour lui bienveillante, a voulu que ses jouissances fussent à bon marché comme sa réputation. Les gloires solides sont à plus haut prix.

Le bruit de la folie de Goldsmith parvint à sa famille ; et sa mère, ayant compris qu'on en ferait difficilement un homme d'affaires, prit le parti désespéré d'en faire un homme de lettres. On ne portait pas ce titre alors sans études préliminaires, et Olivier fut envoyé aux écoles classiques, où il se distingua rapidement. Ce n'était plus cependant ce maître ingénieux qui récitait de si belles histoires dans les intervalles de ses leçons, mais un pédant frotté de grec et de latin, qui avait l'esprit en horreur comme tous les pédants, et qui réprimait les élans de l'imagination par de mauvais traitements et par des supplices. Un jour, le farouche professeur surprit Olivier dans un banquet consacré aux Muses, mais où l'amour avait été probablement invité, et il frappa le jeune

poëte devant des femmes. De cet instant commence l'émanci-
pation littéraire de Goldsmith, et cette aigreur romanesque
d'une âme sensible aux outrages, qui le rendit quelquefois
suspect au pouvoir. S'il faut en croire des mémoires qui ne
sont pas bien avérés, on le vit figurer à dix-neuf ans dans une
sédition d'étudiants où le sang coula, et qui avait pour objet
la délivrance des malfaiteurs de Newgate. Ces hallucinations
déplorables sont malheureusement communes dans un génie
encore libre du frein de la raison et de l'expérience, qui
prend ses emportements pour des inspirations, ses illusions
pour des vérités, ses caprices pour des règles, et il ne serait
pas trop étonnant que notre jeune poëte eût deviné le rôle
excentrique de *Charles Moor*, à l'âge où, quelques années
après, Schiller devait le concevoir et le peindre.

Quoi qu'il en soit, le penchant inquiet qui l'entraînait vers
l'indépendance ne lui fit pas négliger entièrement ses travaux
commencés; seulement il y porta cette irrésolution de poëte
qui ne sait où se prendre parce qu'elle est propre à tout, et
qui s'explique très-bien dans un esprit original, pénétré de la
conscience de son avenir, mais qui ne sert que trop souvent
de prétexte à la paresse et à la vanité. Ces alternatives d'études sévères et d'insouciant vagabondage composent toute l'histoire de sa jeunesse. Il entreprend une éducation, en épargne
soigneusement les honoraires pour acheter un cheval, et crève
son cheval en courant de port en port à la recherche d'un vais-
seau pour quelque région très-lointaine, car les récits de son
premier instituteur n'étaient pas sortis de sa mémoire. Arrivé
à Cork, il paye, de l'argent qui lui reste, son passage en Améri-

que. Les vents contraires le retiennent, et il profite, pour
visiter la ville de Cork, où il allait s'embarquer, du moment que
son capitaine a pris pour faire voile. Il renonce alors à la carrière de l'Église et de la prédication pour suivre celle de la
jurisprudence et du barreau. Il ne portera plus les lumières
du christianisme aux sauvages, mais il défendra l'innocent
opprimé ; il couvrira d'une protection tutélaire les droits de la
veuve et de l'orphelin ; il accomplira en Europe des devoirs qui
ne sont guère moins difficiles, et qui sont bien plus mal compris que ceux de l'apôtre des missions. Grâces aux bontés de
M. Contarine, son oncle et son tuteur, il se dispose à venir
étudier le droit à l'école du Temple, de Londres ; mais un
escroc le rencontre à Dublin, et le dépouille au jeu. De retour
dans sa famille, après deux voyages qu'il n'a pas faits, il sent
se développer en lui un goût passionné pour les sciences mé-
dicales, qu'il n'a pas étudiées. Sa mère, frappée de ses dispositions pour l'art équivoque d'Hippocrate, l'envoie au collége
d'Édimbourg, où il se lie avec les jeunes gens les plus dissipés,
prodigue son faible pécule avec ceux qui ont, s'épuise en faveur de ceux qui n'ont pas, solde pour tous, et répond quand
il ne peut payer, tranquille de toute la sécurité d'un poëte,
jusqu'au jour des échéances, jour fatal où les exigences de la
loi n'épargnent ni les médecins, ni les légistes. Heureusement
la mer lui reste encore ; il n'a pu ni l'engager, ni la vendre, et
la renommée atteste que l'anatomie fleurit en Hollande sous
Albinus, la chimie sous Gaubius, la médecine dans toutes ses
parties sous les traditions encore récentes de Boërhaave. Olivier Goldsmith se rend à Leyde, ou, pour mieux dire, il s'y

sauve, car il n'y avait plus moyen pour lui de rester en Écosse.
Là il étudie, comme à Édimbourg, comme à Dublin, comme
il avait étudié à Londres ; saisissant à la volée quelques leçons
qui s'élaborent spontanément dans son esprit, donnant le reste
de son temps à la distraction, au plaisir, et payant à tout prix
quelques piquantes observations de mœurs qui ont depuis enrichi ses ouvrages, mais qu'il allait rarement chercher dans
la bonne compagnie ; au demeurant, naïf, sincère, affectueux,
plein de cœur et d'honnêtes sentiments, comme l'écolier d'Elphin, et faisant passer avant toutes ses dépenses l'acquisition
de quelques fleurs destinées à cet excellent M. Contarine, son
aveugle et patiente providence, qui aimait les fleurs comme un
Hollandais. Les plantes rares sont fort chères à Leyde ; il y
avait bien des plaisirs faciles dans le prix d'un oignon de tulipe ; mais cette considération n'arrêtait jamais Olivier quand
il avait de l'argent. Le regret de manquer une bonne occasion
d'enrichir le petit jardin de son oncle dut, en revanche, le
désoler plus d'une fois quand il n'en avait pas, et cela lui
arrivait souvent.

Olivier s'était donc approprié une multitude d'idées qui
devaient lui servir de ressources quand il aurait épuisé toutes
les autres, mais que le temps, la réflexion et le malheur n'a-
vaient pas encore mûries. Il venait de finir ses cours sans
s'être procuré le moyen d'exercer un état, et récapitulait amè-
rement tant de connaissances acquises dont aucune ne pouvait fournir aux nécessités les plus urgentes de sa vie, lorsqu'il se rappela tout à coup qu'il savait un peu jouer de la
flûte. Oh ! quel ravissement ne dut pas remplacer son déses-

poir à cette conviction si soudaine, si imprévue, si consolante : *Je sais jouer de la flûte!* De quelle volupté parfaite ne vint-elle pas enivrer son imagination aventureuse! avec quel charme ne se prolongea-t-elle pas dans les rêves de son sommeil! C'était l'époque des fêtes de village, l'époque des danses joyeuses et des plaisirs rustiques. Jamais la saison n'avait été plus belle ; jamais les ardeurs d'un soleil plus resplendissant n'avaient été tempérées par un air plus pur et plus doux. On est sûr alors d'être accueilli avec empressement partout où il y a de jeunes filles, des amants et des ombrages, quand on sait jouer de la flûte ; et il ne faut pas imaginer que ce ménestrel ambulant, qui excite de si vives émotions, ait rien à envier au bonheur des autres artistes. Il est pauvre, mais sa mendicité est celle d'Homère, qui donne des jouissances inexprimables pour un morceau de pain. C'est le berger poëte des Bucoliques ; c'est le troubadour des châtelaines ; c'est, comme Apollon exilé, l'arbitre et le roi des jeux champêtres ; c'est lui qui arrive aux jours fixés pour réparer les fatigues de la semaine, pour encourager les amours, pour calmer les inimitiés, pour faire oublier les maux soufferts. Lui seul embellit ce que l'art le plus raffiné n'oserait se proposer d'embellir, la campagne et les bois. Toutes ces merveilles s'opèrent avec une flûte. Le lendemain, Olivier vendit ses hardes et ses livres, paya ses dettes, se réserva quelque monnaie commune pour un besoin inattendu, et partit avec sa flûte. Je me connais peu en plaisirs, mais il me semble qu'un jour pareil doit être le plus heureux de la vie.

Goldsmith traversa ainsi la Hollande, la Flandre, la France,

la Suisse, l'Italie; tantôt méditant sur les sciences qu'il avait
apprises, tantôt composant des vers qu'il ne détruisait plus,
parce qu'ils commençaient à le contenter ; vivant partout des
modestes bénéfices d'un musicien de village, et n'oubliant
nulle part qu'il devait quelque chose de plus aux espérances
de sa mère. Un jour, ce joueur de flûte alla se faire recevoir
docteur en médecine à Padoue ; et le lendemain, plus paisible sur son avenir, s'il en avait jamais douté, il revint faire
danser les brunes et piquantes paysannes des rives de la
Brenta. C'est alors qu'il dut se comparer, en souriant, au dieu
même de la poésie, qui savait également guérir les maladies
du corps et les maladies de l'esprit, et qui avait, comme lui,
parcouru le monde avec des simples et des chansons. Il avait
près de vingt-huit ans quand il rentra en Angleterre, pauvre
comme il en était parti ; mais fortifié contre toutes les vicissitudes par une philosophie insouciante et rieuse : « Que m'im-
« portent, disait-il, les vains caprices de la fortune ? En quel-
« que lieu que je me trouve, et quel que soit le destin qu'elle
« me réserve, j'ai ma part des dons de la terre. Le soleil luit
« pour moi comme pour les riches ; la nature se pare pour
« moi comme pour eux de ses habits de printemps, et il faut
« si peu de chose à l'homme ! » Il se présenta cependant aux
chefs sottement gourmés de quelques maisons d'éducation, à
quelques directeurs d'hôpitaux, à quelques riches apothicai-
res. C'était, hélas ! la saison où la cigale ne chante plus. Les
avares fourmis de la cité de Londres lui conseillèrent de danser. Il est vrai que sa figure ouverte, mais commune, et que la
petite vérole n'avait pas épargnée, son mauvais accent irlan-

dais, qu'il ne perdit jamais, car les bonnes gens ne perdent
jamais leur accent, et son costume délabré, qui ne rappelait
que trop, dans ce qui lui restait de sa forme primitive, la vie
nomade du ménétrier, ne prévenaient point en sa faveur. Le
docteur de Padoue n'obtint qu'à peine et tour à tour une place
d'aide dans un laboratoire de chimie, et de sous-instituteur
à Peckam. Comme les expéditions lointaines l'avaient toujours
tenté, il se consolait de ses mécomptes en sollicitant la place
de médecin d'une factorerie anglaise sur la côte de Coroman-
del, et il fut nommé cette fois sans difficulté, parce qu'il n'a-
vait point de concurrent; mais ce voyage ne s'accomplit pas
plus que celui de Cork. Un ouvrage, qu'il s'était hâté de publier pour subvenir aux frais de la traversée, avait alléché les
libraires, et le public demandait des livres de Goldsmith. Le
poëte, bien convaincu qu'il venait de découvrir dans son écri-
toire un trésor plus inépuisable que les mines d'El-Dorado,
ne pensa plus qu'à jouir de sa fortune imprévue. Il ne savait
pas encore que la faveur de la multitude est plus inconstante
que les mers; il ne savait pas qu'elle a, comme les mers, ses
écueils, ses tempêtes, et surtout ses pirates; il devint écrivain
de profession pour le bonheur de ses lecteurs à venir, et non
pas pour le sien. Dieu sait combien de fois, à la merci des
caprices d'une populace de peu d'esprit, ou de l'avarice d'un
bibliopole spéculateur, il regretta sa flûte, ses fêtes pastorales,
et sa liberté. Quant à moi, j'en suis encore à comprendre
comment on peut se livrer à cette vie d'agitations insensées
et de pénibles désabusements, de luttes sans honneur et de
fatigues sans fruit, d'amertume, d'angoisses et d'affronts, qui

est la vie de ce qu'on appelle un homme de lettres, quand on
sait jouer de la flûte, ou qu'on peut exercer tout autre métier
innocent et obscur qui fournit sans peine aux besoins de la
journée.

Cependant l'argent venait, car les libraires anglais payent
quelquefois ; et Goldsmith, ébloui de son opulence d'un moment, la mit à profit comme un poëte. Il lui fallut du luxe,
des meubles élégants, de riches tapis, des livres précieux, un
bel et vaste appartement. Quelques semaines après, ses créanciers lui en firent une prison, où il regretta souvent la paille
sur laquelle il avait dormi, si libre et si heureux, au temps
de sa pauvreté. Là se réveillèrent tous les souvenirs d'un
bonheur inappréciable que l'on n'a pas su goûter ; toutes ces
idées fraîches et pures qui n'apparaissent qu'à la jeunesse,
et qui deviennent le talent de l'âge mûr dans les hommes
qu'une mauvaise destinée a voués au talent d'écrire. Là se
ranimèrent, sous leur aspect le plus doux, et revêtus de leurs
plus naïves couleurs, les tableaux touchants de la ferme et
du village, l'intérieur grave et tendre de la famille, le portrait du paisible agriculteur et du bon prêtre. Il y composa
le *Vicaire de Wakefield*. Johnson, qui chérissait déjà l'auteur,
se chargea de la vente du manuscrit ; et le libraire vint lever
la consigne du tapissier.

Le Vicaire de Wakefield répara une partie des folles profusions de Goldsmith ; mais il ne lui fournit pas le moyen de
se livrer de nouveau à son penchant pour la dépense. Heureusement cet ouvrage l'avait recommandé à d'illustres amitiés qui, sans être en position de servir beaucoup à sa for-

tune, étaient capables du moins de lui assurer l'honorable
indépendance du travail. L'auteur du *Vicaire de Wakefield*
pouvait être prote, sans déroger, dans l'imprimerie de l'auteur de *Clarisse Harlowe*, et il entra, sous ce titre, chez l'im-
mortel Richardson. On aurait bien de la peine à trouver
maintenant chez nos habiles typographes deux ouvriers de
cet ordre-là.

Avec Jonhson et Richardson, les deux meilleurs camarades de Goldsmith étaient le fantasque Shéridan et le sévère
Burke. Entendez-vous! Johnson, Richardson, Shéridan,
Burke et Goldsmith! Société merveilleuse de jeunes talents
sans orgueil, où chacun jouissait du talent des autres sans
l'envier, et dans laquelle la seule primauté reconnue appartenait à qui saurait aimer le mieux! Ce serait aussi une chose
assez remarquée aujourd'hui. Jonhson ne connaissait aucun
style qui fût comparable à celui de Goldsmith; et, de son
côté, Goldsmith, épris de la période large et nombreuse de
Jonhson, n'aspirait qu'à l'imiter. Si quelque admirateur ob-
séquieux s'attachait de préférence à une de ses pages : « Ne
« vous y trompez pas, disait Goldsmith, c'est que j'étais in-
« spiré, ce jour-là, par sa conversation ou par sa lecture, et
« que je faisais du vrai Jonhson. » Jonhson lui serrait alors
la main, et lui disait en souriant : « Fais du Goldsmith. »

Depuis longtemps déjà, dans mon récit, Goldsmith a em-
brassé la profession d'auteur; et il y a par conséquent longtemps que j'aurais abandonné l'histoire du poëte, si je parlais d'un autre poëte. Heureux dans le roman, heureux dans
la comédie, heureux même dans de misérables compilations

ou dans des esquisses mal terminées, qui le faisaient vivre, Goldsmith avait conservé la naïveté de son cœur dans la maturité de son esprit. C'était déjà un écrivain à la mode, et c'était encore Goldsmith, une puissance ingénieuse qui ne croyait pas en elle-même, et qui regardait ses triomphes comme le caprice d'un goût passager. Un jour, on lui avait apporté cent guinées pour l'ébauche d'une de ses plus délicieuses compositions, *le Village abandonné*. Il était, le lendemain, de bonne heure, à la porte du libraire; car il n'avait pas dormi. « C'est trop, lui dit-il; reprenez votre argent qui « me gêne, et payez-moi en raison de la vente, si vous ven- « dez. » Le libraire vendit et paya. On croirait lire les *Mille et une Nuits*.

Tant de talents, de désintéressement et de pauvreté firent du bruit dans le monde; car on parvient quelquefois à occuper le monde, sans le savoir, par la modestie et par la simplicité; mais il ne faut pas trop compter là-dessus; et l'autre voie était la plus sûre du temps de Goldsmith, comme du nôtre. Dans un de ses moments de détresse, la protection de Reynolds lui fit obtenir la place de professeur honoraire d'histoire, qui ne rapportait point d'appointements, et que le poëte nécessiteux comparait, dans son style pittoresque, « à une « paire de manchettes au poing d'un homme qui n'a pas de « chemise. » La justice du ministre fut cependant généralement glorifiée. C'était bien mieux que Mécène. Il avait envoyé des manchettes à Goldsmith.

La variété de ces connaissances acquises à la hâte, mais élaborées avec soin, dont Goldsmith s'était enrichi dans sa jeunesse, le rendait propre à écrire sur une multitude de matières, sans recommencer de longues et fatigantes études. Tantôt il composait des pages d'histoire naturelle, auxquelles, suivant l'expression de Jonhson, il donnait le charme des contes persans; tantôt il entreprenait un *Dictionnaire universel des sciences et des arts*, qu'il était seul capable d'entreprendre, mais qui ne trouva pas de souscripteurs, parce que son exécution parut impossible. Ce qu'il y avait de plus sûr dans ses moyens d'exister au jour le jour se fondait sur le produit des *prospectus* et des *préfaces* qu'on lui demandait de toutes parts, non pas en considération de son talent, qui ne pouvait guère se développer dans ce misérable métier, mais parce qu'il était pauvre, et que le travail du pauvre est à bon marché. L'estime publique, si propice aux importants et aux sots, suit rarement, dans ses humbles labeurs, l'infortuné qui écrit pour vivre; et il y a dans le cœur des parvenus de la littérature, si cette espèce a un cœur, un penchant inexorable à dénigrer le mérite qui n'a pas conquis la fortune. On reprochait à Goldsmith de n'avoir donné que des espérances, et de ne plus faire de livres, comme si on pouvait amasser patiemment, pendant des années assidues, les éléments d'un livre durable, quand on n'a pas de pain pour une semaine. L'auteur du *Vicaire de Wakefield*, du *Village abandonné*, du *Voyageur*, de tant d'autres pages inimitables, qu'on renfermerait dans deux petits volumes, content de ce qu'il avait fait pour sa gloire, et on le serait à moins, avait, pour ainsi dire, immolé son génie aux autels de la nécessité. Incapable de se mêler à des intrigues honteuses, et d'acheter de son honneur une

d

part de célébrité dans le commerce des réputations, il se sou-
mit avec courage aux dures conditions de la vie du manœu-
vre littéraire, et il accepta le dédain des patriciens de la parole pour conserver sa liberté. Que sont devenus aujourd'hui
ses critiques et ses juges? Les pauvres gens sont morts; et les
deux petits volumes de cet ouvrier des libraires, si dédaigné
de ses émules oubliés, vivront éternellement.

Il restait cependant au fond de l'âme de Goldsmith un
vain secret d'amertume. Il savait, lui, mieux que personne,
qu'il n'avait pas accompli sa destinée; il regrettait d'avoir jeté
son nom aux jugements indiscrets du public sans s'être fait
voir tout entier; il repassait dans sa mémoire tant de jours
d'espérance où il avait cru savoir le moyen de faire jaillir une
lumière immortelle des ténèbres de sa jeunesse; il déplorait
le malheur d'être méconnu, incomparablement plus cruel que
celui d'être inconnu; il aurait voulu que sa pensée pût se
manifester d'un seul jet à la conscience des hommes intelligents et sensibles, pour en humilier les stupides préventions
de ses contemporains, et il attendait impatiemment un instant
à dérober au besoin, pour montrer aux yeux de la foule quelque chose qui fût Goldsmith. En ce temps-là, une fièvre ner-
veuse, à laquelle il était sujet depuis l'enfance, vint l'assaillir
au milieu de ses rêves, et l'emporta le 4 avril 1774, à l'âge
de quarante-cinq ans, heureux du moins de mourir à une
époque où le talent passe encore pour vivant, et où l'on compte
au nombre des calamités du pays la mort d'un écrivain *qui
promet*. Ses obsèques furent sans éclat comme sa fortune et son
nom; mais on vint peu de temps après le relever de la couche

commune pour couvrir le cadavre du poëte des marbres pom-
peux de Westminster. Pauvre Goldsmith !

C'est peu de chose en dernier lieu que l'illustration de
l'esprit. Ce qui élève un homme au-dessus de tous les autres,
c'est la bienveillance et la vertu. Si la bonté avait voulu se
faire représenter sur la terre, elle se serait incarnée dans
Goldsmith; elle se joignait en lui à cette ingénuité confiante
qui prête souvent au ridicule, mais qui ne fait rire que l'é-
goïsme. Comme il avait été malheureux toute sa vie, il n'y avait
point de malheur qui ne le touchât. Quand il avait de l'argent, il le donnait; quand il espérait de l'argent, il répondait
pour ceux qui en avaient besoin; quand il n'avait ni argent ni
espérances, il dédoublait sa garde-robe ou engageait le dernier
de ses bijoux. Un auteur pauvre et un pauvre auteur (cette
noble profession n'exclut pas la bassesse des sentiments), protestant qu'il se relèverait de sa misère s'il pouvait, sous un
habit décent, présenter à la duchesse de Marlborough deux
magnifiques souris blanches dont elle était fort curieuse,
Goldsmith lui prêta sa montre pour l'offrir en nantissement
d'un habit, et ne revit jamais ni la montre ni l'emprunteur ;
mais je présume que les deux souris blanches de la duchesse
de Marlborough menèrent celui-ci bien loin. Audacieux, flatteur, fourbe et ingrat, que lui manquait-il pour réussir ?

Le chevalier Croft, qui avait été le meilleur ami de Goldsmith, et qui méritait bien de l'être, m'a dit souvent que le
système de Goldsmith était d'obliger jusqu'au point de se
mettre exactement dans la position de l'indigent qu'il avait
secouru; et quand on lui reprochait ces libéralités impru-

dentes, par lesquelles il se substituait à la détresse d'un inconnu, il se contentait de répondre : « J'ai des ressources, moi,
« et ce malheureux n'avait de ressources que moi. »

Goldsmith avait pris possession de ces ressources dont il était
si fier, comme de ces régions inconnues qu'il se figurait dans
l'enfance. Il ne savait pas précisément pourquoi il avait des
ressources, et il se demandait quelquefois si le talent n'est
que cela? Il était devenu d'autant plus modeste en grandis-
sant de renommée, que l'opinion qu'il s'était formée du génie
excédait toutes les idées qu'il avait conçues de lui-même. Il
faisait cas des sympathies qu'il excitait, comme d'un simple
hommage du cœur, et il rapportait les témoignages d'enthousiasme dont il était assailli, à la sensibilité de quelques organisations vives et tendres comme la sienne. Il se félicitait d'être
aimé de plusieurs, parce qu'il n'y avait rien, selon lui, de pré-
férable au bonheur d'être aimé ; mais on l'aurait blessé en le
louant, parce qu'il doutait qu'il fût poëte.

La modestie de l'homme de lettres est une vertu si rare, que
personne ne s'en avise ; et celle de Goldsmith avait été, sans
difficulté, prise au mot. Il était par conséquent timide, comme
les gens modestes à la médiocrité desquels on croit sur parole, et gauche comme les gens timides. Les hommes de ce
caractère ne parviennent jamais à rien, et Goldsmith serait
mort pauvre et dédaigné à quatre-vingts ans comme à quarante-
cinq. Il osait à peine porter la parole dans la société même de
ses amis, parce que sa parole n'avait d'autorité que lorsqu'elle
était écrite, et qu'elle remontait à sa source avec l'approbation désintéressée de ceux qui ne l'avaient pas entendue de sa

bouche. Il ne manquait pas de saillies spirituelles, dont il était
le seul à sourire ; mais il n'en jouissait réellement que lorsqu'elles avaient été répétées avec assurance par un sot. Le seul
point dont on convenait volontiers, c'est que Goldsmith était
un bon homme, et Goldsmith avait eu l'excellent esprit de se
contenter de ce succès, qui est, à la vérité, le meilleur de tous.
La postérité lui a fait sa part, et je doute qu'il s'en soit beaucoup soucié de son vivant.

Voilà la vie de Goldsmith, comme je l'ai apprise de ses contemporains, et comme je crois la comprendre. J'ai été fidèle
au type de sa médaille ; mais j'en connaissais le revers. La
mauvaise fortune qui l'a poursuivi durant sa vie entière ne
devait pas même lui donner de relâche devant la postérité.
C'est qu'on n'est pas impunément un grand homme pour l'a-
venir, quand on a été méconnu de son siècle. Il fallait bien
que la médiocrité insolente qui accabla Goldsmith d'un sot
dédain se vengeât de quelque manière du triomphe tardif
qu'on décernait à sa mémoire. Il était mort jeune au milieu
d'un monde jeune et vivace d'auteurs, de critiques et de prétendus gens de goût, qui n'avaient pas su l'apprécier, et qui
ne pouvaient se justifier de leur indifférence qu'en le calom-
niant. Cette tactique n'est pas nouvelle ; ce qui est déplorable,
c'est qu'elle réussit toujours.

Il est donc convenu qu'on laissera Goldsmith en libre possession de sa renommée d'écrivain et de poëte, qu'il serait
d'ailleurs difficile de lui ravir ; mais on flétrira sa vie pour
s'excuser d'avoir mal jugé son talent. On vous dira que l'auteur
du *Vicaire de Wakefield* n'était au fond qu'un vagabond, un

mendiant, un aventurier, un fou, tranchons le mot, un misérable. On ramassera dans d'ignobles et indécentes satires
quelques méchantes anecdotes évidemment controuvées, et
on s'écriera fièrement : — Voilà celui que nous avons rebuté,
humilié, navré de nos mépris, celui que nous avons réduit à
la misère et au désespoir, le véritable Goldsmith ! Et si notre
sévérité n'a pas été désarmée par la grâce de son esprit, par
le charme touchant de ses inventions, par la pureté même de
sentiments et de principes qui brille dans tous ses écrits, c'est
que nous sommes avant tout des gens moraux et austères, qui
ne pensent pas que le génie puisse tenir lieu de compensation à la vertu. — Détestable hypocrisie !

Moi aussi je suis peu disposé à l'indulgence pour des fautes
graves, qui prétendent se couvrir de l'excuse du talent ! Moi
aussi, je repousse avec indignation cette compensation impie
qui affranchit un grand homme du devoir d'être un honnête
homme ! Je vais plus loin : je suis convaincu que cette alliance
imaginaire de la perversité des mœurs et de l'élévation du
génie a toujours été une chose impossible. De l'esprit, de
l'imagination, un savoir immense, une facilité inépuisable,
une énergie qui ne se rebute jamais, tout cela peut, hélas ! se
trouver dans un méchant. Ce qui est défendu par la nature à
un méchant, c'est de sentir, c'est d'aimer, c'est de se faire
aimer de ceux qui aiment, c'est de contrefaire l'émotion d'une
âme pure, c'est d'imiter le cri du cœur. Réunissez en un seul
écrivain tous les méchants qui ont eu de la gloire, il n'y en a
malheureusement que trop ! je le mettrai au défi de faire le
Vicaire de Wakefield, ou rien qui y ressemble. Presque tous les

écrits des méchants sont de mauvaises actions. Les méchants ne peuvent pas mentir à leur naturel.

Loin de moi cependant l'intention de présenter la vie de Goldsmith comme une vie sans reproche. C'est avec sincérité que j'y ai fait la part de l'abandon, de la nonchalance et du désordre. Il n'y a certainement rien d'honorable dans cette négligence de soi-même qui laisse aller les jours au caprice de la nécessité, dans cette paresseuse insouciance du cœur et de l'esprit, qui ne regarde pas la conduite comme une affaire, et qui remet au hasard des événements tout ce que la prudence et la raison s'efforceraient de lui dérober. Quiconque a vécu sans règle, a mal vécu; et l'exemple de Goldsmith ne servirait pas d'excuse à ceux qui ont eu le malheur de le suivre; mais Goldsmith n'est pas de ces hommes qu'il soit permis de juger à la rigueur d'après le texte littéral de la loi commune, ou plutôt, Goldsmith n'est pas même un homme; c'est un enfant ingénieux et sensible, qui a toute l'inexpérience, tous les défauts des enfants, et qu'on est souvent obligé de plaindre, mais auquel tout le monde aurait pardonné ses torts innocents, si l'injustice et l'envie pardonnaient jamais.

Je ne dirai rien des nombreux écrits de Goldsmith. Les lecteurs qui sont curieux de ce genre de particularités en trouveront les titres dans les biographies et dans les catalogues. Ils ne dédaigneront pas même ce livre malencontreusement publié sous son nom, dans lequel un géographe maladroit fait couler l'Indus entre la Chine et le Japon, et soumet le souverain du grand empire à la loi de Mahomet. Ils plaindront Goldsmith, qui fut obligé de prêter son crédit à de pareilles turpitudes, sans les avoir lues, et qui s'y laissa entraîner d'autant plus aisément qu'il avait coutume de cautionner les insolvables; mais ils chercheront sa préface, parce que c'est une préface de Goldsmith.

Je ne m'arrêterai pas davantage au *Vicaire de Wakefield*, sur lequel il n'y a rien à dire de nouveau, et qui a pris, de l'aveu de tout le monde, une place distinguée parmi les chefs-d'œuvre les plus exquis de la littérature. Ce qu'il conviendrait d'expliquer, c'est pourquoi j'annonce une nouvelle traduction d'un livre six fois traduit dans notre langue, et qui l'a été souvent avec assez de bonheur, puisqu'il n'a rien manqué jusqu'ici à son succès. On pourra décider, en comparant, si ce dernier travail est une œuvre de jugement ou une œuvre de présomption; et je suis très-disposé à m'en rapporter là-dessus à l'opinion du public. Peut-être même n'y verra-t-on qu'une étude consciencieuse, faite sur un auteur aimé, par un écrivain qui aime à se rendre compte des bonnes formes du style pour se les approprier autant qu'il en est capable, et cette traduction n'est, en effet, pas autre chose.

Ch. Nodier.

LE VICAIRE

DE WAKEFIELD.

AVERTISSEMENT.

Il y a, dans ceci, mille défauts, et on pourrait trouver mille choses à dire pour démontrer que ce sont des beautés; mais c'est peine inutile. Un livre peut amuser, avec beaucoup d'erreurs; il peut être fort ennuyeux, sans une seule absurdité.

Ici, le héros réunit les trois plus beaux caractères de l'homme sur la terre : c'est un prêtre, un cultivateur, un père de famille. On l'a représenté tout à la fois homme d'enseignement et d'obéissance, simple dans l'aisance et noble dans l'adversité.

Dans ce siècle d'opulence et de *raffinement*, à qui pourra plaire un caractère comme celui-là? Ceux qui n'aiment que le grand monde détourneront les yeux, avec dédain, de la simplicité de son coin du feu de province; ceux qui prennent le mauvais ton pour de la gaieté ne trouveront pas d'esprit à son inoffensive causerie; et ceux qui ont appris à se moquer de la religion riront d'un homme qui puise surtout ses consolations dans une vie à venir.

OLIVIER GOLDSMITH.

LE

VICAIRE DE WAKEFIELD.

CHAPITRE PREMIER.

Intérieur de la famille de Wakefield : air de parenté des caractères et des personnes.

J'ai toujours regardé l'honnête homme qui se marie et qui élève une nombreuse famille, comme plus utile que celui qui reste garçon et se contente de disserter sur la population. Aussi, un an, tout au plus, après avoir pris les ordres, je songeais sérieusement au mariage, et je choisissais ma femme, comme elle-même choisit sa robe de noce, non sur le brillant de l'étoffe, mais sur les qualités qui garantissaient un bon

user. Il faut lui rendre justice : elle était d'une nature remarqua-
blement bonne, et, pour l'éducation, peu de femmes de province
auraient pu, à cette époque, en montrer plus qu'elle. Elle était en
état de lire, assez couramment, toute espèce de livre anglais ; mais,
pour les conserves, les confitures, la cuisine, il n'y avait personne
au-dessus d'elle. Elle se piquait d'être une femme de ménage des plus
habiles, et pourtant je ne me suis jamais aperçu que toute son habileté nous ait rendus plus riches.

Au demeurant, nous nous aimions l'un l'autre avec tendresse, et
notre attachement ne fit que s'accroître avec l'âge. Rien, dans le fait,
qui pût nous donner de l'humeur contre le monde, qui pût nous en
donner l'un contre l'autre. Nous avions une jolie maison, dans une
belle campagne, et un bon voisinage ; l'année se passait à jouir des
plaisirs de l'âme et des champs, à visiter ceux de nos voisins qui étaient
riches, à soulager ceux qui étaient pauvres. Pour nous, pas de révo-
lutions à craindre, pas de fatigues à subir ; toutes nos aventures.... au
coin du feu : tous nos voyages..... de la chambre bleue à la chambre
brune.

Comme nous demeurions près de la route, le voyageur et l'étranger
venaient fréquemment goûter notre vin de groseilles, pour lequel nous
étions en grand renom ; et je ne suis qu'historien véridique en affirmant que jamais je n'en vis un seul y trouver le mot à dire. Nos cou-
sins, même au quatrième degré, n'avaient pas besoin, pour se rappeler
leur parenté, de recourir à l'*Herald's Office*. Nous recevions très-fré-
quemment leur visite, et, de ces prétentions de parenté, quelques-unes
ne nous faisaient pas beaucoup d'honneur : car, à la lettre, dans le
nombre figuraient l'aveugle, le boiteux, l'estropié. Après tout, disait
ma femme, c'est *même chair et même sang ;* et elle insistait toujours
pour les faire asseoir à la même table que nous ; aussi étions-nous
habituellement entourés d'amis, sinon riches, du moins heureux : car,

et c'est une remarque dont, toute la vie, vous sentirez la justesse, plus votre convive est pauvre, plus il jouit de se voir bien traité. Pour mon compte j'aimais, par instinct, à contempler l'expression du bonheur sur la figure humaine, comme d'autres restent en extase devant les nuances d'une tulipe ou devant l'aile d'un papillon.

Toutefois, lorsque, dans l'un de nos parents, nous reconnaissions un très-mauvais caractère, un fâcheux, un hôte dont nous désirions nous défaire, j'avais toujours soin, au moment où il nous quittait, de lui prêter, soit une redingote, soit une paire de bottes, parfois même un cheval de peu de valeur, et toujours j'ai eu le plaisir de voir que pas un n'est revenu me les rendre. Notre maison se trouvait ainsi débarrassée de ceux qui ne pouvaient nous convenir; mais la famille de Wakefield n'a jamais passé pour avoir fermé sa porte au voyageur ou au pauvre malheureux.

Ainsi s'écoulèrent, pour nous, plusieurs années de bonheur; non qu'il ne nous survînt parfois de ces petites contrariétés que la Providence envoie pour mieux faire apprécier ses faveurs. Tantôt les écoliers pillaient mon verger; les chats ou les enfants volaient à ma femme ses pâtisseries; tantôt le châtelain s'endormait aux passages les plus pathétiques de mon sermon, ou, à l'église, la châtelaine répondait aux politesses de ma femme par une révérence un peu écourtée. Mais nous nous mettions promptement au-dessus du chagrin que nous causaient ces accidents, et, habituellement, au bout de trois ou quatre jours, nous nous trouvions tout surpris de nous en être préoccupés.

Mes enfants devaient à notre tempérance et à une éducation sans mollesse une bonne constitution et une bonne santé; mes fils étaient vigoureux et actifs, mes filles belles et fraîches. Quand je me voyais au milieu de ce petit cercle qui me promettait un appui pour ma vieillesse, je ne pouvais m'empêcher de redire la fameuse histoire du comte d'Abensberg. Dans le voyage de Henri II au travers de l'Allemagne, quand les autres courtisans venaient déposer leurs trésors aux pieds de leur empereur, il lui amena ses trente-deux enfants, et les lui présenta comme le plus beau cadeau qu'il pût faire à son souverain. Moi aussi, quoique je n'en eusse que six, je les regardais comme un beau présent fait à mon pays, un présent pour lequel je le croyais mon débiteur.

Notre fils aîné s'appela George, du nom de son oncle qui nous avait laissé dix mille livres sterling. Notre second enfant fut une fille : je voulais lui donner le nom de sa tante, Grissel; mais ma femme, qui, pendant sa grossesse, avait lu des romans, insista pour le nom d'Olivia. Avant la fin de l'année, nous eûmes une autre fille, et, cette fois, j'étais bien décidé à la nommer Grissel; mais une riche parente, ayant eu la fantaisie d'en être la marraine, voulut que la petite eût nom Sophie : ainsi nous eûmes, dans la famille, deux noms de roman; mais je proteste solennellement que je n'y fus jamais pour rien. Moïse fut notre quatrième enfant, et, après un intervalle de douze ans, nous eûmes encore deux garçons.

Inutile de ne pas convenir de mon ravissement quand je me voyais entouré de ma petite famille; mais la fierté et la joie de ma femme étaient plus grandes encore. Chacun de nos visiteurs ne manquait jamais de lui dire : « Sur ma parole, madame Primrose, vous avez les plus beaux enfants de tout le pays. — Ah! voisin, répondait-elle, ils sont ce que le ciel les a faits, beaux assez s'ils sont assez bons : car est beau qui fait bien. » Là-dessus, elle recommandait à ses filles de se tenir droites; et, pour tout dire, elles étaient fort belles.

L'extérieur est, à mes yeux, chose si peu importante, que je n'aurais pas songé à ces détails s'ils n'avaient été le sujet de toutes les conversations dans le pays.

A dix-huit ans, Olivia avait ce luxe de beauté que les peintres don-

nent, en général, à Hébé : franche, vive et imposante. Les traits de
Sophie ne faisaient pas, au premier coup d'œil, autant d'impression :
mais leur action était souvent plus sûre, tant ils avaient de douceur,
de modestie et de charme ! l'une subjuguait d'un seul coup; l'autre
s'y reprenait à plusieurs fois et réussissait toujours.

Le caractère d'une femme semble généralement modelé sur le tour
de sa physionomie : du moins, il en était ainsi chez mes filles. Olivia
désirait plusieurs adorateurs; Sophie n'en voulait fixer qu'un seul.
Olivia tombait souvent dans l'affectation par trop d'envie de plaire;
Sophie cachait son mérite dans la crainte de blesser. L'une m'amusait, par sa vivacité, quand j'étais de bonne humeur; l'autre, par son
bon sens, quand j'étais sérieux. Mais, ni dans l'une ni dans l'autre,
ces qualités n'allaient jusqu'à l'excès : et je les ai vues souvent changer de rôle, pendant toute une journée; une robe de deuil faisait, de
ma coquette, une prude : un nouveau nœud de ruban donnait, à sa
jeune sœur, une vivacité surnaturelle.

George, mon fils aîné, étudiait à Oxford; je le destinais à une des
professions savantes. Mon second fils, Moïse, que je comptais mettre
dans les affaires, recevait, chez moi, une sorte d'éducation mixte.
Mais à quoi bon chercher à décrire le caractère particulier de jeunes
gens qui n'avaient que fort peu vu le monde? En somme, tous avaient
un air de famille très-prononcé; et, à proprement parler, chez tous
même caractère : car tous étaient également généreux, candides,
simples et inoffensifs.

CHAPITRE II.

Malheurs de famille. La perte de la fortune ne fait qu'augmenter la fierté du juste.

Le temporel de la famille était, tout entier, administré par ma femme : moi, je m'étais réservé la direction exclusive du spirituel. Le produit de mon bénéfice, qui ne s'élevait qu'à trente-cinq livres sterling par an, je l'abandonnais aux orphelins et aux veuves des ecclésiastiques du diocèse. Assez riche par moi-même, je ne m'inquiétais pas de mon casuel, et j'éprouvais un secret plaisir à remplir gratuitement mes fonctions. J'avais d'ailleurs pris le parti de ne point avoir de suppléant et de me mettre en contact direct avec chaque individu de la paroisse. J'exhortais les maris à la tempérance, les garçons au mariage : en sorte que, au bout de quelques années, on remarquait généralement, comme une grande singularité, qu'à Wakefield il manquait trois choses, chez le ministre la morgue, pour les jeunes gens des filles à marier, et des pratiques pour les tavernes.

Le mariage a toujours été un de mes textes favoris, et j'ai composé plusieurs sermons pour en démontrer l'utilité et le bonheur; mais toujours il y a eu un point que je me suis plus particulièrement appli-

qué à développer. Je soutenais, avec Whiston, qu'un prêtre de l'Église
anglicane, quand il a perdu sa première femme, n'a pas le droit de se
remarier : en un mot, je faisais gloire d'être un monogame rigide.

Je m'étais, de bonne heure, initié à cette grande question sur laquelle
on a écrit tant de profonds ouvrages. Moi-même j'ai publié quelques
traités sur la matière : comme jamais ils n'ont pu se vendre, je me
console en pensant que je n'ai pour lecteurs que le petit nombre des
élus. Aux yeux de quelques-uns de mes amis, c'était là mon côté faible :
hélas ! ils n'avaient pas, comme moi, fait de ce point l'objet de longues
méditations ; plus j'y réfléchissais, plus j'étais convaincu de son importance. J'allai même un peu plus loin que Whiston dans le développement de mes principes. Il avait, lui, gravé sur le tombeau de sa femme
qu'elle avait été l'*unique* femme de William Whiston : moi, du vivant
même de ma femme, je composai pour elle une épitaphe dans laquelle
je vantais sa sagesse, son économie, sa soumission jusqu'à sa mort :
je la fis copier avec soin, et je la plaçai, dans un beau cadre, au-dessus
de la cheminée. Elle avait là plusieurs bons effets : elle rappelait à ma
femme ses devoirs envers moi et ma fidélité pour elle ; elle nourrissait
en elle l'amour d'une bonne réputation ; elle l'avertissait à toute heure
de penser à sa fin.

Ce fut peut-être à force d'entendre ainsi prôner sans cesse le mariage, que mon fils aîné, tout juste à sa sortie du collége, fixa ses affections sur la fille d'un ecclésiastique du voisinage, dignitaire de l'Église
et en position de la doter d'une belle fortune. Mais la fortune était le
moindre des avantages de miss Arabella Wilmot. De l'aveu de tous,
mes deux filles exceptées, elle était tout à fait jolie. Jeune, fraîche,
naïve, il y avait en outre dans la transparence de son teint, dans la
douce mélancolie de son regard, un charme si vif, que la vieillesse
même ne pouvait la voir avec indifférence. M. Wilmot savait que j'étais
en mesure de bien établir mon fils : aussi ne montrait-il nul éloigne-

ment pour ce mariage, et, par suite, les deux familles vivaient dans
cette union intime qui précède généralement une alliance sur laquelle
on compte des deux côtés.

Convaincu par expérience que les moments où l'on fait sa cour sont
les plus heureux de la vie, je croyais devoir en prolonger la durée : les
plaisirs divers que nos jeunes gens goûtaient chaque jour l'un près de
l'autre semblaient d'ailleurs accroître leur passion.

Nous étions habituellement, dans la matinée, réveillés par de la musique, et quand la journée était belle, nous chassions à cheval. L'intervalle du déjeuner au dîner était consacré par les dames à la toilette
et à l'étude : elles lisaient une page, puis elles se regardaient dans la
glace, et les philosophes eux-mêmes auraient reconnu que, bien souvent, c'était la glace qui présentait la page la plus belle. Au dîner, ma
femme présidait : elle avait toujours tenu à découper elle-même ; c'é-
tait l'habitude de sa mère : et elle en prenait occasion de nous faire
l'histoire de chaque mets. Quand nous avions dîné, pour empêcher
les dames de nous quitter, je faisais ordinairement enlever la table, et,
de temps à autre, avec l'aide du maître de musique, nos jeunes filles
nous donnaient un concert fort agréable. La promenade, le thé, la
danse, les petits jeux, abrégeaient la soirée, sans le secours des cartes ;
car j'avais en horreur toute espèce de jeu, autre que le *back gammon*,
auquel mon vieil ami et moi nous risquions quelquefois une partie à
deux *pence;* et, à ce propos, je ne puis omettre un incident de mauvais
augure : dans la dernière partie que nous fîmes ensemble, je n'avais
besoin que d'un quatre, et cinq fois de suite j'amenai double as.

Quelques mois se passèrent ainsi : mais enfin on jugea convenable
de prendre jour pour le mariage du jeune couple qui semblait le désirer bien vivement. Je n'ai pas besoin de décrire l'air affairé de ma
femme et les malins coups d'œil de mes filles, pendant les apprêts de la
noce. Au fait, toute mon attention était absorbée par un autre objet.

J'achevais une brochure que je comptais sous peu publier pour la défense de mon système favori. Je la regardais comme un chef-d'œuvre tout à la fois d'argumentation et de style : aussi, dans l'orgueil de mon cœur, je n'y pus tenir; je la montrai à mon vieil ami, M. Wilmot, ne faisant aucun doute que j'allais avoir son approbation : mais je reconnus, trop tard, qu'il était véhémentement attaché à l'opinion contraire, et par une bonne raison : en ce moment même il faisait la cour à sa quatrième femme. Comme on peut bien s'y attendre, il en résulta une discussion à laquelle se mêla un peu d'aigreur; l'alliance projetée se trouva presque compromise; mais, la veille du jour fixé pour la cérémonie, nous convînmes de traiter à fond la question.

De part et d'autre elle fut attaquée avec une égale chaleur. « Vous êtes hétérodoxe, » me dit-il. Je rétorquai l'accusation; il répliqua, je ripostai. Tout à coup, au plus fort de la controverse, un de mes parents me fit prier de sortir, et, d'un air fort abattu, me conseilla de couper court à la dispute et de laisser le vieux *gentleman* libre d'épouser, s'il le désirait, au moins jusqu'à ce que le mariage de mon fils fût conclu. « Le moyen, m'écriai-je, d'abandonner la cause de la vérité et de le laisser épouser, quand je viens de l'acculer à l'absurde! Renoncer à ma thèse! autant vaudrait me conseiller de renoncer à ma fortune. — Votre fortune! reprit mon ami, je vous l'apprends avec douleur, elle est à peu près anéantie. Le négociant de Londres chez lequel vos fonds étaient placés est en fuite pour échapper à une action en banqueroute, et on pense qu'il n'a pas laissé un schelling par livre sterling. Je ne voulais pas vous bouleverser, vous et les vôtres, par cette triste nouvelle; je voulais laisser passer la noce; mais, aujourd'hui, cela va sans doute modérer votre rage de dispute : car, je le suppose, vous serez assez sage pour sentir la nécessité de dissimuler au moins jusqu'à ce que votre fils soit assuré de la fortune de sa jeune femme! — Si ce que vous me dites est vrai, répliquai-je, si je suis réduit à la misère,

jamais elle ne fera de moi un malhonnête homme, jamais elle ne m'ar-
rachera le désaveu de mes principes. Je vais, de ce pas, les informer
tous de ma position, et, quant à ma thèse, je rétracte, dès à présent,
les concessions que je venais de faire au vieux *gentleman*; et je ne lui
accorderai désormais la faculté d'épouser, ni en droit, ni en fait, ni
dans aucune acception du mot. »

Je ne finirais pas si j'essayais de décrire les sensations diverses des
deux familles, à la nouvelle de nos malheurs. Mais ce qu'éprouvèrent
tous les autres fut bien peu de chose auprès de l'accablement visible
des deux jeunes amants. M. Wilmot avait déjà auparavant l'air d'un
homme tout disposé à rompre; ce coup le décida sur-le-champ. Il ne
possédait dans toute sa perfection qu'une seule vertu, la prudence...
la seule trop souvent qui nous reste à soixante-douze ans !

CHAPITRE III.

Changement d'habitation. Le bonheur de la vie dépend, en définitive, de nous-mêmes.

La nouvelle de notre malheur pouvait être ou inventée par la méchanceté, ou prématurée !... C'était notre seul espoir : mais une lettre de mon fondé de pouvoir à Londres vint bientôt nous confirmer chaque détail. Pour moi, si j'eusse été seul, la perte de ma fortune n'eût été qu'une bagatelle : tout mon chagrin fut pour ma famille, tombée si bas sans avoir passé par les épreuves qui auraient pu l'endurcir contre le mépris.

Près de quinze jours s'écoulèrent avant que je cherchasse à calmer son affliction; car des consolations prématurées ne font que réveiller la douleur. Dans cet intervalle, toutes mes pensées n'eurent qu'un objet... l'avenir, les moyens de vivre ! A la fin on m'offrit, assez loin dans le voisinage, une petite *cure* de quinze livres sterling par an, où je pourrais continuer à pratiquer mes principes sans aucune contrariété. J'acceptai avec joie cette proposition, bien décidé à augmenter mon traitement par l'exploitation d'une petite ferme.

Cette résolution prise, mon premier soin fut de rassembler les débris de ma fortune ; toutes créances réunies, toutes dettes payées, de quatorze mille livres sterling nous étions réduits juste à quatre cents. Ma grande affaire était donc maintenant d'amener l'orgueil de ma famille au niveau de sa position ; car je sentais bien que l'indigence fastueuse est le pire de tous les maux. « Mes enfants, leur dis-je, vous ne pouvez ignorer que de notre part aucune prudence n'aurait pu prévenir notre dernier malheur ; mais la prudence peut beaucoup pour en neutraliser les effets. Nous sommes pauvres maintenant, mes bons amis, et la sagesse nous commande de nous résigner à notre humble sort. Adieu donc, sans regret, à tout cet éclat qui fait le malheur de tant de gens ; conservons, dans une position plus modeste, ce calme avec lequel tout le monde peut être heureux. Le pauvre vit gaiement sans notre aide ; pourquoi, à notre tour, ne pourrions-nous apprendre à vivre sans l'aide des autres ? Non, mes enfants : à partir de ce jour, plus de prétention d'aucune espèce aux allures du grand monde. Il nous reste encore assez pour le bonheur si nous sommes sages ; demandons à la paix de l'âme ce que nous ôte la fortune. »

Mon fils aîné avait fait de bonnes études : je pris le parti de l'envoyer à Londres, où ses talents pouvaient être mis à profit pour nous et pour lui-même. La séparation !... pour des amis, pour une famille, c'est peut-être une des suites les plus cruelles de la pauvreté. Il arriva bientôt le jour où, pour la première fois, nous allions nous quitter. Mon fils, après avoir pris congé de sa mère et du reste de la famille, qui mêlait ses larmes à ses embrassements, vint me demander ma bénédiction. Je la lui donnai du plus profond de mon cœur : c'était, avec cinq guinées que j'y ajoutai, tout le patrimoine qu'en ce moment je pouvais lui offrir. « Mon ami, lui dis-je, tu vas à Londres, à pied, comme ton grand aïeul, Hooker, y est allé avant toi. Tiens, prends le cheval que lui donna le bon évêque Jewel, le bâton que voici ; prends aussi ce livre, il sera ton soutien en route : ces deux lignes, qu'on y trouve, valent un million : *J'ai été jeune, et maintenant je suis vieux ; mais je n'ai jamais vu le juste abandonné ni sa postérité mendiant son pain.* Que ces paroles soient ta consolation, quand tu seras en chemin. Va, cher enfant; quoi qu'il t'arrive, reviens me voir une fois chaque année : aie bon courage.... Adieu! » Comme il y avait chez lui probité et honneur, je n'éprouvai aucune inquiétude en le lançant, tout nu, sur le théâtre de la vie : succès ou chute, je savais qu'il prendrait un bon rôle.

Son départ ne fit que préparer la voie pour le nôtre, qui eut lieu peu de jours après. Quitter ce voisinage où nous avions joui de tant d'heures de calme!... Ce ne fut pas sans une larme que le courage lui-même avait peine à retenir. Et puis, un voyage de soixante-dix milles!... pour une famille qui n'était jamais allée à plus de dix milles de chez elle, c'était l'objet de cent frayeurs qu'augmentaient encore les cris des pauvres qui nous accompagnèrent quelques milles.

Notre premier jour de marche nous mena, sains et saufs, à trente milles de notre future retraite, et nous nous arrêtâmes, pour la nuit, dans une obscure auberge d'un village de la route. Dès qu'on nous eut montré notre chambre, je priai notre hôte, comme j'en avais l'habitude, de nous honorer de sa compagnie : il accepta volontiers, sa consommation personnelle devant grossir d'autant la carte du lendemain.

Il connaissait tout le voisinage au milieu duquel j'allais m'établir, particulièrement le *squire* Thornhill, que j'allais avoir pour propriétaire, et qui habitait à peu de milles de là : Un *gentleman,* disait-il, qui ne veut connaître, du monde, tout juste que ses plaisirs; surtout un grand amateur du beau sexe! Pas de vertu qui puisse tenir contre ses assiduités et sa rouerie, et on ne trouverait pas aisément, à dix milles à la ronde, une fille de fermier qui ne l'ait vu heureux et infidèle! Ces détails me faisaient de la peine; mes filles, au contraire, paraissaient toutes radieuses de l'attente d'une victoire prochaine, et

3

ma femme n'était ni moins joyeuse ni moins confiante dans leurs charmes et leur vertu.

Nous étions tout entiers à ces préoccupations quand l'hôtesse entra dans la chambre pour annoncer à son mari que le bizarre personnage qui était chez eux depuis deux jours n'avait pas d'argent et ne pourrait payer sa dépense. « Pas d'argent! s'écria l'hôte. Non, non! c'est impossible; car, pas plus tard qu'hier, il a donné trois guinées à notre bedeau, pour tirer d'affaire un vieux soldat estropié qui allait être fouetté par la ville, comme voleur de chiens! » Mais, l'hôtesse persistant dans son premier dire, il se disposait à quitter la chambre, jurant qu'il serait payé de façon ou d'autre, quand je le priai de me conduire chez l'étranger dont il venait de nous citer un si bel acte de charité.

Il y consentit, et me présenta à un *gentleman* qui paraissait avoir environ trente ans, vêtu d'un habit autrefois galonné. Sa taille était bien prise, et sa figure portait l'empreinte des rides de la méditation. Il avait dans l'abord quelque chose de bref et de sec; quant à la cérémonie, il semblait ou ne pas la comprendre, ou la mépriser. L'hôte sorti, je ne pus m'empêcher d'exprimer, à l'étranger, mon regret de voir un *gentleman* dans une position comme la sienne, et je lui offris ma bourse pour satisfaire à ses besoins du moment. « Je l'accepte de tout mon cœur, monsieur, me dit-il, et je suis enchanté que la distraction qui m'a fait donner ce que j'avais d'argent sur moi m'ait valu la preuve qu'il existe encore des hommes comme vous. Toutefois, je dois, avant tout, exiger que vous me fassiez connaître le nom et la demeure de mon bienfaiteur, pour que je puisse m'acquitter envers lui, le plus tôt possible. » Je lui donnai sur ce point pleine satisfaction, en lui apprenant, tout à la fois, mon nom, mes malheurs et le lieu où j'allais m'établir. « Cette rencontre, reprit-il, est plus heureuse encore que je ne l'espérais, puisque, moi aussi, je fais la même route que vous; j'étais retenu ici, depuis deux jours, par les grosses eaux qui, demain matin, je l'espère, seront guéables. » Je lui témoignai le plaisir que j'aurais de passer encore quelque temps avec lui ; et ma femme et mes filles ayant joint leurs prières aux miennes, force lui fut de rester pour souper. La conversation de l'étranger, à la fois agréable et instructive, me faisait désirer de la prolonger ; mais il était grand temps de se reposer et de reprendre des forces pour les fatigues du lendemain.

Le matin, nous partîmes tous ensemble, ma famille à cheval, pendant que M. Burchell, notre nouveau compagnon, nous suivait à pied, par le sentier qui longeait la route, nous faisant remarquer, avec un sourire, que, comme nous étions mal montés, il était trop généreux pour chercher à nous laisser derrière lui.

Les eaux n'étant pas encore retirées, nous fûmes obligés de louer un guide qui trottait en avant : M. Burchell et moi nous formions l'arrière-garde, allégeant les fatigues de la route par des disputes philosophiques qu'il semblait entendre parfaitement. Mais, ce qui me surprenait beaucoup, c'était de le voir, au moment où il venait de m'emprunter de l'argent, soutenir ses opinions avec autant de ténacité que s'il eût été mon créancier. De temps à autre il me nommait les propriétaires des différentes habitations que nous apercevions de la route. « Celle-ci, me dit-il, en me montrant un magnifique château qui s'élevait à quelque distance, appartient à M. Thornhill, jeune *gentleman* qui jouit d'une belle fortune, quoique tout à fait à la merci des dispositions testamentaires de son oncle, sir William Thornhill, *gentleman* qui, content de peu pour lui-même, laisse à son neveu la jouissance du reste, et habite presque toujours Londres.

— Comment ! répondis-je, mon jeune propriétaire est-il donc le neveu d'un homme dont les vertus, la générosité et les bizarreries sont si universellement connues ? J'ai entendu citer sir William Thornhill comme l'un des plus généreux, mais aussi des plus fantasques person-

nages du royaume, comme un homme d'une bienveillance accomplie.
— Un peu trop peut-être, reprit M. Burchell : du moins, dans sa jeunesse, il a poussé la bienveillance jusqu'à l'excès ; car alors ses passions
étaient vives, et, comme toutes tendaient à la vertu, elles l'ont conduit à
une exagération romanesque. D'abord il visa à la double réputation de
soldat et d'homme lettré, se distingua bientôt dans l'armée, et eut quelque renom parmi les gens instruits. Les adulateurs s'attachent toujours
à l'ambitieux : c'est le seul à qui la flatterie fasse un vif plaisir. Il
se vit entouré d'une nuée d'individus qui ne lui présentaient qu'une
des faces de leur caractère, en sorte que, dans cette universelle sym-
pathie, il ne tarda pas à perdre de vue son intérêt personnel ; il devint
l'ami du genre humain, car sa fortune l'empêchait de voir combien il y
a de fripons. Les médecins nous parlent d'une maladie dans laquelle
tout le corps acquiert une sensibilité si exquise, que le plus léger
contact cause de la douleur. Ce que souffre, dans ce cas, le corps de
quelques individus est précisément ce que ressentait l'âme du *gentle-*
man. Le plus léger malheur, réel ou feint, le blessait au vif, et son
cœur souffrait d'une sensibilité maladive pour les misères d'autrui.
Avec cette disposition à secourir, on devine sans peine qu'il trouva
bien des gens disposés à demander. Ses profusions altérèrent sa fortune, non son excellente nature, qui gagnait précisément tout ce que
perdait l'autre ; il devint imprévoyant en devenant pauvre ; il parlait
en homme de sens, et ses actions étaient celles d'un fou. Toujours ob-
sédé d'importuns, et ne pouvant plus satisfaire à toutes les demandes,
au lieu d'argent, il donna des promesses. C'était tout ce qu'il avait à
donner, et il ne se sentait pas la force d'affliger qui que ce soit par un
refus. Cette faiblesse grossit encore autour de lui la tourbe des com-
plaisants, auxquels il était sûr de manquer de parole, et que pourtant
il voulait obliger. Ils comptèrent sur lui quelque temps encore, et finirent par l'accabler de reproches et d'outrages mérités. Mais, à mesure

SOPHIE SAUVÉE DU TORRENT

...elle eût infailliblement péri, si mon compagnon voyant
le danger, n'eût à l'instant plongé...

qu'il devint l'objet du mépris des autres, il tomba dans le mépris de
lui-même. Son âme s'était reposée sur leurs flatteries, et, cet appui lui
manquant, il ne pouvait trouver de plaisir aux applaudissements de
son propre cœur, dont il n'avait point appris à faire cas. Le monde,
dès ce moment, changea d'aspect : la flatterie de ses amis commença
à dégénérer en simple approbation. Bientôt l'approbation prit la forme
plus amicale de l'avis; et l'avis, rejeté, provoqua le reproche. Il reconnut alors que des amis comme ceux que ses bienfaits avaient fait pul-
luler autour de lui étaient fort peu estimables ; il reconnut que, pour
gagner le cœur d'un homme, il faut toujours lui donner le sien; je reconnus que.....que.....J'ai perdu le fil des réflexions que j'allais faire :
en deux mots, monsieur, il résolut de songer à lui-même, et avisa aux
moyens de relever sa fortune qui croulait. Pour cela, dans son humeur
bizarre, il se mit à parcourir, à pied, l'Europe, et, aujourd'hui, quoiqu'il ait à peine trente ans, sa fortune est plus considérable qu'elle ne
l'a jamais été. Désormais ses actes de bienfaisance sont plus raisonna-
bles et plus modérés qu'auparavant; mais il conserve toujours son
caractère d'originalité, et trouve ses plus vifs plaisirs dans des vertus
excentriques. »

Tout entier au récit de M. Burchell, je ne m'étais point aperçu
qu'en cheminant nous avions dépassé la petite troupe, lorsque, aux
cris de ma famille, effrayé, je tournai la tête et je vis, au milieu d'un
courant rapide, ma fille cadette tombée de cheval et emportée par le
torrent : deux fois elle avait disparu, et je ne pouvais arriver à temps
pour la secourir. Mon émotion était trop violente pour me permettre
de chercher à la sauver; elle eût infailliblement péri, si mon compagnon, voyant le danger, n'eût à l'instant plongé pour la saisir, et ne
l'eût, à grand'peine, mise en sûreté sur la rive opposée. En prenant le
courant un peu plus haut, le reste de la famille le passa sans accident,
et nous pûmes joindre nos remercîments à ceux de ma fille. Sa

reconnaissance peut plus aisément se deviner que se décrire : elle re-
merciait son sauveur, plus par le regard que par la parole, et restait
appuyée sur son bras, comme si elle voulait encore être secourue. Ma
femme, de son côté, espérait avoir, un jour, le plaisir de payer ce service chez elle.

Après nous être reposés dans l'auberge la plus voisine, après avoir
diné ensemble, comme M. Burchell allait d'un autre côté que nous, il
prit congé, et nous continuâmes notre route, ma femme faisant la remarque, quand il fut parti, qu'il lui plaisait extrêmement, et déclarant
que, si sa naissance et sa fortune lui permettaient d'entrer dans une famille comme la nôtre, elle ne connaissait pas d'homme pour lequel
elle fût plus vite décidée. Je ne pus m'empêcher de sourire en lui entendant tenir un pareil langage, dans une si triste position. Montrer
ainsi, sous le coup de la misère, les exigences de la plus insultante
prospérité, c'est peut-être prêter à rire aux méchants ; mais, pour moi,
je n'ai jamais vu grand mal à ces innocentes illusions qui tendent à
nous rendre plus heureux.

CHAPITRE IV.

La plus humble fortune peut donner le bonheur qui tient, non à la position, mais au caractère.

Le lieu de notre retraite n'avait qu'un petit nombre de voisins, tous fermiers qui faisaient valoir leurs propres terres, étrangers également à l'opulence et à la pauvreté. Trouvant chez eux tout ce qui est nécessaire à la vie, ils allaient rarement demander aux villes et aux cités le superflu. Loin des mœurs polies, ils conservaient encore la simplicité des mœurs primitives, et, sobres par habitude, ils ne se doutaient guère que la tempérance fût une vertu. Ils travaillaient gaiement, les jours ouvrables, mais ils chômaient les fêtes comme des intervalles de repos et de plaisir. Ils entonnaient le *carol* de Noël, ils envoyaient de véritables lacs d'amour, le matin de la Saint-Valentin, mangeaient des crêpes au carnaval, faisaient de l'esprit au 1er avril, et cassaient religieusement des noix la veille de la Saint-Michel.

Informé de notre arrivée, tout le voisinage s'était mis en marche pour recevoir son ministre, vêtu de ses plus beaux habits, flûte et tambourin en tête : un repas avait été préparé pour notre bienvenue;

nous y prîmes gaiement place, et ce qui manquait en esprit à la conversation, le rire le suppléa.

Notre petite habitation était située au pied d'une colline en pente
douce, abritée par un bois magnifique : devant, murmurait un ruis-
seau ; sur l'un des bords, une prairie ; sur l'autre, une pelouse. La
ferme consistait en vingt acres, à peu près, d'excellente terre, pour
lesquels j'avais donné à mon prédécesseur un pot-de-vin de cent livres
sterling. Rien de plus propre que mon petit enclos : les ormes, les
haies vives formaient un coup d'œil d'une beauté dont rien ne peut
donner l'idée. Ma maison, à un seul étage, était couverte en chaume ;
ce qui lui donnait un air de calme et de recueillement. Les murailles,
à l'intérieur, avaient reçu une couche d'une blancheur éclatante ; mes
filles se chargèrent de les décorer de tableaux de leur composition.
La même pièce nous servait de salon et de cuisine : elle n'en était que
plus chaude. D'ailleurs, comme on la tenait toujours avec la dernière
propreté, comme les plats, les assiettes, les cuivres, bien écurés,
étaient disposés en brillantes rangées sur des tablettes, l'œil s'y reposait agréablement, et ne demandait pas un ameublement plus riche.
Il y avait trois autres chambres ; une pour ma femme et moi, une seconde pour mes deux filles, sous notre clef, la troisième, à deux lits,
pour le reste des enfants.

Voici comment était réglée la petite république à laquelle je donnais des lois. Au lever du soleil, nous nous réunissions tous dans la
pièce commune, où le feu avait été d'avance allumé par la servante.
Après nous être mutuellement embrassés, avec le cérémonial convenable (car j'ai toujours cru devoir conserver quelques formes, toutes
machinales, de politesse, sans lesquelles le laisser-aller finit par détruire l'affection), nous nous mettions tous à genoux pour remercier
l'être qui nous accordait encore un jour.

Ce devoir rempli, mon fils et moi nous allions reprendre nos tra-

vaux habituels du dehors, pendant que ma femme et mes filles s'oc-
cupaient du déjeuner, toujours prêt à une heure fixe ; j'accordais une
demi-heure pour ce repas, une heure pour le dîner ; c'était un moment d'innocente récréation pour ma femme et mes filles, de discussions philosophiques pour mon fils et moi.

Toujours levés avant le soleil, nous ne prolongions jamais nos travaux après son coucher ; nous retournions au logis où la famille nous
attendait, où, pour nous recevoir, il y avait toujours des visages riants,
un brillant foyer et un bon feu. Nous n'étions pas tout à fait sans société : de temps à autre, le fermier Flamborough, voisin quelque peu
causeur, et, parfois, le joueur de flûte aveugle, nous faisaient leur visite
et venaient tâter de notre vin de groseilles, pour la confection duquel
nous n'avions perdu ni notre recette ni notre réputation. Ces braves
gens avaient plusieurs moyens de nous faire bonne compagnie : l'un
jouait de son instrument ; l'autre nous chantait une touchante ballade,
le dernier Bonsoir de Johnny Armstrong, ou *la Cruauté de Bar-
bara Allen*. La soirée se terminait comme avait commencé la matinée :
mes deux plus jeunes fils étaient chargés de lire la *leçon* du jour, et
celui qui avait lu le plus haut, le plus distinctement, le mieux, devait
avoir, le dimanche, un demi-*penny* à mettre dans le tronc des pauvres.

Quand venait le dimanche, oh ! c'était jour de grande toilette :
toutes mes lois somptuaires n'y pouvaient rien. J'avais eu beau me
figurer que mes prônes contre l'orgueil avaient fait justice de la vanité
de mes filles, je les trouvais toujours secrètement attachées à toutes
leurs parures d'autrefois : elles aimaient toujours les dentelles, les rubans, les verroteries et le marly ; ma femme elle-même conservait une
vieille passion pour son *pou-de-soie* cramoisi, parce qu'il m'était jadis
arrivé de lui dire qu'il lui allait bien.

Le premier dimanche, plus particulièrement, leur mise me mortifia.
Le samedi soir, j'avais prié mes filles d'être prêtes de bonne heure le

4

lendemain ; car j'ai toujours aimé à être à l'église un peu avant le reste
de l'assemblée. Je fus ponctuellement obéi ; mais, au moment où, dans
la matinée, nous allions nous réunir pour le déjeuner, je vis descendre
ma femme et mes filles dans tout l'éclat de leur toilette passée, les
cheveux luisants de pommade, des mouches sur la figure, leur queue
relevée derrière elles en un gros paquet, et faisant *frou frou* à chaque
mouvement. Je ne pus m'empêcher de rire de leur vanité, surtout de
celle de ma femme, dont j'attendais plus de tact. Le moment était dé-
cisif ; mon unique ressource fut de donner, d'un air d'importance, à
mon fils, l'ordre de demander notre carrosse. Mes filles étaient toutes
surprises ; je répétai mon ordre plus solennellement encore que la
première fois. « A coup sûr, mon cher, me dit ma femme, vous plai-
santez ; nous pouvons parfaitement bien aller à pied, nous n'avons
pas besoin de carrosse pour nous conduire maintenant. — Vous
vous trompez, chère enfant, repris-je : nous avons besoin d'un carrosse ; car si nous allons à pied à l'église dans cet attirail, les petits
enfants de la paroisse vont nous huer ! — Mon Dieu ! répliqua ma
femme, je m'étais toujours imaginé que mon bon Charles était bien
aise de voir à ses enfants, quand ils sont avec lui, une mise propre et
soignée ! — Propres ! dis-je en l'interrompant !... oh ! vous pouvez
l'être autant qu'il vous plaira : je ne vous en aimerai que mieux ;
mais tout ceci n'est pas de la propreté ; c'est de la friperie !..... Ces
manchettes, ces crevés, ces mouches, ne serviront qu'à nous faire
haïr des femmes de tous nos voisins. Non, mes enfants, continuai-je
d'un ton plus grave, la coupe de ces robes peut être remplacée par
quelque chose de plus simple : tout ce luxe de toilette ne nous sied
point à nous, qui ne pouvons plus faire les frais d'une mise décente.
Je ne crois pas que ces falbalas, ces volants conviennent même aux
riches, si nous réfléchissons que, à un compte bien modéré, la nudité
du pauvre pourrait être couverte avec les fanfreluches des riches. »

Cette remontrance eut son effet : elles allèrent à l'instant, d'un air très-tranquille, changer de robes, et le lendemain j'eus la satisfaction de voir mes filles occupées, d'elles-mêmes, à faire, de leurs queues, des vestes du dimanche à Dick et à Bill, les deux marmots ; et, ce qui était plus satisfaisant encore, les robes semblaient avoir gagné à cette petite réforme.

CHAPITRE V.

Une nouvelle et grande connaissance. Ce dont nous attendons le plus nous devient, généralement, le plus fatal.

A peu de distance de la maison, mon prédécesseur avait construit un banc ombragé par une haie d'aubépine et de chèvrefeuille. C'était là, quand le temps était beau et notre tâche finie de bonne heure, que nous avions l'habitude de nous asseoir tous ensemble pour jouir, dans le calme de la soirée, d'un paysage à perte de vue. Là aussi nous prenions le thé, devenu pour nous, désormais, un repas extraordinaire ; et, comme ce repas venait rarement, il répandait une joie nouvelle ; car on mettait toujours aux préparatifs une certaine dose d'importance et de cérémonie. Ces jours-là, les deux marmots nous faisaient régulièrement la lecture, et on les servait très-exactement, quand nous avions fini. Quelquefois, pour varier nos plaisirs, mes filles chantaient en s'accompagnant de la guitare, et, pendant leur petit concert, ma femme et moi nous descendions la pente du coteau émaillé de campanules et de bluets, pour causer, avec délices, de nos enfants, et pour jouir de la brise dont le souffle nous apportait, à la fois, la santé et l'harmonie.

De cette façon, nous commencions à trouver que toute position, dans la vie, peut avoir ses jouissances particulières : si chaque matinée nous réveillait pour la reprise de nos travaux, chaque soirée nous en dédommageait par un gai loisir.

Vers le commencement de l'automne, un jour de fête (j'observais toutes les fêtes comme d'utiles intervalles de repos), j'avais conduit ma famille au lieu habituel de nos récréations, et nos jeunes musiciennes avaient commencé leur concert accoutumé : nous étions fort attentifs... Soudain un cerf bondit brusquement, à vingt pas environ du banc où nous étions assis ; il était haletant et semblait serré de près par les chasseurs. Nous n'avions eu qu'un instant pour songer à la détresse de ce pauvre animal, quand nous vîmes, à quelque distance, les chiens et les piqueurs accourant sur sa piste en empaumant sa voie. J'allais, sur-le-champ, rentrer avec ma famille ; mais la curiosité, la surprise, ou un motif plus caché, retinrent ma femme et mes filles. Le chasseur qui galopait en tête passa près de nous très-rapidement, suivi de quatre ou cinq personnes qui semblaient aussi pressées que lui ; puis un jeune *gentleman*, de meilleure mine que le reste, survint, nous regarda un moment, s'arrêta court au lieu de rejoindre la chasse, et, donnant son cheval à un domestique qui suivait, s'approcha de nous avec cet air d'aisance que donne la supériorité. Sans paraître tenir à se faire annoncer, il alla tout droit à mes filles pour les embrasser, en homme qui comptait sur un favorable accueil. Mais de bonne heure elles avaient appris à déconcerter, d'un regard, la présomption. Sur ce, il nous apprit qu'il avait nom Thornhill, qu'il était propriétaire de la terre dont nous étions entourés à une assez grande distance ; il s'avança de nouveau pour embrasser la partie féminine de la famille, et telle est la magie de la fortune et d'un bel habit, qu'il n'éprouva pas un second refus.

Son abord, quoique avantageux, était d'ailleurs bienveillant : nous ne tardâmes pas à être plus à notre aise, et, apercevant la guitare sur le gazon, il pria qu'on lui fît l'honneur de lui chanter quoi que ce fût.

Je ne me souciais point d'une connaissance si disproportionnée, et, d'un signe de tête, j'essayai de prévenir le consentement de mes filles; mais un autre signe de la mère neutralisa le mien, et, d'un air tout ravi, elles nous chantèrent une romance de Dryden, leur morceau favori. M. Thornhill parut fort content du choix et de l'exécution : il prit lui-même la guitare, et en joua très-médiocrement. Toutefois, ma fille aînée lui rendit avec usure ses applaudissements : « Vos notes, lui dit-elle, sont plus pleines même que celles de mon maître ! » Il s'inclina ; elle répondit par une révérence : il vanta son goût ; elle loua son sens exquis. Au bout d'un siècle ils n'eussent pas été meilleurs amis. La pauvre mère, aussi heureuse que sa fille, supplia le jeune *gentleman* d'entrer, d'accepter un verre de son vin de groseilles. Toute la famille s'empressait à lui plaire : mes filles cherchaient à l'entretenir de tout ce qui leur semblait le plus moderne. Moïse, au contraire, lui fit sur les anciens une ou deux questions qui lui valurent le plaisir de voir tout le monde lui rire au nez. Mes deux marmots, non moins affairés, s'accrochaient très-tendrement à l'étranger. Tous mes efforts ne pouvaient empêcher leurs petits doigts sales de toucher et de ternir les galons de son habit, et de soulever les pattes de ses poches pour voir ce qu'il y avait dedans. Sur le soir, il prit congé, mais après avoir demandé la permission de revenir ; elle lui fut accordée sans peine : il était notre propriétaire !

Dès qu'il fut parti, ma femme tint conseil sur les événements de la journée. Son avis fut que c'était un hasard très-heureux ; car des choses bien plus étranges avaient fini par tourner à bien. Elle espérait revoir le jour où nous pourrions lever la tête aussi haut que les plus huppés. Conclusion... Si les deux miss Wrincklers épousaient de magnifiques fortunes, elle ne voyait pas pourquoi ses enfants, à elle, ne trouveraient rien !... « Ni moi non plus, répondis-je (car ce dernier trait était pour moi) : comme, à la loterie, je ne vois pas pourquoi, quand M. Simkins vient de gagner le lot de dix mille livres sterling, nous sommes, nous, restés là avec un billet blanc. — Charles, reprit ma femme, oh ! voilà bien votre habitude de nous taquiner, mes filles et moi, quand nous sommes de bonne humeur. Sophie, dis-moi, ma chère, que penses-tu de notre nouvelle visite ? Ne lui trouves-tu pas l'air d'un excellent homme ? — Excellent ! oh ! oui, maman. Selon moi, il a toujours mille choses à dire sur quoi que ce soit ; jamais d'embarras ; plus le sujet est frivole, plus il trouve à dire ; et, ce qui vaut mieux, il est fort bien ! — Oui, ajouta Olivia, assez bien pour un homme ! mais, quant à moi, il ne me revient pas : quelle impudence ! quelle familiarité ! et puis, sur la guitare, il est à faire mal. » Ces deux jugements, je les retournai : ils m'apprenaient que, intérieurement, le jeune *Squire* déplaisait à Sophie, autant que, en secret, Olivia avait du goût pour lui. « Quelles que soient vos idées sur M. Thornhill, mes enfants, pour être franc, il ne m'a pas prévenu en sa faveur. Les amitiés disproportionnées finissent toujours par le dégoût. J'ai bien remarqué que, avec toute sa bienveillance, il avait l'air de parfaitement sentir la distance qu'il y a entre nous. Prenons des amis de notre rang. Rien de plus méprisable qu'un coureur de dot : pourquoi les coureuses de dot ne le seraient-elles pas également ? Ainsi, mettons les choses au mieux ! Si les intentions de M. Thornhill sont honnêtes, on nous méprisera ; si elles ne le sont pas !... Je frémis seulement d'y penser. Il est bien vrai que je suis sans inquiétude sur la conduite de mes enfants ; mais sur son caractère, à lui... » Je fus interrompu par un domestique du *Squire* qui, avec ses compliments, nous envoyait un quartier de venaison et la promesse de nous demander à dîner dans quelques jours. Ce présent, venu si à point, fut, en sa faveur, un plaidoyer trop éloquent pour que tout ce que j'avais à dire pût en détruire l'effet : je me tus donc ; c'était assez d'avoir à temps signalé le danger ; je laissais à la sagesse de ma famille le soin de l'éviter. Vertu qui a besoin d'être toujours gardée ne vaut pas la sentinelle.

CHAPITRE VI.

Le bonheur du coin du feu à la campagne.

Notre explication avait été un peu chaude : pour tout arranger, on convint, à l'unanimité, qu'une partie de la venaison ferait les frais du souper, et mes filles se mirent gaiement à l'œuvre.

« Je suis désolé, fis-je, que pas un voisin ou un étranger ne soit là pour prendre sa part d'un si friand morceau. L'hospitalité double le charme de pareille fête ! — Dieu soit béni ! s'écria ma femme, voici notre bon ami M. Burchell, qui a sauvé Sophie, et vous a si joliment battu sur tous les points ! — Battu, mon enfant : vous faites erreur, ma chère ; peu de gens me paraissent capables de me battre. Je ne conteste jamais votre talent pour le pâté d'oie : laisse-moi, de grâce, la discussion ! » Comme j'achevais, le pauvre M. Burchell entra : c'était le bienvenu ! Toute la famille lui serra cordialement la main, tandis que le petit Dick lui approchait officieusement un siége.

L'amitié de ce pauvre homme m'était chère pour deux raisons : je savais qu'il avait besoin de la mienne ; je le savais dévoué autant qu'il pouvait l'être. Il était connu dans le voisinage sous le nom du pauvre *gentleman* qui n'avait rien fait qui vaille dans sa jeunesse, quoiqu'il n'eût pas encore trente ans. Il causait parfois avec beaucoup de sens ; mais, en général, il était fou des enfants, qu'il avait l'habitude d'appeler de petits hommes sans malice. J'appris qu'il n'était bruit que de son talent à leur chanter des ballades, à leur conter des histoires ; rarement il sortait sans avoir pour eux quelque chose sans sa poche, un morceau de pain d'épice, ou un sifflet d'un demi-*penny*. Il venait, tous les ans, passer quelques jours dans notre voisinage, où chacun lui donnait l'hospitalité.

Il se mit à table avec nous, et ma femme ne lui épargna pas son vin de groseilles. Les gais propos circulèrent ; il nous chanta de vieilles chansons ; il dit aux enfants l'histoire du *Daim de Beverland*, celle de la *Pauvre Grizzel*, les *Aventures de Catskin*, le *Bosquet de la belle Rosemonde*.

Notre coq, qui chantait toujours à onze heures, nous avertit qu'il était temps de se reposer. Mais, embarras imprévu ! il fallait coucher l'étranger, tous nos lits étaient pris, et il était trop tard pour l'envoyer à l'auberge voisine. Le petit Dick offrit sa moitié de lit, si son frère Moïse voulait le recevoir dans le sien. « Et moi, cria Bill, je donnerai ma moitié à M. Burchell, si mes sœurs veulent me prendre avec elles. — Bien ! mes enfants, leur dis-je : l'hospitalité est le premier devoir du chrétien. La bête fauve se retire dans sa tanière, l'oiseau vole à son nid, l'homme sans appui ne peut trouver d'asile que chez son semblable. Le plus complétement étranger dans ce monde, c'est celui qui est venu le sauver : jamais il n'eut de demeure à lui, comme s'il eût voulu voir ce qui restait d'hospitalité parmi nous. » Puis, m'adressant à ma femme : « Déborah, ma chère, donnez à chacun de ces enfants un morceau de sucre, et que celui de Dick soit le plus gros, parce qu'il a parlé le premier. »

Le lendemain, de bonne heure, j'emmenai toute la famille pour

5

m'aider à faire un regain de foin : notre hôte s'était offert à être de la
partie ; il fut accepté. Notre besogne alla grand train : l'herbe fut retour-
née contre le vent ; j'étais en tête, et tout le monde suivait en bon
ordre. Seulement, je ne pus m'empêcher de remarquer l'assiduité de
M. Burchell à aider Sophie ; sa tâche faite, il se joignait à elle, et
l'entretenait à voix basse. Mais j'avais trop bonne opinion du sens de
Sophie, j'étais trop convaincu de ses prétentions, pour prendre om-
brage d'un homme ruiné !

Quand nous eûmes fini pour ce jour-là, M. Burchell fut invité,
comme la veille ; mais il refusa ; il devait passer la nuit chez un de nos
voisins, au fils duquel il portait un sifflet.

Au souper, la conversation tomba sur notre infortuné convive. « Le
pauvre homme ! fis-je ; quel cruel exemple des misères qu'entraîne
une jeunesse de légèreté et de folie ! pourtant il ne manque pas de
sens, et ses extravagances n'en sont que plus coupables. Pauvre créature délaissée ! où sont aujourd'hui les parasites, les flatteurs dont il
était entouré, qu'il avait à ses ordres ?... peut-être chez l'entremetteur
enrichi par ses extravagances ! Ils le vantaient autrefois, lui... et maintenant c'est pour l'entremetteur qu'ils battent des mains. Leur enthousiasme pour son esprit est devenu sarcasme sur sa folie : il est pauvre,
et il mérite peut-être la pauvreté ! car jamais il n'eut ni l'ambition de
l'indépendance, ni le talent de se rendre utile ! »

Peut-être de secrètes préoccupations m'avaient-elles fait mettre trop
d'aigreur dans cette sortie. « Père, me répondit doucement Sophie,
quelle que soit sa conduite passée, sa position, aujourd'hui, devrait le
mettre à l'abri du blâme. Son indigence actuelle est une peine suffisante de son ancienne folie. J'ai entendu dire à mon père lui-même
que jamais nous ne devrions frapper inutilement une victime sur
laquelle la Providence a levé le fouet de sa colère. — Tu as raison,
Sophie, ajouta mon fils Moïse ; et un ancien caractérise à merveille ce

vilain travers, dans les efforts de ce paysan pour écorcher Marsyas dont un autre, dit la Fable, avait déjà enlevé la peau. D'ailleurs, je ne vois pas que la position de ce pauvre homme soit aussi mauvaise que le dit mon père. Nous ne devons pas juger des sentiments d'autrui par ce que nous éprouverions si nous étions à sa place. Quelque noir que soit le trou de la taupe, l'animal trouve, lui, l'appartement assez éclairé. A vrai dire, les goûts de M. Burchell semblent s'arranger fort bien de sa position. Jamais je n'ai vu d'homme plus gai qu'il ne l'était aujourd'hui en causant avec toi. » Le mot était dit sans intention ; mais il fit rougir. Avec un rire affecté dont elle s'efforçait de couvrir son embarras, Sophie assura qu'elle n'avait pas pris note de ce qu'il lui avait dit ; que, au surplus, elle croyait qu'il avait dû être autrefois un fort joli cavalier. Cet empressement à s'excuser et sa rougeur étaient deux symptômes qu'intérieurement je n'approuvais pas ; mais je dissimulai mes soupçons.

C'était le lendemain que nous attendions M. Thornhill ; ma femme alla préparer son pâté de venaison : Moïse se mit à lire, tandis que moi-même je faisais épeler les marmots. Mes filles semblaient aussi affairées que nous, et je les voyais, depuis assez longtemps, surveillant quelque chose sur le feu. Je supposai d'abord qu'elles aidaient leur mère ; mais le petit Dick me dit à l'oreille qu'elles faisaient une eau pour la peau. J'avais toujours eu pour les eaux de toute espèce une antipathie naturelle : je savais qu'au lieu d'embellir le teint elles le perdent. J'approchai donc tout doucement ma chaise du feu ; puis, comme s'il avait besoin d'être attisé, je saisis le *poker;* puis, enfin, comme par accident, je renversai la composition. Il était trop tard pour en commencer une autre.

CHAPITRE VII.

L'esprit de la ville. Le plus niais peut amuser une soirée ou deux.

Dans cette matinée où nous allions recevoir notre jeune propriétaire, on suppose sans peine quels préparatifs se firent pour produire de l'effet; on devine que ma femme et mes filles déployèrent leurs plus belles plumes : c'était le moment !...

M. Thornhill arriva avec une couple d'amis, son chapelain et son *feeder*. Les domestiques étaient nombreux, poliment il leur donna l'ordre de s'établir au cabaret voisin; mais, dans l'ivresse de son âme, ma femme insista pour les garder tous. Soit dit en passant, la maison s'en ressentit pendant trois semaines. La veille, M. Burchell nous avait appris que ce *gentleman* faisait des propositions de mariage à miss Wilmot, l'ancienne maîtresse de George; l'enthousiasme de sa réception en fut singulièrement refroidi; mais, jusqu'à un certain point, le hasard nous tira d'embarras; car un des convives l'ayant nommée : « Sur ma parole, dit M. Thornhill, je n'ai jamais rien vu de plus absurde que d'appeler pareille horreur une beauté; » et il ajouta : « Que je sois défiguré sur l'heure, si je n'aurais pas plus de plaisir à choisir ma maîtresse sur la foi d'une des lampes qui brûlent sous l'horloge de Saint-Dunstan ! » Puis il se prit à rire, et nous aussi ; les saillies du riche réussissent toujours. Olivia n'y tint pas : « Il a, dit-elle à voix basse, mais assez haut pour être entendue, un fonds inépuisable de gaîeté ! »

Après le dîner, je débutai par mon toast habituel, l'Eglise ! il me valut les remercîments du chapelain, qui déclara que l'Église était l'u- nique maîtresse de son cœur. « Allons, Frank ! parle-nous, la main sur la conscience, lui dit le *Squire*, de son ton habituel de supériorité ; suppose, d'un côté l'Église, ta maîtresse actuelle, en simple robe de linon, et de l'autre, miss Sophie, sans robe aucune ! pour laquelle serais-tu ? — Pour toutes les deux, bien sûr ! répliqua le chapelain. — Bien ! Frank, reprit le *Squire* : que ce verre m'étouffe si une jolie fille ne vaut pas toutes les patenôtres de la création ! Dîmes et sima- grées, qu'est-ce autre chose que du charlatanisme... et un charlatanisme démasqué... comme je puis le prouver ! — Oh ! je voudrais vous y voir ! » s'écria Moïse ; et il ajouta : « Je me crois de taille à vous répondre ! — Bravo ! monsieur, » riposta le *Squire*, qui tout d'abord le devina, et, avec un clin d'œil qui nous disait : Apprêtez-vous à rire !... « Si vous êtes d'humeur à traiter de sang-froid la question, j'accepte le défi ; et d'abord, quelle forme préférez-vous ?... l'analogie ou le dia- logisme? — La raison ! » dit Moïse, tout heureux qu'on le laissât disputer. « Bravo ! encore, et, pour commencer par le commence- ment, vous ne nierez pas, j'espère, que ce qui est, est; si vous ne m'accordez pas ce point, je ne puis passer outre. — Comment ! je puis vous l'accorder, je pense, et m'en prévaloir à mon tour ! — Vous m'accorderez encore, je présume, que la partie est plus petite que le tout ! — Accordé ! c'est justice et raison. — Vous ne nierez pas, j'ose croire, que les deux angles d'un triangle sont égaux à deux angles droits ! — Rien de plus simple !... » Et Moïse promenait ses regards

autour de lui avec son importance habituelle. — A merveille !... » Ici
le *Squire* précipita son débit... « Les prémisses ainsi posées, je pré-
tends que l'enchaînement des existences en elles-mêmes étant réciproquement en raison double, il en résulte naturellement un dialogisme
problématique qui, jusqu'à un certain point, prouve que l'essence de
la spiritualité peut être rapportée à la seconde catégorie. — Doucement ! doucement ! je le nie : pensez-vous que je puisse ainsi, sans
combat, baisser pavillon devant des doctrines aussi hétérodoxes ? —
Comment !... » Et le *Squire* prit l'air furieux... « Ne pas baisser pavillon ! répondez à une question bien simple : pensez-vous qu'Aristote
ait raison quand il dit que les relatifs sont en relation ?... — Incontestablement. — S'il en est ainsi, allons droit au fait : par où vous
semble pécher le développement analytique de la première partie de
mon enthymème, *secundum quoad* ou *quoad minus* ? Mais je l'exige ;
au fait !... — J'affirme que je ne saisis pas bien la portée de votre
raisonnement : s'il peut se réduire à une proposition simple, je crois
pouvoir répondre. — Votre très-humble serviteur, mon cher monsieur ! Il faudrait, je le vois, vous fournir argument et intelligence !
Non, non ! je le déclare, vous êtes trop fort pour moi. » A ces mots,
le pauvre Moïse, salué d'un éclat de rire, se trouva tout seul, la figure
longue, dans ce groupe de visages joyeux ; il ne souffla plus mot de
toute la soirée.

Tout ceci ne me plut point : ce fut le contraire pour Olivia, qui crut
voir de l'esprit dans un simple acte de mémoire. Elle tint donc
M. Thornhill pour un homme charmant, et si l'on songe pour combien une jolie figure, une mise élégante, de la fortune, entrent dans
ce titre, on lui pardonnera sans peine. M. Thornhill, ignorant au fond,
causait facilement et pouvait, avec une extrême volubilité, effleurer
tous les thèmes habituels de la conversation. Il n'est pas étrange que
cette espèce de talent lui gagnât le cœur d'une jeune fille que son

éducation avait habituée à s'éprendre, en elle-même, des apparences, et qui conséquemment s'en éprenait dans les autres.

Après le départ du *Squire*, son mérite fut remis en question. C'était à Olivia surtout que s'étaient adressés ses regards et sa parole : plus de doute ! c'était à elle que nous devions sa visite, et, à ce propos, les innocentes plaisanteries de Moïse et de Sophie ne parurent pas lui trop déplaire. Déborah elle-même semblait partager la gloire de la journée et triompher des succès de sa fille, comme s'ils eussent été les siens. « Et maintenant, me dit-elle, je vous avouerai franchement, mon ami, que c'est moi qui ai engagé mes filles à répondre aux avances du *gentleman*. J'ai toujours eu de l'ambition, et vous voyez que je n'avais pas tort ; car qui sait comment tout ceci peut finir ? — Oh ! oui, qui sait ? répondis-je avec un soupir. Pour ma part, ceci ne me convient pas, et j'aurais préféré un pauvre diable, honnête, à ce beau jeune homme avec sa fortune et son inconstance ; car, comptez-y bien, s'il est ce dont je le soupçonne, jamais un esprit fort n'aura une de mes filles.

— En vérité, père, répondit Moïse, vous êtes, sur ce point, trop chatouilleux ; car le ciel lui demandera compte, non de ce qu'il pense, mais de ce qu'il fait. Quel homme ne sent pas s'élever en lui mille mauvaises pensées qu'il n'est pas maître d'étouffer ? L'irréligion est peut-être involontaire chez ce *gentleman ;* de sorte que, ses opinions reconnues mauvaises, comme il est purement passif dans l'assentiment qu'il y donne, on ne doit pas plus le blâmer pour ses erreurs que le gouverneur d'une ville sans murailles, pour l'asile qu'il est bien forcé de donner à un ennemi qui emporte la place de vive force.

— Cela est vrai, mon fils, répliquai-je ; mais si le gouverneur invite l'ennemi à y entrer, il est bien réellement coupable. Or, c'est toujours le cas de ceux qui se livrent à l'erreur. Leur tort est, non de se rendre aux preuves qu'ils voient, mais d'admettre, en aveugles, les

premières preuves venues : en sorte que, si nos erreurs sont involon-
taires à leur naissance, comme c'est bien volontairement que nous
nous sommes laissé corrompre, comme nous les avons acceptées sans
examen, nous méritons châtiment pour nos torts, ou mépris pour
notre étourderie. »

Ici ma femme se mit à faire de la causerie, non plus de la discussion. Elle prétendit que de très-braves gens, de nos amis, étaient
esprits forts et excellents maris ; qu'elle savait telle fille de sens qui
avait tout ce qu'il faut pour convertir son époux. « Qui sait, mon ami,
ajouta-t-elle, ce dont Olivia est capable ? Cette chère enfant n'est étrangère à rien, et, à ma connaissance, elle est très-forte sur la controverse.

— Comment ! ma chère, repris-je, quelle controverse peut-elle
avoir lue ? Je ne me souviens pas de jamais lui avoir mis entre les
mains un seul livre de cette espèce : à coup sûr, vous exagérez son
mérite. — Non certainement, père, répondit Olivia : j'ai beaucoup lu
de controverses ; j'ai lu les discussions de Thwackum et de Square,
celles de Robinson et de Vendredi le sauvage, et je suis, en ce moment,
occupée à lire les controverses de l'*Amour suivant la religion*. —
A merveille ! répliquai-je ; voilà une bonne fille ! je te trouve parfaitement en état de faire des conversions ; aussi, va aider ta mère à faire
sa tarte aux groseilles. »

CHAPITRE VIII.

Le lendemain matin, nouvelle visite de M. Burchell ; pour bonnes raisons, ses fréquentes apparitions commençaient à me déplaire ; mais le moyen de lui refuser ma compagnie et le coin de mon feu ! Au fait, son travail payait, et bien au delà, sa dépense ; car il nous secondait avec vigueur. Pour faner, pour mettre en meule, il était toujours le premier. D'ailleurs, avec lui, toujours quelque propos amusant qui allégeait, pour nous, la fatigue ; c'était une tête à la fois si extravagante et si sensée, que je l'aimais, que j'en riais, que j'en avais pitié. Mon seul grief était l'attachement qu'il montrait pour Sophie ; il l'appelait, pour plaisanter, sa petite maîtresse, et, quand il achetait quelques rubans pour mes filles, celui de Sophie était toujours le mieux. Je ne savais trop comment, mais chaque jour je croyais voir ses manières devenir plus aimables, son esprit s'épurer, sa bonhomie s'élever à toute la hauteur de la sagesse.

La famille dînait aux champs ; nous étions assis ou plutôt couchés autour d'un modeste repas, la nappe étendue sur le foin ; M. Burchell

6

animait la fête. Pour surcroît de bonheur, deux merles se répondaient, de deux haies opposées; le rouge-gorge venait familièrement nous becqueter des miettes dans la main ; autour de nous, chaque bruit ne semblait être que l'écho de la tranquillité. « Jamais, dit Sophie, je ne me trouve dans cette position que je ne songe à un délicieux passage de M. Gay, à ces deux amants qui se frappent et expirent dans les bras l'un de l'autre. Il y a, dans cette description, quelque chose de si touchant que je l'ai lue cent fois avec un ravissement toujours nouveau. — Selon moi, reprit mon fils, les plus beaux traits de cette description sont bien au-dessous de ceux de l'Acis et de la Galatée d'Ovide. Le poëte latin entend mieux l'usage du contraste, et c'est de cette figure, habilement employée, que dépend toute la force du pathétique. — Il est remarquable, ajouta M. Burchell, que les deux poëtes dont vous parlez ont également contribué à fausser le goût, dans leur patrie respective, en surchargeant leurs vers d'épithètes. Des écrivains sans génie ont très-facilement imité leurs défauts, et la poésie anglaise, comme la poésie latine des derniers jours de l'empire romain, n'est aujourd'hui qu'une marqueterie de pompeuses images sans but et sans suite. Ces épithètes sont autant de cordes qui enflent le son sans ajouter au sens. Peut-être, madame, quand je critique ainsi les autres, trouverez-vous juste que je les mette à même de prendre leur revanche; et, tout de bon, je n'ai fait cette remarque que pour avoir occasion de soumettre à la compagnie une ballade qui, quels que puissent être ses autres défauts, est du moins, je pense, exempte de ceux que je viens de signaler.

BALLADE.

« A moi, bon ermite du vallon ! guide mes pas solitaires vers ce point éloigné d'où ta lampe réjouit la colline de son rayon hospitalier.

« Sans appui, égaré, je chancelle, je me traîne lentement dans ce désert, dont l'immensité semble s'étendre à mesure que je vais.

« Arrête, mon fils, s'écria l'ermite ; n'affronte pas ces périlleuses ténèbres ! ce perfide gnome fuit devant toi pour t'attirer vers l'abîme.

« Ici, ma porte s'ouvre toujours à l'enfant du besoin sans abri : ma part est bien petite, mais je la donne de bon cœur.

« Reste donc pour cette nuit, et accepte sans crainte ce que t'offre cette cellule, ma couche de joncs, mon repas frugal, ma bénédiction et le repos.

« Je ne condamne pas à la mort la brebis errant en liberté dans le vallon : l'exemple de ce grand être qui a pitié de moi m'apprend à avoir pitié d'elle !

« Je trouve, sans crime, au flanc verdoyant de la montagne, ma nourriture, une poignée d'herbes et de fruits, l'eau de la source.

« Reste, pèlerin, dépose les pensées qui t'accablent : toute pensée qui vient de la terre est mauvaise ; l'homme n'a besoin que de peu, et ce peu — il n'en a pas besoin longtemps. »

Ces accents consolateurs tombent sur l'étranger, doux comme la rosée qui descend du ciel : il incline, avec humilité, son front modeste et suit vers la cellule.

Elle se cachait, solitaire, au fond du désert sombre, asile du pauvre des environs et du voyageur égaré.

Nulle richesse, sous son humble chaume, ne réclamait la vigilance du maître. La porte, s'ouvrant avec un simple loquet, reçut le couple innocent.

A cette heure où la foule affairée se retire pour le repos de la nuit, l'ermite ranime les faibles restes de son feu, et cherche à égayer son hôte pensif.

Il étale devant lui les dons des champs et des bois, il le presse avec un joyeux sourire ; il cherche, par les merveilles de la légende, à charmer la lente marche des heures.

Près de lui, partageant sa douce joie, son jeune chat fait ses mille tours ; le grillon chante dans le foyer, le fagot brûle en pétillant.

Mais rien ne peut adoucir la tristesse de l'étranger : la douleur pèse sur son cœur, et ses larmes commencent à couler.

Ces larmes, l'ermite les épiait ; et, tout ému lui-même de la douleur de son hôte : « Pauvre jeune homme, dit-il, d'où viennent les chagrins de ton cœur ?

« Repoussé d'un plus doux séjour, as-tu erré luttant contre un ordre cruel ? ou bien est-ce une amitié sans retour qui cause ta peine ? est-ce un amour dédaigné ?

« Hélas ! les joies que donne la fortune valent si peu, meurent si vite ! Mettre du prix à de pareils riens, c'est valoir encore moins qu'eux.

« L'amitié ! — qu'est-ce autre chose qu'un mot, un charme qui nous berce pour nous endormir, une ombre qui suit la richesse ou la gloire, qui laisse le malheureux à la merci de la douleur ?

« L'amour ! c'est un mot plus vide encore ; ce n'est plus, de nos jours, que le jouet de la beauté. Jamais on ne le vit sur la terre, ou jamais il n'y échauffa que le nid de la tourterelle !

« Allons, jeune insensé ! silence à tes chagrins ! adieu à un sexe trompeur ! » A ces mots, une subite rougeur a trahi son hôte gracieux.

O surprise ! De nouveaux attraits se révèlent ; ils brillent tout à coup à ses yeux, ainsi que les teintes de la nue du matin, comme elles éblouissants, mais passagers comme elles.

Ce timide regard, ce sein palpitant le font tressaillir. Le bel étranger est reconnu ! — C'est une vierge dans tout son charme !

« Ah ! s'écrie-t-elle, pardon pour l'étranger importun, pour le misérable délaissé dont le pied coupable profane la retraite où habitent le ciel et vous !

« Mais pitié pour une jeune fille qu'a égarée l'amour, qui cherche le repos, et ne trouve pour compagnon que le désespoir.

« Mon père habitait les bords du Tyne : c'était un lord opulent ; tous ses biens devaient m'appartenir, car il n'avait que moi.

« Pour m'enlever de ses bras chéris, d'innombrables amants accoururent ; ils me jugeaient sur le bruit de mes charmes, ils ressentaient ou feignaient l'amour.

« Chaque jour, cette avide cohue étalait à l'envi ses plus magnifiques présents. Dans la foule, le jeune Edwin abaissa devant moi son regard : mais il ne parla jamais d'amour.

« Son vêtement était simple et modeste : il n'avait ni trésors, ni pouvoir ; la sagesse, la vertu était tout ce qu'il avait ; mais tout cela était pour moi !

« Quand à mes côtés, dans le vallon, il chantait des chants d'amour, ses accents donnaient à la brise un doux parfum et remplissaient le bocage d'harmonie.

« La fleur éclose du matin, la limpide rosée du ciel, n'auraient pu égaler la pureté de son âme.

« La rosée, la fleur, brillent de charmes inconstants. Leurs charmes, il les avait, lui ! — Moi, malheureuse ! j'avais leur constance.

« Vaine, indiscrète, j'épuisai toutes les ruses de la coquetterie, son amour touchait mon cœur, et pourtant je triomphais de sa souffrance.

« Las enfin de mes mépris, il m'abandonna à mon orgueil; il alla, dans une lointaine solitude, chercher une retraite ignorée où il mourut.

« A moi le repentir, à moi la faute! — ma vie devra l'expier. Cette solitude qu'il a cherchée, je la cherche à mon tour : je ne m'arrêterai qu'à la place où il repose.

« Là, seule, désespérée, cachant ma honte, je veux me prosterner et mourir! C'est ce qu'Edwin fit pour moi : je le ferai pour lui.

« — Ciel! ne le permets pas! — » s'écrie l'ermite, et il la serre contre son sein. La belle, surprise, va s'irriter. — C'est Edwin lui-même qui la presse dans ses bras.

« Regarde, Angélina, toi qui me fus toujours chère, toi le charme de mon âme! Regarde ton Edwin, ton Edwin si longtemps perdu pour toi! — C'est lui, lui rendu à l'amour et à toi.

« Oh! laisse-moi te tenir sur mon cœur! laisse-moi oublier mes ennuis! Jamais, non jamais, nous ne nous quitterons! — toi, ma vie, toi qui es tout pour moi!

« Non, de ce moment, ne nous quittons jamais! nous vivrons, nous aimerons de cet amour si vrai! Le soupir, qui doit briser ton cœur fidèle, brisera aussi le cœur de ton Edwin! »

Pendant la lecture de cette ballade, Sophie semblait mêler une expression de tendresse à son approbation. Tout à coup notre tranquillité fut troublée par l'explosion d'un fusil tiré juste à côté de nous, et, à l'instant même, nous vîmes un homme s'élancer au travers de la haie pour ramasser la pièce qu'il venait d'abattre. Le chasseur était le chapelain du *Squire;* il avait tué un des merles dont le chant nous faisait tant de plaisir. A cette détonation si forte et si voisine, mes filles s'étaient levées toutes tremblantes, et je remarquai que, dans sa frayeur, Sophie s'était jetée aux bras de M. Burchell pour y trouver protection.

Le chapelain s'approcha, et demanda pardon de nous avoir troublés, assurant qu'il ne nous savait pas si près; puis il s'assit à côté de ma fille cadette, et, en vrai chasseur, lui offrit ce qu'il avait tué dans la matinée. Elle allait refuser, mais un coup d'œil de sa mère lui fit réparer son étourderie, et accepter le présent, quoique avec de l'hésitation. Ma femme, comme de coutume, laissa percer son orgueil, en remarquant, à voix basse, que Sophie avait fait la conquête du chapelain, comme Olivia celle du *Squire*. Je soupçonnais, avec plus de probabilité, que son affection avait un autre objet.

Le chapelain était chargé de nous annoncer que M. Thornhill avait fait venir de la musique et des rafraîchissements, et qu'il avait le projet de donner le soir même, aux dames, un bal au clair de la lune, sur la pelouse devant notre porte. « Je ne puis cacher, ajouta-t-il, que j'ai intérêt à apporter le premier ce message; car, pour ma récompense, j'espère que miss Sophie me fera l'honneur de danser avec moi. — Oh ! de grand cœur ! répondit Sophie, si les convenances me le permettaient. Mais voici, ajouta-t-elle en regardant M. Burchell, un *gentleman* qui a partagé avec moi les fatigues de la journée et qui doit en partager les amusements. »

M. Burchell la remercia de sa bonne intention, mais la céda au chapelain; il était, à cinq milles de là, invité à un souper de moisson, et il allait y passer la nuit.

Son refus était pour moi un peu extraordinaire, et je ne pouvais concevoir qu'une fille de sens comme Sophie préférât un homme ruiné à un homme qui avait de bien plus belles espérances. Mais si les hommes sont fort habiles à discerner le mérite des femmes, les femmes, parfois, ont sur nous un coup d'œil de la plus grande justesse. Destinés, il paraît, à s'épier l'un l'autre, les deux sexes ont reçu une aptitude diverse pour cette mutuelle surveillance.

CHAPITRE IX.

Deux grandes dames. Une riche toilette fait toujours supposer de bonnes manières.

Burchell venait de prendre congé, et Sophie de consentir à danser avec le chapelain, quand mes marmots accoururent de la maison, annonçant que le *Squire* était arrivé avec nombreuse compagnie. En rentrant, nous le trouvâmes avec deux petits *gentleman* et deux jeunes dames richement parées, qu'il nous présenta comme des femmes fort distinguées et fort à la mode de Londres. Il n'y avait pas assez de siéges pour tout le monde. « Chaque *gentleman*, dit à l'instant M. Thornhill, va s'asseoir sur les genoux d'une dame. » Je m'y refusai positivement, malgré un regard improbateur de ma femme. Moïse fut dépêché pour emprunter quelques siéges, et, comme nous manquions de danseuses pour monter un quadrille de contredanse, les deux *gentleman* allèrent, avec lui, recruter deux danseuses. Siéges et danseuses furent bientôt trouvés : les *gentleman* revinrent avec les deux jolies filles de mon voisin Flamborough, toutes rayonnantes sous un nœud de ruban rouge. Mais, autre fâcheux incident! Les deux miss Flamborough étaient bien, de l'aveu de tous, les meilleures danseuses de la paroisse : elles savaient à merveille la gigue et la ronde, mais elles ne connaissaient pas le moins du monde les contredanses. Nous fûmes tout d'abord un peu déconcertés ; mais, après quelques *en avant,* quelques *glissades,* elles finirent par s'en tirer fort gaiement.

Notre musique se composait de deux violons, d'une flûte et d'un tambourin. La lune brillait de tout son éclat ; M. Thornhill et ma fille aînée menaient le bal, au grand contentement des spectateurs ; car tout le voisinage, au bruit de notre petite fête, était venu se grouper autour de nous.

Ma fille avait dans tous ses mouvements tant de grâce et de vivacité, que l'amour-propre de ma femme ne put encore y tenir.. « Chère petite chatte ! me dit-elle ; tous ces pas si bien faits, c'est à moi pourtant qu'elle les a volés ! » Vainement nos dames de la ville s'évertuaient à lutter de souplesse : pirouettes, brusques échappées, langoureuses ou sémillantes allures, rien n'y faisait ; la galerie sans doute trouvait tout cela fort bien, mais le voisin Flamborough remarquait que le pied de miss Livy retombait toujours après la mesure, comme l'écho après la voix.

On dansa environ une heure ; puis les deux dames, qui craignaient de s'enrhumer, demandèrent qu'on cessât le bal ; et, à ce propos, l'une d'elles formula, il me semble, sa pensée d'une manière bien triviale, quand elle nous dit que, *par Jésus vivant,* elle était *toute en nage !*

En rentrant, nous trouvâmes un souper froid fort élégant que M. Thornhill avait fait apporter avec lui. La conversation fut dès lors plus réservée qu'auparavant. Les deux dames éclipsèrent complétement mes filles ; car elles ne parlèrent que grand monde, société du grand monde, et autres choses à la mode, tableaux, goût, Shakspeare, harmonica. Une ou deux fois, à la vérité, elles nous embarrassèrent fort en laissant échapper un juron ; mais c'était pour moi une preuve

7

de leur haute distinction. Depuis, j'ai su que les jurons sont tout à fait
passés de mode. Au reste, leur riche parure jetait un voile sur la tri-
vialité de leur conversation. Mes filles semblaient voir leurs avantages
avec un œil d'envie : leurs évidentes inconvenances ! — Chez des
femmes de qualité, toutes paraissaient le suprême bon ton.

Mais tous les autres avantages de ces dames étaient encore au-dessous de leur complaisance. L'une d'elles fit la remarque que, si miss
Olivia avait un peu plus vu le monde, elle y gagnerait infiniment;
l'autre ajouta qu'un seul hiver à la ville ferait tout autre chose de la
petite Sophie. Ma femme appuya très-chaudement l'un et l'autre avis :
elle assura qu'elle ne désirait rien avec tant d'ardeur que de donner à
ses filles le poli d'un seul hiver. Je ne pus m'empêcher de répondre
que leur ton était déjà au-dessus de leur fortune, et que plus de recherche ne servirait qu'à rendre leur pauvreté ridicule, et à leur donner le goût de plaisirs auxquels elles ne devaient pas prétendre. « Et à
quels plaisirs, dit M. Thornhill, ne doivent pas prétendre des femmes
qui ont elles-mêmes tant à donner? Pour mon compte, ajouta-t-il, ma
fortune est assez belle. Amour, liberté, plaisir : voilà ma devise ! Mais,
Dieu me damne ! si le don de moitié de ma propriété peut être agréable
à ma charmante Olivia, elle est à elle : le seul prix que je demande,
c'est la permission de m'offrir moi-même par-dessus le marché ! » Je
n'étais pas assez étranger à ce monde pour ne pas deviner que ce n'était
là qu'une roucrie de bel air dont se couvrait l'effronterie de la plus infâme proposition : mais, faisant un effort pour maîtriser ma colère :
« Monsieur, lui dis-je, la famille que vous voulez bien, en ce moment,
honorer de votre présence, a de l'honneur un sentiment aussi vif que
vous. Toute tentative de blesser ce sentiment peut avoir les plus fâcheuses conséquences. L'honneur, monsieur, est tout ce qui nous
reste aujourd'hui, et nous devons avoir de ce dernier trésor un soin
particulier. »

Je me reprochais déjà la chaleur que j'avais mise à cette espèce de mercuriale, quand le jeune *gentleman*, me serrant la main, me jura qu'il appréciait ma délicatesse, bien qu'il désapprouvât mes soupçons. « Quant à ce qui vous préoccupe en ce moment, ajouta-t-il, rien, je le déclare, n'est plus loin de mon cœur que pareille pensée ; non, de par toutes les tentations de ce monde, vertu qui exige un siége en règle n'a jamais été de mon goût ; car mes amours ont toutes été l'affaire d'un coup de main. »

Les deux dames, qui affectaient de ne pas comprendre le reste, parurent extrêmement choquées de la liberté de ce dernier propos, et entamèrent un dialogue très-discret et très-sérieux sur la vertu. Nous y prîmes part, ma femme, le chapelain et moi. Le *Squire* lui-même fut, à la fin, obligé de confesser une velléité de regret de ses excès passés. Nous parlâmes des plaisirs de la tempérance, et de la sécurité d'une âme que n'a pas souillée le crime. J'étais si ravi, que nos deux marmots furent retenus au milieu de nous plus tard qu'à l'ordinaire, pour profiter de cette édifiante conversation. M. Thornhill alla même plus loin que moi, et me demanda si je voulais bien faire la prière. J'y consentis avec joie, et, de cette façon, la soirée se passa le mieux du monde, jusqu'au moment où la compagnie songea enfin à se retirer.

Les dames parurent désolées de quitter mes filles, pour lesquelles elles avaient conçu un attachement tout particulier : toutes deux me supplièrent de leur accorder le plaisir de les emmener chez elles. Le *Squire* appuya cette demande : ma femme y joignit ses instances, et les regards d'Olivia et de sa sœur me disaient : Laissez-nous partir. Deux ou trois excuses, que je hasardai dans mon embarras, furent à l'instant écartées par mes filles, en sorte qu'à la fin je me vis dans la nécessité de refuser net. Je n'y gagnai, pour tout le lendemain, que des regards boudeurs et des réponses sèches.

CHAPITRE X.

Efforts de la famille pour aller de pair avec plus riche qu'elle. Misère du pauvre qui veut briller.

Je commençai seulement alors à m'en apercevoir : mes longues et laborieuses exhortations à la modestie, à la simplicité, à la résignation, étaient complétement méprisées. Les avances que venaient de nous faire plus riches que nous réveillèrent cet orgueil que j'avais endormi, mais que je n'avais pu détruire. Nos fenêtres, comme par le passé, se couvrirent d'eaux pour le cou et le visage. On redouta — le soleil : c'était, au dehors, l'ennemi de la peau — le feu : c'était, au dedans, le fléau du teint. Ma femme prétendit que se lever trop tôt cernait les yeux de ses filles, que travailler après le dîner leur rendait le nez rouge. « Jamais, me dit-elle, les mains n'ont l'air aussi blanches que quand elles ne font rien. » Et, partant, au lieu d'achever les chemises de George elles se mirent à rajeunir leurs vieilles gazes, à broder sur le marly. Les pauvres miss Flamborough, leurs gentilles compagnes de la veille, furent mises de côté, comme des connaissances de trop bas lieu, et la conversation ne roula plus que sur le grand monde, la société du grand monde, les tableaux, le goût, Shakspeare et l'harmonica.

LA DISEUSE DE BONNE AVENTURE

La diseuse de bonne aventure les chambres rustique temps

Publié par J. Sized

Tout cela eût été supportable encore. Mais une bohémienne, diseuse de bonne aventure, nous lança tout à fait dans les espaces. La brune sibylle n'eut pas plutôt paru, que mes filles accoururent me demander un schelling pour lui faire, dans la main, la croix d'argent. A vrai dire, j'étais las d'être toujours raisonnable, et je ne pus m'empêcher de leur accorder leur demande ; tant j'aimais à les voir heureuses ! Je leur donnai à chacune un schelling ; toutefois, pour l'honneur de la famille, je dois dire que jamais elles ne sortaient sans argent, ma femme, dans sa générosité, leur permettant toujours d'avoir chacune une guinée dans leur poche, mais à la condition expresse de ne la changer jamais.

La diseuse de bonne aventure les chambra quelque temps, et, à leur retour, je lus dans leurs yeux qu'on leur avait promis des merveilles. « Allons, mes enfants, avez-vous eu bonne chance ? Dis-moi, Livy, la diseuse de bonne aventure t'en a-t-elle donné pour un penny ? — Oh ! bien certainement, père, elle hante qui l'on ne doit pas hanter : car elle m'a positivement dit que, avant un an, je dois épouser un *Squire*. — Bien ! Et toi, maintenant, Sophie, quelle espèce de mari dois-tu avoir ? — Un lord, aussitôt que ma sœur aura épousé son *Squire*. — Comment, c'est là tout ce que vous devez avoir pour deux schellings !..... Un lord et un *Squire* seulement, pour vos deux schellings ! — Folles que vous êtes ! Pour moitié, moi, je vous aurais promis un prince et un nabab ! »

Cette curiosité, toutefois, eut de très-sérieuses conséquences : nous commençâmes à nous croire prédestinés par les étoiles à quelque chose de magnifique, et nous anticipâmes tout d'abord sur notre grandeur à venir.

On l'a remarqué mille fois, et je dois le remarquer une fois de plus ; l'heure de la contemplation d'un bonheur en perspective est plus douce que celle de la jouissance. Dans le premier cas, c'est nous-

mêmes qui assaisonnons le plat à notre goût; dans le second, c'est la
nature qui l'assaisonne pour nous. Impossible de décrire la série de
rêves délicieux dont nous ne cessions de nous repaître. Nous regardions notre fortune comme rétablie, et toute la paroisse assurait que
le *Squire* raffolait de ma fille ; elle raffolait réellement de lui, car on
l'avait fait croire à cet amour. Dans cet intervalle de bonheur, ma
femme faisait les plus beaux rêves du monde, et, chaque matin, elle
avait grand soin de nous les raconter, très-solennellement, dans tous
leurs détails. Tantôt c'était une bière et des os en croix, signe d'un
prochain mariage ; tantôt elle avait vu les poches de ses filles toutes
pleines de *farthings,* signe certain que bientôt elles allaient se remplir d'or. Nos filles avaient aussi leurs présages : elles sentaient sur
leurs lèvres d'étranges baisers ; elles voyaient des cercles à la chandelle ; des bourses jaillissaient du feu, et des lacs d'amour se trouvaient cachés au fond de chaque tasse à thé.

Sur la fin de la semaine, nous reçûmes des dames de la ville une
carte où, en nous offrant leurs compliments, elles exprimaient l'espoir
de voir la famille à l'église le dimanche suivant. Par suite, toute la matinée du samedi, je remarquai ma femme et mes filles en conférence
mystérieuse, et me lançant, de temps à autre, des regards qui trahis-
saient un grand complot. En bonne conscience, je soupçonnais fort quelques préparatifs bien absurdes pour paraître le lendemain avec éclat.

Le soir, la tranchée fut ouverte dans toutes les règles, et ma femme
se chargea de la conduite du siége. Après le thé, quand je lui parus de
bonne humeur : « Charles, me dit-elle, j'imagine, mon ami, que nous
aurons demain à l'église force bonne compagnie. — Possible, ma
chère ; mais vous n'avez pas besoin de vous en inquiéter, vous aurez
un sermon, quoi qu'il arrive. — Je m'y attends bien ; mais, mon ami,
nous devons, je pense, y paraître aussi décemment que possible ; car,
qui sait ce qui peut arriver? — Cette précaution est fort louable. Un

maintien et un extérieur décent, à l'église, sont ce qui charme le plus.
Nous serons fervents et humbles, gais et sereins. — Je sais tout cela;
mais je voulais dire que nous nous y rendrons aussi convenablement
que possible, autrement que les pauvres gens d'alentour. — Vous avez
raison, ma chère, et j'allais vous faire la même proposition; la manière la plus convenable est de nous y rendre de bonne heure, pour
avoir le temps de nous recueillir avant le commencement du service.
— Mon Dieu! tout cela va de soi : mais ce n'est pas là que j'en veux
venir ; nous nous y rendrons, je pense, en gens comme il faut. Vous
savez que l'église est à deux milles d'ici. J'avoue que je n'aime pas à
voir mes filles se traîner vers leur banc tout essoufflées, toutes rouges
de la marche, et avec l'air, pour tout le monde, d'avoir gagné à la
course une chemise. Voici donc, mon ami, ma proposition. Nous
avons nos deux chevaux de labour, le poulain qui est dans la maison
depuis neuf ans, et Blackberry, son camarade, qui n'a presque rien
fait depuis un mois. Tous deux deviennent gras et s'engourdissent.
Pourquoi n'auraient-ils pas un peu de mal comme nous? Convenez
que, quand Moïse les aura un peu requinqués, ils auront une mise tout
à fait passable. »

A cela bien des objections. Le voyage à pied me paraissait vingt fois
plus *comme il faut* que des montures comme Blackberry, qui était
borgne, comme le poulain, qui avait la queue du rat; puis ils n'avaient
jamais été dressés à la selle ; puis ils avaient des vices, des fantaisies
par centaines; puis enfin, nous n'avions, dans la maison, qu'une selle
d'homme et une de femme. A toutes mes objections, on passa outre :
il me fallut céder.

Le lendemain matin, je trouvai tout le monde à l'œuvre : réunir les
éléments de pareille expédition n'était pas une mince affaire. Pré-
voyant qu'elle serait fort longue, je pris les devants, et partis à pied
pour l'église : on m'avait promis de me suivre de près.

J'attendis près d'une heure, lisant au pupitre, pour leur donner le temps d'arriver. Mais, ne voyant venir personne, il fallait bien commencer, avancer même dans le service, un peu contrarié de leur absence. Ce fut bien pis quand, le service terminé, la famille ne parut point.

Je pris, à pied, la grande route qui faisait un détour de cinq milles, tandis que le sentier des piétons n'en avait que deux, et, à moitié chemin de la maison, j'aperçus la procession se dirigeant lentement vers l'église; mon fils, ma femme et mes deux marmots juchés sur l'un des chevaux, et mes deux filles sur l'autre. Je demandai les motifs du retard : leurs regards m'eurent bientôt appris qu'ils avaient éprouvé mille mésaventures. Les chevaux d'abord s'étaient refusés à passer la porte; il avait fallu que M. Burchell eût la complaisance de les chasser devant lui, près de deux cents yards, avec son bâton. Un moment après, les sangles de la selle de ma femme s'étaient brisées : halte obligée pour les raccommoder, avant de pouvoir aller plus loin. Enfin, un des chevaux s'était mis en tête de s'arrêter encore, et ni coups ni menaces n'avaient pu le faire avancer. Ils sortaient de ce mauvais pas, tout juste au moment où je les rencontrai. Quand je vis toutes choses sauves, leurs tribulations, je l'avoue, ne me déplurent pas beaucoup. J'y apercevais, dans l'avenir, pour moi l'occasion de plus d'un triomphe, pour mes filles, une leçon d'humilité.

CHAPITRE XI.

Le lendemain se trouvait la veille de Saint-Michel ; nous fûmes invités à griller des noix et à jouer aux petits jeux chez le voisin Flamborough. Nos dernières mortifications nous avaient un peu humiliés ; sans cela, nous eussions rejeté avec dédain une pareille invitation ; nous nous laissâmes donc être heureux. L'oie et les *dumplings* de notre honnête voisin furent très-bons ; son *lamb's-wool*, de l'avis même de ma femme qui était une connaisseuse, fut excellent. Il faut en convenir, sa manière de conter des histoires ne nous parut pas tout à fait aussi agréable ; elles furent bien longues, bien lourdes, toutes sur lui-même ; nous en avions déjà ri dix fois auparavant ; mais nous fûmes assez polis pour en rire une fois de plus.

M. Burchell était des nôtres. Toujours heureux de mettre en train quelque innocente partie, il proposa aux garçons et aux filles un tour de colin-maillard. Ma femme consentit à être du jeu, et j'y trouvai le plaisir de penser qu'elle n'était pas trop vieille encore. Moi et mon voisin de rire à chaque niche, de vanter notre adresse dans notre

8

temps. Vint ensuite la *main chaude*, puis le *propos interrompu*, puis
enfin la *savate*. Tout le monde ne connaît pas, peut-être, ce passe-temps
des anciens jours ; je dois rappeler qu'à ce jeu on s'assied en rond, par
terre, tous, moins un qui, debout au milieu, cherche à saisir un soulier
que les joueurs se passent l'un à l'autre, sous les jarrets, à peu près
comme la navette d'un tisserand. La personne qui est debout ne pouvant, dès lors, faire face à tout le monde à la fois, le beau du jeu consiste à lui appliquer le talon du soulier sur le côté qui peut le moins se
défendre. Ma fille aînée s'était ainsi entourée, harcelée à la ronde, toute
rouge, toute hors d'elle, criant — franc jeu ! d'une voix à assourdir un
chanteur de ballade, quand tout à coup, ô honte sur honte ! entrent
dans la pièce — qui ? — rien moins que nos deux grandes connaissances de la ville, lady Blarney, et miss Caroline-Wilhelmine-Amélie
Skeggs ! Toute description ne pourrait qu'affaiblir cette mortification
nouvelle ; inutile donc de décrire ! — Grand Dieu ! — Etre surprises
par de si grandes dames dans des attitudes si vulgaires ! — Pou-
vait-on mieux attendre de ce vulgaire jeu proposé par maître Flamborough ? Un moment nous restâmes cloués à terre, comme si, de fait,
le saisissement nous eût pétrifiés.

Les deux grandes dames étaient allées chez nous pour nous voir, et
ne nous y trouvant pas, elles étaient venues chez maître Flamborough,
impatientes de savoir quel accident nous avait empêchés la veille de
paraître à l'église. Olivia prit la parole pour nous, et résuma toute
l'histoire en deux mots. « Nous sommes tombées de cheval. » A cette
nouvelle, grand effroi pour les deux dames, mais grande joie quand
on leur eut dit que la famille n'avait pas eu de mal ; vive douleur quand
elles apprirent que nous étions morts de frayeur, mais grande joie
encore quand elles surent que nous avions passé une bonne nuit. Rien
au-dessus de leur complaisance pour mes filles. La veille, leurs démon-
strations avaient été vives ; en ce moment, elles furent de feu, elles

protestèrent de leur désir de faire plus intime connaissance. Lady Blarney s'attacha plus particulièrement à Olivia. Mais Caroline-Wilhelmine-Amélie Skeggs (j'aime à décliner le nom tout entier) prit plus de goût pour sa sœur.

Elles se mirent à causer entre elles, tandis que mes filles admiraient en silence leurs délicieuses manières. Comme tout lecteur, si gueux qu'il soit lui-même, trouve toujours un vif plaisir aux entretiens du grand monde, aux anecdotes de lords, de *ladies*, de chevaliers de la Jarretière, je demande la permission de lui donner la fin de la conversation des deux grandes dames.

« Tout ce que j'en sais, dit miss Skeggs, se borne à ceci : possible que cela soit vrai, possible que cela soit faux. Mais ce que je puis assurer à Votre Seigneurie, c'est que tout le *rout* fut stupéfait. Sa Seigneurie devint de toutes couleurs; milady s'évanouit; mais sir Tomkin, tirant son épée, jura qu'il était à elle jusqu'à la dernière goutte de son sang.

« — Bien ! répondit notre princesse; je vous assure que la duchesse ne m'en a jamais dit un mot, et je crois que Sa Grâce n'aurait pas de secret pour moi. Mais, ce que vous pouvez regarder comme un fait, c'est que, ce matin, milord duc a crié trois fois à son valet de chambre : Jernigan ! Jernigan ! Jernigan ! apporte-moi mes jarretières !

« J'aurais dû, avant tout, rappeler l'inconvenante tenue de M. Burchell, qui, pendant tout ce discours, constamment tourné vers le feu, ne manquait pas, à la fin de chaque couplet, de placer un *bast!* Exclamation qui nous déplaisait fort à tous et brisait la vive allure de la conversation.

« D'ailleurs, ma chère Skeggs, continua notre pairesse, il n'y a pas trace de cela dans la copie des vers qu'a faits, à cette occasion, le docteur Burdock. — *Bast!*

« — J'en suis surprise; car il oublie rarement un seul détail; d'au-

tant mieux qu'il écrit pour son amusement. Mais Votre Seigneurie
veut-elle me permettre d'y jeter un coup d'œil ? — *Bast !*

« — Ma chère enfant, croyez-vous donc que je colporte avec moi
ces choses-là ? Elles sont charmantes pourtant, et je me flatte d'en être
juge ; au moins je sais ce qui me plaît. Oh ! j'ai toujours adoré les
bluettes du docteur Burdock ! car, sauf ses vers et ceux de notre
chère comtesse de *Hanover Square*, il ne paraît rien que du dernier
bourgeois ; rien qui rappelle la bonne compagnie ! — *Bast !*

« — Votre Seigneurie excepte sans doute aussi ses propres confi-
dences au *Magasin des Dames*. Vous conviendrez, je pense, qu'il n'y
a rien là qui sente le bourgeois. Mais, je le sais, ce sont bonnes fortunes sur lesquelles nous ne devons plus compter. — *Bast !*

« — Comment, ma chère, vous savez que ma lectrice et demoiselle de compagnie m'a quittée pour épouser le capitaine Roach ; mes
pauvres yeux ne me permettant pas d'écrire moi-même, j'en cherche
une autre depuis quelque temps. Une personne convenable n'est pas
chose facile à trouver ; et, au fait, trente livres sterling par an, c'est
bien peu pour une fille honnête et bien élevée, en état de lire, d'écrire
et de tenir compagnie. Quant aux perrettes de Londres, pas une qui
soit tenable ! — *Bast !*

« — Oh ! je le sais par expérience ; car, des trois demoiselles de compagnie que j'ai eues depuis six mois, l'une a refusé de travailler au
linge une heure par jour ; l'autre a trouvé vingt-cinq guinées par an
un traitement trop faible ; et j'ai été obligée de renvoyer la troisième,
parce que je soupçonnais une intrigue avec le chapelain. La vertu, ma
chère lady Blarney, la vertu n'a pas de prix ; mais où la rencontrer ?
— *Bast !* »

Ma femme, tout oreilles à ce discours, fut surtout frappée de ce
dernier trait. Trente livres sterling et vingt-cinq guinées par an faisaient cinquante-six livres sterling cinq schellings, argent d'Angle-

terre. Pour tout cela, un pas à faire, un mot à dire, et ce serait chose assurée, sans peine, à la famille. Un moment elle chercha dans mes regards une approbation ; et, je dois l'avouer, deux places comme celles-là me semblaient parfaitement convenir à nos filles. D'ailleurs, si le *Squire* avait un attachement réel pour ma fille aînée, c'était une occasion de la mettre à même de faire fortune.

Ma femme prit donc son parti ; il ne fallait pas que le défaut d'assurance nous fit perdre une occasion si favorable ; et, au nom de toute la famille : « Vos Seigneuries, dit-elle, auront, j'espère, la bonté de me pardonner ma hardiesse : nous n'avons pas le droit, je le sais, de prétendre à pareille faveur ; mais il est bien naturel à une mère de chercher à produire ses enfants dans le monde. Mes filles, j'ose dire, ont reçu une éducation assez soignée, ont assez de talents, pour que la province ne puisse pas offrir mieux qu'elles. Elles savent lire, écrire et compter ; elles savent à merveille leur aiguille : broderie, feston, pois, œillets, gros linge de toute espèce, elles font tout ; elles relèvent une collerette ; elles ont un peu de musique ; elles font une foule de petits ouvrages ; elles brodent sur le marly ; ma fille aînée découpe fort bien ; ma cadette tire fort joliment les cartes. — *Bast !* »

Quand elle eut débité cette magnifique tirade, les deux grandes dames se regardèrent un moment en silence, d'un air d'importance et d'hésitation. A la fin, miss Caroline-Wilhelmine-Amélie Skeggs eut la complaisance de répondre que les deux jeunes *ladies*, autant qu'elle pouvait les juger sur une si fraîche connaissance, lui semblaient parfaitement convenir à ce double emploi : « Mais, madame, ajouta-t-elle en s'adressant à ma femme, c'est chose qui exige un sérieux examen des caractères, une connaissance intime pour l'une et l'autre : non que je mette en doute, le moins du monde, la vertu, la sagesse, la réserve des deux jeunes *ladies*; mais il y a des formes en pareil cas, madame ; il y a des formes ! — *Bast !* »

Ma femme approuva très-fort les scrupules de milady, assurant qu'elle-même se sentait très-scrupuleuse; mais elle en appelait, pour le caractère, à tout le voisinage. La pairesse déclara cet appel inutile; — il suffirait de la recommandation de Thornhill, son cousin; — et nous en restâmes là de notre demande.

CHAPITRE XII.

La fortune semble décidée à humilier la famille de Wakefield. Des mortifications sont parfois plus pénibles que des malheurs réels.

Rentrés au logis, toute la soirée fut consacrée à nos plans de conquête. Déborah fit preuve d'une merveilleuse sagacité dans ses conjectures sur celle de nos filles qui aurait la meilleure place, et le plus d'occasions de voir la bonne compagnie. A nos succès un seul obstacle! — la recommandation du *Squire*; mais il nous avait déjà donné tant de preuves d'intérêt, qu'on pouvait ne pas la mettre en doute. Même au lit, ma femme en revint à son thème habituel! « Allons, soyez franc, mon bon Charles! Entre nous, nous venons, je crois, de faire une excellente journée. — Passable! répondis-je, ne sachant trop que dire. — Qu'est-ce?... passable seulement : moi, je la tiens pour très-bonne. Songez que vos filles vont faire en ville de belles connaissances. J'en suis convaincue!... Il n'y a, au monde, que Londres pour toute espèce de maris. D'ailleurs, mon ami, des choses plus étranges arrivent chaque jour; et, si des femmes de qualité sont tant éprises de mes filles, que sera-ce des hommes de qualité? Entre nous, je vous l'assure, j'aime singulièrement lady Blarney; elle est si obligeante!

Miss Caroline-Wilhelmine-Amélie Skeggs aussi me tient fort au cœur. Et pourtant, dès qu'elles ont parlé de places en ville, vous avez vu comme je les ai prises au mot. Dites-moi, n'ai-je pas, à votre sens, bien travaillé pour nos enfants? — Ah! répondis-je, ne sachant trop qu'en penser, fasse le ciel que toutes deux, dans trois mois, s'en trouvent mieux!... » Une de ces réflexions par lesquelles je cherchais à donner à ma femme une haute idée de ma pénétration; car, mes filles réussissaient-elles, c'était un pieux souhait exaucé; arrivait-il malheur, on pouvait y voir une prophétie.

Toute cette conversation, au reste, n'avait d'autre but que de me préparer à un second projet tout aussi effrayant. Il ne s'agissait de rien moins que de la nécessité, au moment où nous allions marcher la tête un peu plus haute, de vendre, à une foire des environs, le poulain devenu vieux, et d'acheter un cheval qui porterait une ou deux personnes, suivant le cas, et ferait bonne figure à l'église ou dans une visite. D'abord, vive dénégation de ma part; mais d'autre part, vive instance; je faiblis, mon adversaire devint plus pressant, puis enfin il fallut me rendre.

La foire se tenait le lendemain : je voulus y aller moi-même ; mais ma femme me persuada que je m'étais enrhumé, et rien ne put la déterminer à me laisser sortir. « Non, mon ami, me dit-elle, votre fils Moïse est un garçon fort sage, en état de bien vendre et de bien acheter. Vous le savez, toutes nos bonnes acquisitions, c'est lui qui les a faites; il tient ferme, il marchande, il fatigue son homme jusqu'à ce qu'il s'exécute. »

J'avais effectivement bonne opinion de l'intelligence de mon fils; je consentis à lui confier cette commission, et, le lendemain matin, je vis ses sœurs tout occupées à le bichonner pour la foire, à le friser, à lui nettoyer ses boucles, à lui relever son chapeau avec des épingles. Cette grande toilette terminée, nous eûmes enfin le plaisir de le voir

ST. AGE DE VOEU POUR LE MARCHÉ

enfourché sur le poulain, et flanqué d'une boîte de sapin dans laquelle il devait rapporter des épiceries. Il avait un habit de drap *tonnerre* et *éclair*, qui, bien que devenu un peu court, était trop bon encore pour être réformé ; sa veste était *vert d'oie*, et ses sœurs lui avaient noué les cheveux avec un large ruban noir. Nous l'accompagnâmes tous à quelques pas de la maison, lui criant : « Bonne chance ! bonne chance ! » jusqu'au moment où nous le perdîmes de vue !

Il ne faisait que partir, quand le maître d'hôtel de M. Thornhill vint nous féliciter de notre bonne fortune ; il avait, nous dit-il, entendu son jeune maître parler de nous dans les termes les plus flatteurs.

Cette bonne fortune ne semblait pas vouloir aller seule. Un autre valet de pied de la maison arriva, un moment après, avec un billet pour mes filles. Les deux grandes dames avaient reçu de M. Thornhill les meilleurs renseignements sur notre compte ; encore quelques petites informations, et elles espéraient être pleinement satisfaites. « Ah ! s'écria ma femme, maintenant, je le vois, il n'est pas facile d'entrer dans les familles des grands ; mais une fois qu'on y est entré, comme dit Moïse, il n'y a plus qu'à dormir sur les deux oreilles. » Cette boutade, ma femme la prenait pour de l'esprit : mes filles, toutes joyeuses, y applaudirent avec des rires bruyants. Bref, Déborah fut si ravie du message, qu'elle mit de suite la main à la poche, et donna au messager sept *pence* et un demi-*penny*.

C'était notre jour de visites. La troisième fut celle de M. Burchell : il arrivait de la foire et apportait à chacun de mes deux marmots un pain d'épice d'un *penny,* que ma femme se chargea de serrer pour eux, et de leur donner, par procuration, en temps utile ; à mes deux filles, une couple de boîtes où elles pourraient mettre des pains à cacheter, du tabac, des mouches, même de l'argent, quand elles en auraient. Le caprice habituel de ma femme était une bourse de peau de belette, parce que, plus que toute autre, elle porte bonheur : ceci en passant.

9

Nous faisions grand cas de M. Burchell, quoique sa dernière impo-
litesse nous eût un peu déplu : nous ne pûmes y tenir ; — récit de notre
bonheur, demande d'avis. Bien rarement d'humeur à suivre un avis,
nous aimions assez à le demander. Il lut le billet des deux grandes
dames, et, hochant la tête : « Un parti comme celui-là, dit-il, demande
la plus grande circonspection ! » Cet air de défiance piqua fort ma
femme. « Monsieur, lui dit-elle, je n'ai jamais douté de votre empressement à vous mettre contre mes filles et moi. Vous avez plus de circonspection qu'il ne faut. Du reste, quand nous voudrons avoir un
avis, nous nous adresserons, j'imagine, à qui semble en avoir fait usage
pour lui-même. — Ma conduite, madame, quelle qu'elle ait pu être,
n'est pas ce dont il s'agit en ce moment : bien que je n'aie pas fait
usage d'avis pour moi-même, j'en puis donner, en conscience, à qui
le désire. »

A cette réponse, je craignis une réplique où l'amertume pourrait
remplacer l'esprit ; et, changeant la conversation : « Je ne comprends
pas, dis-je, ce qui peut retenir si tard Moïse à la foire ; car la nuit
commence à tomber. — Ne vous inquiétez jamais de notre fils, répondit ma femme ; songez qu'il sait à merveille ce qu'il a à faire. Jamais,
je vous jure, nous ne le verrons vendre ses poules un jour de pluie. Je
lui ai vu faire des marchés à n'en pas revenir ; et, à ce propos, je veux
vous conter une histoire qui vous fera mourir de rire... Mais, sur ma
vie, voici Moïse qui revient sans cheval et la boîte sur le dos. »

Moïse, en effet, arrivait lentement, à pied, tout suant sous sa boîte
de sapin qu'il s'était attachée sur le dos comme un colporteur. « Bonsoir, bonsoir, Moïse ; dis-moi, mon enfant, que nous rapportes-tu de
la foire ? — Ma personne ! répondit Moïse d'un air fin, en posant la
boîte sur la table de la cuisine. — Ah ! Moïse, nous le voyons bien ;
mais où est le cheval ? — Je l'ai vendu trois livres cinq schellings et
deux *pence*. — Bien, mon enfant, je savais que tu leur en ferais voir.

Entre nous, trois livres cinq schellings deux *pence*, ce n'est pas une mauvaise journée. Voyons ! donne-les-moi. — Je n'ai point apporté d'argent ; je l'ai employé à un marché que voici… » Il tirait un paquet de sa veste… « une grosse de lunettes vertes à monture d'argent et avec étui de chagrin. — Une grosse de lunettes vertes… » La voix manquait à ma femme. « Tu as donné le poulain, et tu ne nous rapportes rien qu'une grosse de misérables lunettes vertes ! — Chère mère, pourquoi ne pas écouter la raison ? J'ai fait un admirable marché : sans cela, je ne les eusse pas achetées ; les montures d'argent seules valent le double de la somme. — Foin de tes montures d'argent !… » Ma femme était furieuse. « Nous n'en trouverons pas la moitié : le prix de l'argent brisé, cinq schellings l'once. — Ne vous mettez pas en peine, dis-je, de la vente des montures ; elles ne valent pas six *pence* ; car je m'aperçois qu'elles sont tout bonnement en cuivre verni. — Comment, s'écria ma femme, pas en argent !… Ces montures pas en argent ! — Pas plus que votre poêlon ! — Ainsi, nous voilà sans poulain, et avec une grosse de lunettes vertes, des montures de cuivre et des étuis de chagrin ! Au diable l'escroquerie ! L'imbécile s'est laissé duper : n'aurait-il pas dû mieux connaître son monde ? — Vous avez tort, ma chère ; il aurait dû ne le pas connaître du tout. — Vraiment ! peste du sot ! m'apporter de pareilles drogues ! si je les tenais, je les jetterais au feu ! - Vous avez encore une fois tort, ma chère ! Quoique de cuivre, nous les garderons : des lunettes de cuivre, entendez-vous, valent mieux que rien. »

En ce moment, les yeux du pauvre Moïse se dessillèrent. Il vit qu'il avait été dupé par un adroit filou qui, sur sa mine, l'avait jugé une facile proie. Je lui demandai les détails de sa mésaventure. Il avait vendu le cheval, et se promenait, il paraît, dans la foire pour en chercher un autre. Un individu, à figure respectable, l'avait conduit à une tente, sous prétexte qu'il avait un cheval à vendre. « Là nous rencon-

tràmes, ajouta Moïse, un autre individu très-bien mis, qui demanda à
emprunter vingt livres sterling sur ces lunettes, avouant qu'il avait
besoin d'argent et qu'il les donnerait pour un tiers de leur valeur. Le
premier marchand, qui se disait mon ami, me pressa tout bas de les
acheter, et m'engagea à ne pas laisser échapper une si belle offre.
J'envoyai chercher maître Flamborough : ils l'éblouirent, comme moi,
par de belles paroles, si bien qu'à la fin nous consentîmes à acheter
les deux grosses à nous deux.

CHAPITRE XIII.

M. Burchell était un ennemi : il a le courage de donner un avis qui déplaît.

Ainsi, dans notre famille, bien des projets de briller ; mais sitôt formés, sitôt détruits par quelque revers imprévu. Je tâchais de prendre avantage de chaque désappointement, de faire tourner, au profit de leur bon sens, les mécomptes de leur ambition. « Vous le voyez, mes enfants, nous gagnons bien peu à chercher à donner le change en nous frottant à plus hauts que nous. Vouloir, quand on est pauvre, ne frayer qu'avec les riches, c'est se faire haïr de ceux qu'on évite, et mépriser de ceux qu'on recherche. Tout pacte, entre gens d'inégale condition, est toujours au détriment du plus faible : au riche, tout le plaisir ; au pauvre, tout le mal qui en résulte. Viens, Dick : répète-nous, mon enfant, dans notre intérêt à tous, la fable que tu lisais aujourd'hui. »

« Il y avait, une fois, dit l'enfant, un géant et un nain qui étaient amis et qui habitaient ensemble. Ils prirent l'engagement de ne jamais se séparer l'un de l'autre, et de courir les mêmes aventures. Le premier combat qu'ils livrèrent fut contre deux Sarrasins, et le nain, qui était très-brave, donna à un de ses adversaires une grande estafilade.

Elle fit peu de mal au Sarrasin qui, levant son sabre, abattit net le bras du nain. Il se trouvait en très-fâcheuse position ; mais le géant, accourant à son secours, coucha, en un tour de main, les deux Sarrasins sur la plaine, et le nain, dans sa fureur, coupa la tête du mort. Les voilà marchant à une autre aventure. Cette fois, ce fut contre trois farouches satyres qui enlevaient une demoiselle en grand désarroi. Le nain n'était pas si enragé qu'auparavant : il porta pourtant le premier coup, et celui que lui rendit un des satyres lui fit sauter l'œil de la tête. Mais le géant fut bientôt à eux, et, si les satyres n'avaient pris la fuite, il les eût bien sûrement tous tués. Nos deux amis furent très-joyeux de cette victoire, et la demoiselle, hors de peine, s'amouracha du géant et l'épousa. Ils allèrent alors bien loin, plus loin que je ne puis dire, jusqu'à un endroit où ils rencontrèrent une bande de voleurs. Pour la première fois, le géant était en avant ; mais le nain n'était pas loin derrière. Le combat fut long et acharné. Partout où paraissait le géant, tout tombait devant lui ; mais le nain fut plus d'une fois au moment d'être tué. A la fin, la victoire se déclara pour nos deux aventuriers ; mais le nain avait perdu une jambe. Le nain se trouvait donc avec un bras, un œil, une jambe de moins : le géant, sans une seule blessure. « Mon petit héros, dit-il à son petit camarade, voilà un glorieux divertissement ; encore une victoire, et nous serons à jamais fameux ! — Non, répondit le nain, devenu plus sage, non pas : je donne ma démission, je ne me bats plus ; car je m'aperçois qu'à chaque affaire tu as, toi l'honneur et les bénéfices, mais que tous les coups me tombent sur le dos. »

J'allais faire la moralité de cette fable, quand notre attention fut distraite par une vive dispute, entre ma femme et M. Burchell, sur le projet d'expédition de mes filles à la ville. Du fait de ma femme, insistance opiniâtre sur les avantages qui devaient en résulter ; opposition chaleureuse de la part de M. Burchell ; moi, j'étais neutre. Cette opposition de notre ami ne parut qu'une seconde partie de celle qui, dans la matinée, avait été accueillie de si mauvaise grâce. La dispute s'échauffait ; la pauvre Déborah, au lieu de mieux raisonner, ne faisait que parler plus haut. A la fin, il lui fallut chercher, contre la défaite, un asile dans les cris. Sa péroraison, toutefois, nous fut très-désagréable à tous. « Je sais des gens, dit-elle, qui ont de secrets motifs pour les avis qu'ils donnent. Pour mon compte, je souhaite que désormais ils ne remettent pas le pied chez moi. — Madame, répondit M. Burchell d'un air de grand sang-froid qui ne fit qu'aigrir encore ma femme, pour des motifs secrets... vous avez raison. J'ai de secrets motifs que je m'abstiens de donner, parce que vous n'êtes pas en état de répondre à ceux qui ne sont pas pour moi des secrets. Mais je vois que mes visites ici sont devenues importunes. Je prends congé, et ne reviendrai peut-être qu'une fois pour dire un dernier adieu, quand je devrai quitter le pays ! » A ces mots, il prit son chapeau, et tous les efforts de Sophie, dont les regards semblaient lui reprocher sa précipitation, ne purent l'empêcher de sortir.

Lui parti, nous fûmes quelques minutes à nous regarder tous les uns les autres : nous étions confus. Ma femme, qui sentait bien qu'elle était cause de tout ceci, chercha à couvrir son embarras d'un sourire forcé et d'un air d'assurance que je crus devoir blâmer. « Comment ! femme, lui dis-je, est-ce ainsi que nous traitons les étrangers ? Est-ce ainsi que nous reconnaissons leurs bons offices ? Croyez-le bien, ma chère, ce sont pour moi les plus pénibles, les plus désobligeantes paroles qui soient jamais sorties de votre bouche ! — Pourquoi m'a-t-il provoquée ? Je sais à merveille le motif de son avis. Il voudrait empêcher mes filles d'aller à la ville, pour être sûr de trouver toujours ici la cadette. Mais, quoi qu'il arrive, elle choisira meilleure compagnie que de pauvres hères comme lui !... — Pauvre hère, dites-vous ; mais il se peut fort bien, ma chère, que nous nous trompions sur cet homme :

car il a parfois l'air du *gentleman* le plus accompli que j'aie jamais vu. Dis-moi, Sophie, t'a-t-il toujours donné, mon enfant, de secrètes preuves de son attachement? — Sa conversation avec moi a toujours été sage, réservée, agréable : toute autre chose!... oh! jamais. Une seule fois pourtant, il m'en souvient, je lui ai entendu dire que jamais, à sa connaissance, une femme n'avait pu trouver de mérite à un homme qui a l'air pauvre. — Pauvres diables ou fainéants, ma chère, tous ont le même refrain. Mais on t'a, j'espère, habituée à les prendre pour ce qu'ils valent, à sentir combien c'est folie d'attendre son bonheur de qui a si mal gouverné ses propres affaires. Ta mère et moi, nous avons en ce moment, pour toi, de meilleures vues. L'hiver prochain, que tu passeras en ville, te mettra à même de faire un choix plus sage. »

Ce que furent, en cet instant, les réflexions de Sophie, je n'ai pas la prétention de le dire : mais, au fond, je n'étais pas fâché de nous voir débarrassés d'un hôte qui m'inquiétait fort. J'avais bien un peu sur la conscience l'hospitalité méconnue : mais ce censeur, je l'eus bientôt fait taire par deux ou trois raisons spécieuses dont je me payai et qui me réconcilièrent avec moi-même. Les reproches de la conscience à qui a mal fait ne durent guère. La conscience est une poltronne, et les fautes qu'elle n'a pas eu la force de prévenir, elle a bien rarement la justice de les condamner.

CHAPITRE XIV.

Nouvelles tribulations : une preuve que ce qui a l'air d'un mal peut être un bien.

Le voyage de mes filles à Londres fut décidé. M. Thornhill eut l'obligeance de nous promettre que lui-même surveillerait leur conduite, et nous écrirait pour nous tenir au courant.

Il était d'absolue nécessité que leur mise répondît à la grandeur de leur attente : on le reconnut ; mais, pour cela, grande dépense. On agita donc, en plein conseil, les meilleurs moyens de faire de l'argent, ou, en termes plus clairs, ce qu'il convenait le mieux de vendre. La délibération ne fut pas longue. Arrêté que le cheval qui nous restait ne pouvait plus aller ni à la charrue sans son camarade, ni à la selle avec un œil de moins ; arrêté, par suite, qu'il fallait, pour le motif ci-dessus, le vendre à la foire voisine ; et, pour prévenir une nouvelle duperie, je dus l'y mener moi-même. C'était un des premiers coups de commerce de ma vie : pourtant, je ne fis pas doute de m'en tirer avec honneur. L'opinion qu'un homme a de sa propre capacité se mesure à celle de ses entours, et, comme la mienne était cotée très-haut dans la famille, je n'avais pas mauvaise idée de mon aptitude aux choses de ce monde.

Toutefois, le lendemain matin, au départ, quand j'eus fait quelques pas hors de la porte, ma femme me rappela pour me dire à l'oreille de bien me tenir sur mes gardes.

Arrivé à la foire, je mis, suivant l'usage, mon cheval à toutes ses allures ; mais, pendant longtemps, pas une seule offre. A la fin, un chaland s'approcha, tourna quelques instants autour du cheval pour l'examiner, et, voyant qu'il n'avait qu'un œil, il ne m'en dit absolument rien. Vint un second ; mais il s'aperçut que la bête avait un éparvin, et déclara qu'il n'en voudrait pas pour la peine de la conduire chez lui ; un troisième lui trouva une molette, et n'en donna pas un *penny ;* un quatrième reconnut à l'œil qu'elle avait des vers ; un cinquième, plus impertinent que tous les autres, demanda que diable je venais faire à la foire avec une rosse aveugle, harpant, pelée, bonne seulement à dé-pecer pour une meute. Moi-même je commençais à me sentir le plus profond mépris pour la pauvre bête, et je me trouvais tout honteux à l'approche des chalands. Si je ne prenais pas à la lettre ce que me di-sait chacun de ces gaillards-là, à part moi je reconnaissais que le nom-bre des critiques est une forte présomption en faveur de leur justesse. Saint Grégoire, sur les bonnes œuvres, professe précisément la même opinion.

J'étais dans cette position mortifiante, quand un confrère du clergé, une ancienne connaissance, qui avait quelque affaire à la foire, vint à moi, et, me secouant la main, me proposa d'entrer dans un lieu public et de prendre un verre de ce que nous y trouverions. J'acceptai sur-le-champ, et nous entrâmes dans une taverne. On nous conduisit à une petite arrière-salle, où il n'y avait qu'un vénérable vieillard assis de-vant un gros livre qu'il lisait, et qui paraissait absorber toute son at-tention. De ma vie, je n'ai vu une figure qui m'ait plus favorablement prévenu. Ses cheveux gris-argent donnaient je ne sais quoi d'imposant à son front qu'ils ombrageaient ; sa verte vieillesse semblait annoncer la santé et la bienveillance. Sa présence, toutefois, n'interrompit pas notre conversation. Mon ami et moi, nous passâmes en revue les phases diverses de notre fortune, la controverse whistonienne, ma dernière brochure, la réponse de l'archidiacre, et la mesure sévère prise contre moi. Mais, un moment après, notre attention fut attirée par l'apparition d'un jeune homme qui, entrant dans la pièce, adressa, respectueusement et à voix basse, quelques paroles au vieil étranger. « Pas d'excuse, mon enfant! dit le vieillard; faire le bien est pour nous un devoir envers tous nos semblables. Prenez ceci : je voudrais qu'il y eût davantage; mais cinq livres sterling vous mettront hors de peine; vous êtes toujours le bienvenu. » Le jeune homme, les yeux baissés, versait des larmes de reconnaissance ; c'est tout au plus pourtant si sa reconnaissance égalait la mienne. J'aurais serré le bon vieillard dans mes bras; tant sa bienveillance me touchait!

Il continua sa lecture, et nous reprimes notre conversation; puis mon compagnon, se rappelant, quelque temps après, qu'il avait une affaire à terminer en foire, me promit de revenir. « Je désire, ajouta-t-il, jouir autant que possible de la compagnie du docteur Primrose. » A ce nom, le vieux *gentleman* sembla me regarder un moment avec attention, et, quand mon ami fut sorti, il me demanda très-respectueusement si j'étais parent du grand Primrose, ce courageux monogame qui avait été le boulevard de l'Église. Jamais je n'ai senti de ravissement aussi pur qu'en ce moment. « Monsieur, répondis-je, le suffrage d'un homme bienveillant, comme j'ai la certitude que vous l'êtes, ajoute au bonheur dont votre bonté vient de me faire jouir. Vous voyez devant vous le docteur Primrose, le monogame, que vous avez bien voulu appeler grand. Vous voyez l'infortuné théologien qui a si longtemps, et il me siérait mal de dire si victorieusement, combattu la deutérogamie de ce siècle. — Monsieur, répliqua l'étranger d'un air de déférence, je crains d'a-

voir été trop familier; mais vous excuserez ma curiosité; je vous en
demande pardon. — Monsieur, et je lui prenais la main, loin que
votre familiarité me désoblige, acceptez, je vous prie, mon amitié
comme vous avez déjà mon estime. — J'accepte avec reconnaissance;
et, à son tour, il me serrait la main; vous, le glorieux pilier de l'iné-
branlable orthodoxie! Ai-je bien devant les yeux?.... » Je l'interrom-
pis; en ma qualité d'auteur, je pouvais, sans aucun doute, digérer
une bonne dose de flatterie; mais, cette fois, ma modestie n'en souf-
frit pas davantage. Jamais amoureux de roman ne se jurèrent amitié
plus soudaine.

Nous causâmes d'une foule de choses. Je le jugeai tout d'abord plus
pieux que savant, et je crus m'apercevoir qu'il méprisait, comme
vaines, toutes les doctrines de ce monde. Mais il n'y perdit rien dans
mon estime; car, intérieurement, moi-même je commençais depuis
quelque temps à me ranger à cette opinion. J'en pris donc occasion de
remarquer que, généralement, le monde devenait d'une indifférence
blâmable pour les choses de doctrine, et s'attachait beaucoup trop aux
spéculations purement humaines. « Ah! monsieur, répondit-il, comme
s'il eût réservé toute sa science pour ce moment, ah! monsieur, le
monde est bien vieux, et pourtant la cosmogonie ou la création du
monde ont embarrassé les philosophes de tous les siècles. Quel chaos
d'opinions sur la création du monde! Sanchoniaton, Manéthon, Bérose, Ocellus Lucanus s'y sont vainement escrimés! C'est dans le dernier qu'on lit : *Anarchon ara kai ateleutaion to pan*, c'est-à-dire
toutes choses n'ont ni commencement ni fin. Manéthon, aussi, qui vi-
vait du temps de Nébuchadon-Asser (Asser est un mot syriaque, sur-
nom habituel des rois de Syrie, Teglat-Phael-Asser, Nébuchadon-
Asser); Manéthon, dis-je, a formulé une hypothèse également absurde;
car, comme nous disons habituellement : *Ek to biblion kubernetes*,
c'est-à-dire les livres ne feront jamais connaître le monde... il a voulu

rechercher... Mais, pardon, monsieur; je m'écarte de la question... »
Il s'en écartait effectivement, et, sur ma vie, je ne vois pas ce que la
création du monde avait à faire dans la question qui nous occupait;
mais c'en était assez pour me montrer qu'il était homme de lettres, et
je l'en révérais davantage. Je voulus donc l'éprouver; mais il était trop
doux, trop pacifique pour disputer la victoire. Toutes les fois que je
faisais une remarque qui avait l'air d'une provocation à la controverse,
il souriait, hochait la tête et ne disait mot; j'en conclus qu'il aurait pu
beaucoup dire s'il l'avait voulu.

Insensiblement, de l'antiquité, la conversation passa au motif qui
nous amenait à la foire : « Moi, lui dis-je, c'est un cheval à vendre. »
Et heureusement c'était, lui, un cheval à acheter pour un de ses fermiers. Je lui amenai mon cheval, et tout de suite nous fûmes d'accord.
Il ne restait plus qu'à me payer, et pour cela il tira de sa poche un billet
de trente livres sterling, me priant de le lui changer. Comme il m'était
impossible de faire ce qu'il me demandait là, il fit appeler son laquais,
qui parut vêtu d'une fort élégante livrée. « Tiens, Abraham, lui dit-il,
va me chercher de l'or pour ceci ; tu en trouveras ou chez le voisin
Jackson ou chez un autre. » Le laquais parti, l'extrême rareté de l'argent fut, de sa part, l'objet d'une très-pathétique harangue, sur laquelle j'enchéris à mon tour en déplorant l'extrême rareté de l'or, de
telle sorte que, au retour d'Abraham, nous venions de tomber d'accord que les espèces n'avaient jamais été si difficiles à obtenir qu'en
ce moment. Abraham revenait nous dire qu'il avait couru toute la foire
sans pouvoir changer, quoiqu'il eût offert une demi-couronne de
prime. Grand désappointement pour tous deux ! Mais le vieux *gentleman*, après une courte pause, me demanda si je connaissais dans nos
environs un certain Salomon Flamborough. Sur ma réponse que c'était
mon plus proche voisin, que nous habitions porte à porte : « En ce
cas, me dit-il, nous allons, je crois, nous arranger. Voici un mandat

à vue sur lui, et, permettez-moi de le dire, c'est, à cinq milles à la ronde, l'homme le plus solide. Nous avons été, l'honnête Salomon et moi, liés pendant longues années : j'étais, je me le rappelle, le plus fort aux *trois sauts;* mais, à *cloche-pied,* il me battait. » Un mandat sur mon voisin était pour moi de l'argent; car je le savais parfaitement bon. On signa le mandat, on me le remit, et le vieillard, M. Jenkinson, Abraham, son laquais, et mon cheval, le vieux Blackberry, s'en allèrent trottant, enchantés l'un de l'autre.

Un instant après, laissé à mes réflexions, je sentis que j'avais eu tort de recevoir un mandat d'un étranger, et prudemment je me décidai à courir après mon acheteur et à ramener mon cheval; mais il était trop tard. Je repris donc tout droit le chemin de la maison, bien résolu à convertir, le plus tôt possible, chez mon ami, le mandat en espèces.

Je trouvai mon honnête voisin fumant sa pipe devant sa porte, et lui annonçai que j'avais sur lui un petit effet. Il le lut deux fois : « Vous pouvez, je suppose, déchiffrer le nom, lui dis-je : Ephraïm Jenkinson. — Oh! oui, le nom est assez nettement écrit, et je connais aussi le *gentleman...* le plus grand fripon que couvre la calotte des cieux; c'est le même vaurien qui nous a vendu des lunettes. Un homme de mine vénérable, n'est-ce pas?... cheveux gris, pas de pattes à ses poches? N'a-t-il pas défilé un long chapelet de science sur les Grecs, la cosmogonie et le monde? » Je répondis par un soupir. « Ah! continua-t-il, c'est là tout son bagage scientifique, et il ne manque jamais de le déployer quand il se trouve en compagnie d'un savant; mais je connais mon coquin, et je le pincerai. »

Je me trouvais déjà bien mortifié; mais mon plus grand embarras était de reparaître devant ma femme et mes filles. Jamais, après l'école buissonnière, enfant n'eut, de l'école et de la figure du maître, autant de peur que j'en avais de rentrer chez moi. Je résolus, toutefois, de prévenir leur colère, en me fâchant moi-même le premier.

Mais, hélas! en rentrant je ne trouvai pas la famille d'humeur à ba-
tailler. Ma femme et mes filles étaient tout en larmes. M. Thornhill venait de leur annoncer, dans la journée, que leur voyage à Londres était
tout à fait manqué. De méchantes gens avaient fait, sur nous, des rapports aux deux grandes dames, et, le jour même, elles étaient repar-
ties pour Londres. M. Thornhill n'avait pu découvrir ni la nature de
ces rapports, ni leur auteur; quels qu'ils fussent, il avait renouvelé à la
famille la promesse de son amitié et de sa protection. Ma mésaventure
fut donc supportée par tout mon monde avec grande résignation, éclip-
sée qu'elle était par la grandeur de leur propre désappointement. Mais
qui avait eu l'infamie de flétrir la réputation d'une famille comme la
nôtre, trop humble pour exciter l'envie, trop inoffensive pour provo-
quer la haine! Cette pensée était ce qui nous tourmentait le plus.

CHAPITRE XV.

La noirceur de M. Burchell découverte. Trop de sagesse est folie.

Cette soirée et une partie du lendemain se passèrent en vains efforts pour découvrir nos ennemis. Pas une famille, dans le voisinage, qui n'encourût nos soupçons, et chacun de nous avait de son opinion des motifs à lui bien connus. Dans cette perplexité, un de nos marmots, qui était allé jouer dehors, rapporta un portefeuille qu'il venait de trouver sur l'herbe. Tout de suite on le reconnut pour appartenir à M. Burchell ; on le lui avait vu. Visite faite, il contenait des notes sur divers objets ; mais ce qui attira surtout notre attention, ce fut un billet cacheté, avec ces mots : « Copie d'une lettre pour les deux dames, au château de Thornhill. » A l'instant même une idée nous frappa !... C'est lui qui nous a lâchement dénoncés ! Puis délibération si le billet ne serait point ouvert : moi, je fus contre ; mais Sophie, affirmant que de tous les hommes M. Burchell serait bien certainement le dernier à se rendre coupable d'une pareille infamie, insista pour la lecture ; le reste de la famille appuya cet avis, et, sur leurs unanimes instances, je lus ce qui suit :

« Mesdames, le porteur vous fera connaître de qui vous vient ce billet : c'est au moins un ami de l'innocence qui veut la préserver de la séduction. J'apprends, à n'en pas douter, que vous avez l'intention de mener à Londres deux jeunes *ladies* de ma connaissance, comme demoiselles de compagnie. Résolu à ne laisser ni décevoir la simplicité, ni souiller la vertu, je dois vous déclarer qu'à mes yeux, l'imprudence d'une pareille démarche aura les plus dangereuses conséquences. Il n'a jamais été dans mes habitudes d'être sévère pour le désordre ou la débauche, et je n'aurais pas recours aujourd'hui à ce moyen de m'expliquer et de gourmander la folie, si elle n'allait tout droit au crime. Acceptez donc le conseil d'un ami, et envisagez sérieusement à quoi vous vous exposez en introduisant la honte et le vice dans un asile où la paix et l'innocence ont habité jusqu'ici. »

Tous nos doutes étaient levés. Cette lettre pouvait évidemment recevoir deux applications possibles : ses reproches pouvaient se rapporter à nous aussi bien qu'aux personnes à qui elle était écrite. Mais la pensée la moins charitable s'était offerte à nous la première; nous n'allâmes pas plus loin. Ma femme n'eut pas la patience de m'écouter jusqu'au bout : sa fureur éclata sans ménagement contre l'auteur. Olivia fut aussi sévère; Sophie parut atterrée de tant de noirceur. Pour mon compte, c'était un des plus honteux exemples que j'eusse jamais vus, d'une ingratitude que rien n'avait provoquée : je ne pouvais me l'expliquer autrement que par le désir de retenir ma fille à la campagne pour se ménager de plus fréquentes occasions de la voir.

Nous étions donc tous là ruminant des projets de vengeance, quand notre autre marmot accourut pour nous annoncer l'arrivée de M. Burchell : il était à l'autre bout du champ. On peut plus aisément concevoir que décrire les sensations qui se croisent dans l'âme sous l'impression à la fois de la douleur d'une récente injure et de la joie d'une prochaine vengeance. Notre seule pensée était de lui reprocher son ingratitude; mais bien décidés à rendre le reproche aussi poignant que possible, nous convînmes de le recevoir avec notre sourire habituel, de lui faire, tout d'abord, plus de politesses que de coutume, de l'amuser un peu, et, au milieu de ce calme flatteur, d'éclater comme un tremblement de terre, et de l'abîmer sous le sentiment de sa propre infamie. Ce plan bien arrêté, ma femme se chargea de l'exécution, comme si réellement elle eût été de force à y réussir.

Nous le vîmes approcher : il entra, prit une chaise et s'assit. « Une belle journée! monsieur Burchell. — Très-belle, docteur; pourtant nous aurons, je crois, de la pluie; car mes cors me font bien mal! — Vos cornes vous font bien mal! s'écria ma femme avec un grand éclat de rire; puis elle demanda pardon de sa manie pour les pointes. — Je vous pardonne de tout mon cœur, madame; car, en conscience, je n'aurais pas cru qu'il y eût là une pointe, si vous-même n'aviez pris la peine de me le dire. — Possible, monsieur, répliqua ma femme, en nous faisant un clin d'œil; pourtant j'oserais affirmer que vous êtes en état de nous dire combien il y a de ces pointes à l'once. — Vous avez, j'imagine, lu ce matin, madame, dans un *Recueil de facéties,* qu'une once de pointes est quelque chose de bien merveilleux; moi, madame, j'aimerais mieux une demi-once de bon sens! — Libre à vous! reprit ma femme, nous regardant toujours avec un sourire, quoique les rieurs ne fussent plus de son côté... Mais j'ai vu prétendre au bon sens tel homme qui en avait bien peu. — Et, sans doute aussi, vous avez vu se croire de l'esprit telle femme qui n'en avait pas du tout ! » Ma femme avait tout l'air de ne pas gagner grand'chose à ce jeu; je le sentis, et voulant moi-même mener notre homme d'une manière plus sérieuse : « L'esprit, dis-je, et le bon sens sont bien peu de chose sans la probité : c'est elle qui donne à l'homme, quel qu'il soit, toute sa valeur. L'ignare paysan, sans défaut, est plus grand que le philosophe avec des défauts. Car, qu'est-ce que le génie et le courage sans le cœur?

« Un honnête homme est l'œuvre la plus noble de la divinité. »

— J'ai toujours regardé cette maxime de Pope, que tout le monde répète, répondit Burchell, comme tout à fait indigne d'un homme de génie, comme un honteux abandon de sa propre supériorité. La réputation des livres tient, non à l'absence de tout défaut, mais à l'éclat de grandes beautés : celle des hommes devrait se mesurer aussi sur l'importance de leur vertu, non sur l'absence de tout défaut. Le savant peut manquer d'habileté, l'homme d'État peut avoir de l'orgueil, le militaire de la cruauté; mais leur préférerons-nous l'obscur artisan qui traverse péniblement la vie sans mériter ni blâme ou éloge? Autant vaudrait préférer la froide correction de l'école flamande aux incorrectes mais sublimes créations de l'école romaine.

— Votre observation, monsieur, est juste quand, à côté d'éclatantes vertus, il n'y a que de légers défauts; mais quand, bien évidemment, de grands vices luttent, dans un même cœur, contre de grandes vertus, le tout ne mérite que mépris.

— Ces monstrueux assemblages de vertus et de vices peuvent exister, sans doute; mais pour moi, de ma vie je n'en ai vu un seul exemple. Au contraire, j'ai toujours remarqué que, plus l'esprit est étendu, plus les sentiments sont bons. La Providence, à coup sûr, semble nous prouver sa tendresse par cette constante attention à affaiblir l'intelligence là où le cœur est corrompu, à diminuer la puissance là où existe la volonté de nuire. Cette règle s'étend même aux autres animaux : toujours, chez les petites espèces, ruse, férocité, couardise ; chez les espèces fortes et puissantes, générosité, courage et noblesse.

— Oh ! tout cela sonne à merveille, et pourtant il serait facile, en ce moment même, de montrer un homme... » Je tenais mes regards fixement attachés sur lui... « dont la tête et le cœur forment un bien détestable contraste. Oui, monsieur, ajoutai-je en élevant la voix, je

saisis avec joie cette occasion de le démasquer au milieu de sa feinte
sécurité. Connaissez-vous, monsieur, ce portefeuille ? — Oui ! monsieur, répondit-il d'un air d'imperturbable assurance : ce portefeuille
est à moi, et je suis enchanté que vous l'ayez trouvé. — Connaissez-
vous cette lettre ?... Non, non ! plus de détour !... Mais regardez-moi
en face. Je le répète, connaissez-vous cette lettre ? — Cette lettre ?...
mais c'est moi qui l'ai écrite. — Comment avez-vous été assez ingrat,
assez infâme pour oser l'écrire ? — Comment vous-même, répliqua-t-il
avec une effronterie sans exemple, avez-vous pu être assez infâme pour
oser la décacheter ? Savez-vous que, pour cela, je pourrais vous faire
pendre ? Un simple serment, à la justice d'ici près, que vous avez
brisé la fermeture de mon portefeuille... je n'ai pas autre chose à faire,
et vous êtes tous pendus à cette porte ! » Je ne m'attendais pas à ce
dernier trait d'insolence. J'entrai dans une telle fureur, que, tout hors
de moi-même : « Ingrat ! m'écriai-je, misérable ! sortez, et ne souillez
pas plus longtemps cette demeure de votre infamie ! Sortez, et que jamais
je ne vous revoie ! Hors d'ici ! Le seul châtiment que je vous souhaite,
ce sont les terreurs de votre conscience : vous aurez assez de ce bourreau ! » A ces mots, je lui jetai son portefeuille. Il le ramassa en souriant, le referma avec le plus grand sang-froid et nous laissa tout
abasourdis de son calme et de son assurance. Ma femme surtout enra-
geait... Pas le moindre chagrin, pas la moindre honte de cette indigne
action ! Je voulus calmer une violence qui nous avait menés trop loin.
« Ma chère, lui dis-je, nous ne devons pas nous étonner que les méchants n'aient pas de honte. Ils ne rougissent que d'être surpris faisant
le bien : ils se glorifient de leurs vices ! »

« Le Crime et la Honte, dit la fable, faisaient jadis route ensemble,
et, au commencement de leur voyage, ils ne pouvaient se séparer. Mais
leur union se trouva bientôt désagréable et gênante pour tous les deux.
Le Crime donnait à la Honte de fréquents embarras, et la Honte, par-

fois, trahissait les secrets complots du Crime. Ils consentirent enfin à se quitter pour toujours. Le Crime, prenant les devants, marcha seul d'un pas résolu pour rattraper le Destin qui le précédait sous la figure d'un bourreau. La Honte, naturellement peureuse, retourna sur ses pas pour rejoindre la Vertu, qu'au commencement du voyage ils avaient laissée derrière. — Ainsi, mes enfants, quand les hommes se sont aventurés dans le vice, la honte les laisse aller, et retourne sur ses pas pour attendre le peu de vertus qui leur restent toujours. »

CHAPITRE XVI.

La famille ruse : elle trouve plus rusée qu'elle.

Quelles que pussent être les sensations de Sophie, le reste de la famille se consola aisément de l'absence de M. Burchell dans la compagnie de notre jeune propriétaire, dont les visites devinrent plus fréquentes et plus longues. N'ayant pu réussir à procurer à mes filles les plaisirs de la ville, il saisissait toutes les occasions d'y suppléer par les petites distractions que permettait notre isolement. Il venait habituellement dans la matinée, et, tandis que mon fils et moi nous étions occupés au dehors, il restait à la maison avec la famille, et l'amusait par la description de la ville dont chaque partie lui était connue dans tous ses détails. Il vous eût répété tous les propos qui circulaient dans l'atmosphère des théâtres. Tous les trésors du bel esprit lui étaient familiers longtemps avant leur admission aux honneurs du *Recueil de bons mots*. Les pauses de la conversation étaient consacrées à apprendre à mes filles le piquet, et, de temps à autre, il faisait boxer mes deux marmots pour *leur donner le fil*, comme il disait. L'espoir de l'avoir pour gendre nous aveuglait, jusqu'à un certain point, sur toutes ses imperfections.

Il faut en convenir, pas de piége que ma femme ne lui tendît pour le happer, ou, en termes plus charitables, pas de ruse qu'elle n'employât pour faire valoir le mérite de ses filles. Les gâteaux pour le thé étaient-ils fermes et croquants, c'était Olivia qui les avait faits : le vin de groseilles filait-il bien ? Olivia avait cueilli les groseilles : les conserves devaient leur beau vert à un tour de main d'Olivia : pour le pouding, c'était son coup d'œil qui avait combiné les doses. Puis la pauvre femme disait au *Squire* qu'elle les trouvait, lui et Olivia, exactement de même taille ; puis elle les faisait lever pour voir quel était le plus grand. Toutes ces gentillesses, qu'elle croyait impénétrables, mais au travers desquelles on lisait sans peine, étaient fort du goût de notre bienfaiteur. Chaque jour, nouvelles preuves de sa passion ; elles n'étaient pas allées jusqu'à la proposition de mariage ; mais, à nos yeux, il ne s'en fallait guère. Ses lenteurs, nous les mettions sur le compte tantôt de sa timidité naturelle, tantôt de sa crainte de mécontenter son oncle. Un incident, qui survint peu de temps après, mit hors de doute son désir d'entrer dans notre famille ; ma femme y vit même un engagement formel.

Dans une visite qu'elles étaient allées rendre au voisin Flamborough, ma femme et mes filles aperçurent les portraits de toute la famille récemment faits par un peintre qui courait le pays et saisissait fort bien la ressemblance, à quinze schellings par tête. En fait de goût, cette famille et la nôtre étaient, depuis longtemps, dans une sorte de rivalité. Notre amour-propre prit donc l'alarme : c'était nous voler le pas. En dépit de toutes mes observations, et j'en fis beaucoup, il fut arrêté que, nous aussi, nous aurions nos portraits.

Le peintre retenu, — car je n'y pouvais mais ! — délibération pour montrer, dans les poses, la supériorité de notre goût. La famille du voisin se composait de sept membres : on les avait représentés sept oranges à la main ; pas de goût dans l'idée, pas de variété dans l'expression, pas d'ensemble dans les personnages. Nous voulûmes quelque chose d'un style plus brillant, et, après de longs débats, à l'unanimité nous décidâmes que nous serions tous réunis dans un vaste tableau historique, espèce de monument de famille. Il y aurait économie, puisqu'un seul cadre servirait pour tous : ce serait d'ailleurs plus *comme il faut* ; car cette manière de se faire peindre était de mode alors dans toutes les familles de quelque goût.

Ne nous rappelant pas sur-le-champ un trait d'histoire où nous pussions tous tenir, nous nous contentâmes d'emprunter à l'histoire des personnages isolés. Ma femme voulut être représentée en Vénus, et le peintre fut prié de ne lui point épargner les diamants au corsage et dans les cheveux. Nos deux marmots devaient être placés en Amours à côté d'elle. Moi, en robe et avec ma ceinture, je lui présenterais mes livres sur la controverse whistonienne. Olivia serait une amazone, assise sur un tertre de fleurs, en robe de cheval verte, richement galonnée d'or, et un fouet à la main ; Sophie, une bergère, avec autant de moutons autour d'elle que le peintre en pourrait mettre pour rien. Moïse devait être coiffé d'un chapeau à plumes blanches.

Notre goût plut si fort au *Squire*, qu'il insista pour figurer au tableau, comme membre de la famille, sous les traits d'Alexandre le Grand, aux pieds d'Olivia. C'était, pour nous, une preuve de son désir d'entrer dans la famille, et nous ne pouvions lui refuser sa demande.

Le peintre se mit donc à l'œuvre ; assidu et expéditif comme il l'était, en moins de quatre jours tout fut terminé. Le morceau était vaste, et, il faut en convenir, l'artiste n'avait point été avare de ses couleurs ; ce qui lui valut de grands éloges de la part de ma femme. Nous fûmes tous on ne peut plus contents de l'exécution ; mais, le tableau achevé, une malencontreuse circonstance, à laquelle jusque-là nous n'avions pas songé, nous déconcerta cruellement. Dans toute la maison, pas une chambre où le placer, tant il était grand ! Comment

avions-nous pu tous oublier un point si capital ? Je ne le conçois pas ;
mais, ce qui est certain, nous avions tous été bien imprévoyants. Au
lieu d'être, comme nous nous y attendions, un sujet de triomphe pour
notre vanité, le tableau resta donc tristement adossé à la muraille de la
cuisine, contre laquelle la toile avait été tendue, trop grande pour passer par aucune de nos portes, et en butte aux railleries de tous nos
voisins. « C'est, disait l'un, le canot de Robinson Crusoé, trop lourd
pour démarrer. — Il a l'air, disait l'autre, d'un dévidoir dans une bouteille. — Chose étonnante ! comment pourra-t-il sortir ? — Chose bien
plus singulière ! comment a-t-il pu entrer ? »

Ridicule pour quelques-uns, ce tableau devenait, pour beaucoup
d'autres, l'objet des insinuations les plus malveillantes. Le portrait du
Squire au milieu des nôtres !... c'était trop d'honneur pour échapper
à l'envie. Tout bas circulaient de scandaleux propos dont nous faisions tous les frais ; et, sans cesse, notre repos était troublé par de
prétendus amis accourus pour nous raconter ce que nos ennemis
avaient dit de nous. Ces rapports étaient toujours reçus avec l'indignation qu'ils méritaient ; mais, toujours aussi, le scandale s'accroît de
l'opposition qu'il rencontre.

Nous voilà donc, une fois encore, délibérant pour combattre la ma-
lignité de nos ennemis. Nous prîmes à la fin un parti dans lequel je
trouvai trop de duplicité pour en être pleinement satisfait : ce parti, le
voici. Découvrir si les avances de M. Thornhill avaient un but honorable, était notre principal objet ; ma femme se chargea de le sonder,
en lui demandant son avis sur le choix d'un mari pour Olivia. Si cela ne
suffisait pas pour l'amener à une déclaration, on se décida à l'effrayer
par un rival. Toutefois, ce dernier projet n'obtint mon consentement
qu'après qu'Olivia m'eut donné l'assurance formelle d'épouser la personne qu'on opposerait pour rival au *Squire*, s'il ne prévenait pas ce
mariage en la prenant lui-même pour femme.

12

Tel fut le plan adopté ; si je ne le combattis pas à outrance, il n'eut pas mon entière approbation.

La première fois que M. Thornhill vint nous voir, mes filles eurent soin d'être absentes pour laisser à leur mère l'occasion d'exécuter son projet ; elles se tinrent dans la chambre voisine d'où elles pouvaient entendre toute la conversation. Ma femme l'engagea d'une manière assez adroite. « M. Spanker, dit-elle, me semble un fort bon parti pour l'une des miss Flamborough. — Je le pense, dit le *Squire*. — Celles qui ont une dot bien ronde sont toujours sûres de trouver de bons maris ; mais Dieu soit en aide aux filles qui n'ont rien. Beauté, vertu, qualités de toute espèce, que signifie tout cela, monsieur Thornhill, dans ce siècle d'égoïsme et d'intérêt ? On ne demande pas . Quelle est-elle ?... Qu'a-t-elle ? est le cri général. — J'approuve complétement votre réflexion, madame ; elle est juste autant que nouvelle. Si j'étais roi, il en serait tout autrement ; mon règne, je vous l'assure, serait le bon temps des filles sans dot, et vos deux jeunes *ladies* seraient les premières dont je m'occuperais.

— Ah ! monsieur, vous aimez à rire ! Si j'étais reine, moi, je sais bien où ma fille aînée irait chercher un mari. Mais, puisque vous m'y avez fait songer, sérieusement, monsieur Thornhill, ne pouvez-vous m'enseigner un bon mari pour elle ? Elle a, en ce moment, dix-huit ans ; elle est bien formée, bien élevée, et, dans mon humble opinion, elle n'est pas sans mérite.

— Si j'en avais le choix, madame, je voudrais trouver une personne assez accomplie pour faire le bonheur de cet ange ! un homme réunissant sagesse, fortune, goût, sincérité... Voilà, madame, le mari qu'il lui faudrait. — Oui ; mais en connaissez-vous un de cette espèce ? — Non, madame ; impossible de trouver un homme qui soit digne d'être son mari : c'est un trop grand trésor pour qu'un homme le puisse posséder, c'est une divinité. Sur mon âme, je le dis comme je le pense, c'est un ange. — Ah! monsieur Thornhill, vous flattez ma pauvre fille. Nous avons songé à la marier à un de vos tenanciers, dont la mère vient de mourir et qui a besoin d'une ménagère; vous savez qui je veux dire, le fermier Williams; un brave homme, monsieur Thornhill, capable de lui faire manger de bon pain et qui nous l'a plusieurs fois demandée. » Il l'avait demandée effectivement. « Mais je serais bien aise, monsieur, d'avoir, pour ce choix, votre approbation. — Comment! madame, mon approbation!... mon approbation pour un pareil choix!... Jamais!... Sacrifier tant de beauté, de sens, de bonté, à un rustre incapable de sentir son bonheur! Pardon, madame... jamais je ne pourrai approuver pareille injustice; et j'ai mes raisons... — Oh! monsieur, si vous avez vos raisons, c'est une autre affaire; mais je serais ravie de les connaître, vos raisons. — Encore une fois, pardon, madame! Elles sont là (il mit la main sur son cœur) trop avant pour être révélées! elles sont ensevelies, elles sont rivées là! »

Dès qu'il fut parti, consultation générale; mais que penser de tous ces beaux sentiments!... Impossible à nous de le dire. Olivia les regardait comme les indices de la plus ardente passion. Je n'étais pas, moi, tout à fait si confiant; il me semblait assez clair qu'il y avait là plus d'amour que de mariage. Au reste, quoi que ces sentiments pussent présager, on résolut de suivre le projet dont l'élément principal était le fermier Williams qui, dès la première apparition de ma fille dans le pays, lui avait fait sa cour.

CHAPITRE XVII.

La vertu ne résiste guère à une longue et douce tentation.

Mon unique étude était le bonheur réel de mes enfants ; aussi les assiduités de M. Williams me plaisaient fort ; car il était à son aise, sage et franc. On eut bien peu de frais à faire pour réveiller son ancienne passion. M. Thornhill et lui se rencontrèrent un soir ou deux chez nous, et s'examinèrent quelque temps d'un air de dépit. Mais Williams ne devait pas de loyer à son propriétaire et, partant, s'inquiétait peu de sa mauvaise humeur.

Olivia, de son côté, joua parfaitement la coquette, si on peut appeler un jeu ce qui, au fond, était son caractère ; elle feignit de prodiguer sa tendresse à son nouvel amant. Évidemment déconcerté de cette préférence, M. Thornhill prit congé d'un air pensif. J'étais, j'en conviens, un peu étonné de le voir triste, ainsi qu'il semblait l'être, quand il lui était si facile d'écarter la cause de son chagrin en déclarant d'honnêtes intentions.

Mais, si vive que parût sa douleur, on le voyait sans peine, les angoisses d'Olivia étaient bien autrement poignantes. Après toutes les entrevues entre ses deux amants, car il y en eut plusieurs, elle avait l'habitude de se retirer pour être seule et se livrer à sa douleur. Ce fut dans cet état que je la trouvai à la fin d'une soirée où elle avait affecté une gaieté folle. « Tu le vois, mon enfant, lui dis-je, ta confiance dans la passion de M. Thornhill n'était qu'un songe. Il peut, par une déclaration franche, s'assurer mon Olivia ; il le sait, et il souffre un rival, son inférieur de tous points. — Oui, père ; mais il a ses raisons pour ce retard ; il les a, je le sais. La sincérité de ses regards et de ses paroles m'est un sûr garant de son estime réelle. Quelques jours encore !... et toute la générosité de ses sentiments va se révéler, et vous allez reconnaître que mon opinion sur lui est plus juste que la vôtre. — Olivia, ma chère !... toutes nos manœuvres jusqu'ici pour l'amener à une déclaration, c'est toi-même qui les as proposées, qui les as conduites !... La moindre violence à ton égard, tu ne peux du moins me la reprocher. Mais, dans ta malencontreuse passion, il ne faut pas, mon enfant, attendre toujours de ma part tolérance et complicité de la mystification de son honnête rival. Tout le temps que tu crois nécessaire pour amener ton prétendu adorateur à une déclaration, je te l'accorde ; mais, ce terme venu, s'il ne s'explique point, j'insiste pour que l'honnête M. Williams reçoive le prix de sa fidélité. Le caractère dont je suis revêtu dans ce monde m'en fait un devoir, et ma tendresse comme père ne me fera jamais manquer à ma probité comme homme. Prends ton jour ; prends-le aussi éloigné que tu le jugeras convenable, et, en même temps, arrange-toi pour que M. Thornhill sache l'époque précise à laquelle je suis bien résolu de t'accorder à un autre. Si réellement il t'aime, son bon sens l'avertira qu'il n'y a, pour lui, qu'un moyen de ne pas te perdre à toujours. » Cette proposition ne pouvait manquer de lui paraître juste ; elle l'accepta sans hésiter. Elle me renouvela la promesse formelle d'épouser Williams, si M. Thornhill persistait dans son indifférence ; et, à la première occasion, en présence de M. Thornhill, son mariage avec le rival du *Squire* fut fixé à un mois.

Cet acte de vigueur parut redoubler l'anxiété de M. Thornhill. Mais ce qui se passait réellement dans l'âme d'Olivia me donnait de l'inquiétude. Dans cette lutte entre la sagesse et la passion, sa vivacité l'abandonna. Toutes les occasions d'être seule, elle les recherchait, elle les employait à fondre en larmes. Une semaine s'écoula; mais pas un effort de M. Thornhill pour arrêter le mariage. La semaine suivante, même assiduité; mais pas un mot. La troisième, ses visites cessèrent. Je m'attendais à voir ma fille montrer du dépit; elle sembla conserver un calme rêveur que je pris pour de la résignation. Je fus, quant à moi, sincèrement heureux de l'idée que ma chère Olivia allait continuer à jouir de son modeste bien-être et de son repos; j'applaudissais souvent à cette courageuse préférence du bonheur à un vain éclat.

Quatre jours environ avant le mariage projeté, ma petite famille était, un soir, réunie autour d'un feu magnifique, contant des histoires du temps passé et devisant de l'avenir; chacun formait mille projets, et tous de rire à chaque folie qui leur passait par la tête. « Voyons, Moïse, dis-je, nous allons bientôt, mon enfant, avoir une noce dans la famille. Quelle est, en gros, ton opinion sur tout ceci? — Mon opinion, père, est que toutes choses sont au mieux, et, à l'instant même, je me disais que, sœur Livy une fois mariée au fermier Williams, il nous prêtera, pour rien, son pressoir à cidre et ses chaudières à brasser. — Sans doute, Moïse, et, par-dessus le marché, il nous chantera, pour nous divertir, *la Mort et la Dame*. — Il vient d'apprendre cette chanson à Dick qui s'en tire, je crois, très-joliment. — En vérité; eh bien! qu'il nous la chante!... Où est le petit Dick? allons, et surtout de l'aplomb! — Dick, répondit Bill, le plus jeune de mes enfants, vient de sortir avec sœur Livy; mais M. Williams m'a aussi appris deux chansons, et je vais vous les dire, père. Laquelle aimez-vous le mieux?... *Le Cygne mourant*, ou l'*Élégie sur la mort d'un chien enragé.* — L'élégie, mon enfant, pour tous les motifs ! je ne l'ai jamais entendue. Et vous, Déborah, ma chère ! vous le savez, la douleur altère ; une bouteille de votre meilleur vin de groseilles pour soutenir notre gaieté ! J'ai tant pleuré récemment, à toute espèce d'élégies, que, sans un petit verre de quelque chose de vivifiant, celle-ci, je suis sûr, va me bouleverser ! Toi, ma bonne Sophie, prends ta guitare et accompagne un peu ce garçon ! »

ÉLÉGIE SUR LA MORT D'UN CHIEN ENRAGÉ.

« Bonnes gens de toutes sortes, écoutez tous ma chanson : et si elle vous semble bien courte, elle ne vous tiendra pas longtemps.

« A Islington, il y avait un homme dont le monde pouvait bien dire que, toutes les fois qu'il allait à l'église, c'était pour faire ses dévotions.

« Pour tous, amis comme ennemis, c'était bien le cœur le plus tendre ! Tous les matins, il couvrait la nudité du pauvre, en mettant son habit.

« Dans cette ville il se trouva un chien, un chien comme il y en a tant, métis, roquets, limiers, dogues de bas étage.

« Le chien et l'homme furent d'abord amis ; mais survint une pique, et le chien, pour en venir à son but, prit la rage et mordit l'homme.·

« De toutes les rues du voisinage, voisins d'accourir étonnés !... Mordre un si brave homme !... Assurément ce chien a perdu l'esprit.

« Pour tout œil chrétien la blessure était profonde et grave. Bien sûr, criaient-ils tous, le chien a la rage !... Bien sûr aussi l'homme en mourra.

« Mais voilà qu'il se fit un miracle, qui prouva à tous ces drôles-là qu'ils mentaient. L'homme guérit de sa blessure : ce fut le chien qui creva. »

« Le bon garçon que Bill, sur ma parole ! Voilà une élégie qu'on
peut bien appeler tragique. Allons ! mes enfants, à la santé de Bill !
Puisse-t-il un jour devenir évêque !

— De tout mon cœur, répondit ma femme ; et pour peu qu'il prêche
aussi bien qu'il chante, je ne suis pas en peine de lui. Toute la famille,
du côté de ma mère, chantait à merveille. C'était, chez nous, chose
bien connue ; impossible aux Blenkinsop de regarder droit devant eux ;
aux Hugginson, de moucher une chandelle. Des Grogram, pas un qui
ne pût chanter une chanson ; des Marjoram, pas un qui ne pût conter
une histoire ! — Quoi qu'il en soit, la plus pauvre ballade me plaît
mieux que ces belles odes d'aujourd'hui et ces chefs-d'œuvre qui
nous pétrifient dès la première strophe ; fatras qu'on déteste tout à la
fois et qu'on admire !... Passe le verre à ton frère, Moïse... Le grand
tort de ces faiseurs d'élégies est de se désespérer pour des douleurs qui
touchent fort peu, dans ce monde, les gens sensés. Milady perd son
manchon, son éventail ou son bichon... Voilà notre imbécile de poëte
courant chez lui pour mettre en vers ce grand désastre !

— Il est possible, dit Moïse, que ce soit la mode pour la haute poésie !
Mais les *Ranelaghs* qui viennent jusqu'à nous sont on ne peut plus
simples et tous jetés au même moule. Collin rencontre Dolly ; ils cau-
sent ensemble ; il lui donne, pour orner ses cheveux, un ruban qu'il
vient d'acheter à la foire voisine ; elle lui offre un bouquet, ils vont
ensemble à l'église, et avis aux jeunes bergers et aux jeunes nymphes
de se marier le plus tôt possible.

— Excellent avis, repris-je, et je me suis laissé dire qu'il n'y a pas
d'endroit au monde où avis puisse être mieux placé que là ; car, avec
le conseil de prendre femme, on y donne une femme ; et assurément

c'est un excellent marché, mon enfant, que celui où on nous dit ce qui nous manque, et où, quand il nous manque, on nous le fournit.

— Oui, père, et je ne connais en Europe que deux de ces marchés aux femmes! le Ranelagh, en Angleterre, et Fontarabie, en Espagne. Le marché espagnol ne tient qu'une fois par an; mais nos femmes anglaises sont en vente tous les soirs.

— Tu as raison, mon enfant, répondit sa mère; la vieille Angleterre est, dans ce monde, le pays qui convient le mieux aux maris pour prendre femme... — Et aux femmes, répondis-je, pour mener leurs maris. Si on jetait un pont sur la mer, toutes les femmes du continent le passeraient pour prendre exemple des nôtres; c'est un proverbe outre-mer; et, au fait, il n'y a pas, en Europe, de femmes comme les nôtres... Mais, allons, Déborah, une seconde bouteille! ma chère; et toi, Moïse, une bonne chanson! Que de grâces nous devons au ciel qui nous donne repos, santé, aisance! Moi, je me trouve, en ce moment, plus heureux que le premier potentat de la terre; il n'a pas un coin de feu comme celui-ci, entouré de charmantes figures qui font plaisir à regarder. Nous nous faisons vieux, Déborah! mais le soir de notre vie sera, je crois, heureux. Descendus d'aïeux sans reproches, nous laisserons, après nous, une bonne et vertueuse lignée; vivants, elle sera notre soutien et notre joie; morts, elle transmettra, sans tache, notre honneur à la postérité. Eh bien! mon fils, nous attendons une chanson. Allons, tous en chœur! Mais où est donc ma chère Olivia? sa petite voix de chérubin est toujours la plus douce dans le concert!... »

Au même instant, Dick entra en courant : « Père! père! elle est partie! elle est partie!... sœur Livy est partie pour toujours.— Partie! mon enfant! — Oui, partie avec deux *gentlemen* dans une chaise de poste! et l'un l'a embrassée et lui a dit qu'il mourrait pour elle; et elle a beaucoup crié, elle!... et elle a voulu revenir; mais il l'a une seconde

13

fois décidée, et elle est montée dans la chaise, et elle a dit : « Mon
pauvre père !... Oh ! que deviendra-t-il, quand il va me savoir perdue ! »
— Ah ! mes enfants, m'écriai-je ; malheur, malheur à nous ! car pour
nous désormais pas une heure de joie !... Oh ! puisse la colère du ciel
être à tout jamais sur lui et sur son complice ! Me ravir ainsi mon enfant !
Bien sûr, il sera puni de m'avoir enlevé cette chère innocente que je
menais au ciel !... Mon enfant ! elle... si naïve ! Oui ! c'est fait de notre
bonheur sur la terre. Oui, mes enfants : misère, infamie pour nous !
Je sens mon cœur brisé... — Père ! dit mon fils, est-ce là votre
courage ? — Du courage ! mon enfant, oh ! il verra que j'ai du courage ! Mes pistolets !... Je veux le poursuivre ; je le poursuivrai tant
qu'il sera sur la terre. Tout vieux que je suis, il verra, le perfide !
que je puis encore l'atteindre... Le scélérat ! oh ! le scélérat ! »

En même temps j'avais saisi mes pistolets, quand ma pauvre femme,
dont les passions n'étaient pas aussi violentes que les miennes, me
serrant dans ses bras : « Cher époux ! cher époux ! me dit-elle, la
Bible est la seule arme qui convienne à votre main affaiblie par l'âge ;
ouvrez ce saint livre, mon ami ; cherchons-y la force contre nos tourments ; car elle nous a indignement trompés !... — Oui, père, reprit
mon fils après une pause, votre fureur va trop loin. Vous devriez
consoler ma mère, et c'est vous qui augmentez sa douleur. Il est
mal à vous, mal à votre vénérable caractère, de maudire ainsi votre
plus grand ennemi ; vous n'auriez pas dû le maudire, tout infâme
qu'il est ! — Je ne l'ai pas maudit, mon enfant : l'ai-je maudit ?
— Oui, vous l'avez maudit, et maudit deux fois. — Eh bien ! que
le ciel me pardonne et à lui aussi, si je l'ai maudit. O mon fils,
je le sens en ce moment, elle était plus qu'humaine cette bonté qui,
la première, nous a appris à bénir nos ennemis. Béni soit son saint
nom pour tout le bien qu'elle m'a donné et pour tout celui qu'elle m'a
repris !... Mais ce n'est pas, oh ! ce n'est pas une faible douleur que

Henry Monnier pinx.t   A. Revel sculp.t

VENGEANCE

« ...me parler ainsi mon enfant ....
« ...des pistolets ... ... je vais te poursui.. »

celle qui peut arracher des larmes à ces yeux desséchés par la vieillesse, et qui n'avaient pas pleuré depuis tant d'années. Mon enfant !
oh ! perdre ma fille chérie !... Malédiction sur !... Pardon, mon Dieu ;
qu'allais-je dire !... Rappelle-toi, ma chère, comme elle était bonne,
comme elle était charmante avant ce honteux moment ! comme son
unique soin était de nous rendre heureux !... Si elle n'était que morte !...
mais elle est partie ; mais l'honneur de notre famille est souillé ; mais
il n'y a plus pour moi de bonheur qu'en un monde autre que celui-ci !...
Dick, tu les as vus partir ; il l'a peut-être entraînée de force. Oh ! si elle
a cédé à la force, elle peut être innocente encore. — Non, père ; tout bonnement il l'a embrassée, il l'a appelée son ange ; elle a beaucoup pleu-
rée, elle s'est appuyée sur lui, et ils sont partis comme le vent ! — C'est
une ingrate créature, reprit ma femme, à qui ses larmes permettaient à
peine de parler, de s'être ainsi conduite envers nous ! elle n'a jamais
été le moins du monde contrariée dans ses affections. L'infâme
a honteusement quitté ses parents sans motif aucun, pour mettre au
tombeau vos cheveux blancs, et je ne tarderai pas à vous suivre !... »

Ce fut ainsi que cette nuit, la première de nos réelles infortunes, se
passa en plaintes amères et en vains éclats de fureur. Toutefois, mon
parti était pris de trouver, quelque part qu'il fût, le misérable qui avait
abusé de notre bonne foi, et de lui reprocher son infamie.

Le lendemain, notre malheureuse fille manquait au déjeuner où, tous
les jours, elle nous apportait la vie et la gaieté. Ma femme essaya,
comme la veille, de se soulager le cœur par des reproches : « La misérable ! elle a flétri notre famille ! mais elle ne souillera plus cette
innocente retraite ; je ne l'appellerai plus ma fille ; qu'elle vive, la coureuse, avec son infâme séducteur ! elle peut nous déshonorer, elle ne
nous trompera plus jamais.

— Femme, lui dis-je, pas tant de rigueur dans vos paroles ! J'ai
pour son crime autant d'horreur que vous ; mais cette maison et ce

cœur seront toujours ouverts à une pauvre pécheresse ramenée par le
repentir. Plus elle se hâtera de revenir de son égarement, plus je l'ac-
cueillerai avec joie. Le plus sage peut errer une fois; la ruse peut entraîner, la nouveauté peut séduire. La première faute est fille de
l'inexpérience; les autres sont enfants du crime. Oui, toujours, la malheureuse !... elle sera la bienvenue dans ce cœur, dans cette maison, fût-elle souillée de mille vices ! J'écouterai encore sa voix si
douce; mes bras la presseront encore avec amour, si je trouve en elle
le repentir !... Mon fils, donne-moi ma Bible et mon bâton; j'irai la
chercher en quelque lieu qu'elle soit; et, si je ne puis la sauver de la
honte, je puis l'empêcher de persister dans son iniquité. »

CHAPITRE XVIII.

Un père cherchant sa fille pour la rendre à la vertu.

Dick n'avait pu me décrire l'extérieur du *gentleman* qui donnait la main à sa sœur pour monter dans la chaise ; mais tous mes soupçons tombèrent sur notre jeune propriétaire ; il n'était que trop connu pour ces sortes d'intrigues.

Je me dirigeai donc vers le château de Thornhill, bien résolu à en accabler le maître de reproches, et, si je le pouvais, à ramener ma fille. Mais, avant d'arriver au château, je rencontrai un de mes paroissiens qui venait, me dit-il, de rencontrer une jeune dame, le portrait de ma fille, dans une chaise avec un *gentleman* que, sur la description qu'il m'en fit, je crus être M. Burchell ; et ils allaient grand train, ajouta-t-il. Ce renseignement toutefois ne me suffit pas ; je me rendis chez le jeune *Squire,* et, quoiqu'il fût encore de bonne heure, j'insistai pour le voir à l'instant. Il parut aussitôt, de l'air du monde le plus franc et le plus affectueux, sembla fort surpris de la fuite de ma fille, et me protesta, sur son honneur, qu'il y était complétement étranger.

Me reprochant mes premiers soupçons, force me fut de les reporter

uniquement sur M. Burchell, qui, je me le rappelai, avait eu, tout récemment, plusieurs conversations particulières avec ma fille. La rencontre d'un nouveau témoin ne me laissa plus de doute sur son crime.
Ce témoin m'affirma bien positivement que M. Burchell et ma fille
étaient aux eaux, à trente milles environ de ma demeure; il y avait là
nombreuse compagnie.

J'étais dans cet état d'esprit où nous sommes disposés plutôt à agir
avec précipitation qu'à raisonner juste; je ne me demandai point s'il
n'était pas possible que ces avis me fussent donnés par des personnes
placées à dessein sur mon passage, pour me faire faire fausse route; je
résolus de poursuivre, aux eaux, ma fille et son prétendu séducteur.

Je pars d'un pas rapide; je questionne en chemin plusieurs passants;
pas un indice. Seulement, à l'entrée de la ville, je rencontre un individu à cheval que j'avais vu chez le *Squire*. « Si vous allez, me dit-il,
aux courses qui ne sont qu'à trente milles plus loin, vous pouvez être
sûr de les y trouver. Je les y ai vus danser, la nuit dernière, et toute la
réunion a paru ravie de la grâce de votre fille. »

De bonne heure, le lendemain, j'étais en marche pour les courses,
et j'y arrivai à quatre heures environ de l'après-midi. La réunion était
fort brillante, tout entière à une seule pensée, celle du plaisir. Quel
contraste avec ma propre pensée, à moi, qui venais redemander un
enfant perdu pour la vertu! J'aperçus, je crois, M. Burchell à quelque
distance de moi; mais, comme s'il eût redouté une explication, à mon
approche, il disparut dans la foule, et je ne le revis plus.

Réfléchissant alors que pousser plus loin mes recherches serait
peine perdue, je me décidai à retourner chez moi, auprès de mon innocente famille, qui avait besoin de ma présence. Mais l'esprit agité,
mais harassé de fatigue comme je l'étais, la fièvre me prit; j'en avais
éprouvé les symptômes avant d'arriver aux courses; autre contre-
temps inattendu! car j'étais à plus de soixante et dix milles de chez moi.

J'entrai, sur la route, dans un cabaret, asile ordinaire de l'indigence
et de la frugalité ; là, je me mis au lit, attendant patiemment l'issue de
la maladie. Je languis près de trois semaines ; à la fin, ma constitution
l'emporta. Mais j'étais pris au dépourvu ; point d'argent pour payer les
soins que je venais de recevoir ; c'était assez de l'inquiétude de cette
position pour me causer une rechute. Heureusement je fus tiré d'affaire
par un voyageur qui s'arrêta dans ce cabaret pour s'y rafraîchir en
courant.

Ce voyageur n'était autre que le libraire philanthrope du cimetière
Saint-Paul, qui a écrit tant de petits livres pour les enfants. Il s'était
lui-même appelé leur ami ; mais il était bien l'ami du genre humain
tout entier. A peine entré, il avait hâte d'être reparti, tout occupé qu'il
était sans cesse d'affaires de la plus haute importance ; et, en ce moment, au fait, il réunissait des matériaux pour l'histoire d'un M. Tho-
mas Trip. Je reconnus à l'instant le bonhomme à sa face rubiconde et
bourgeonnée ; car il avait publié mon livre contre les Deutérogames du
siècle. Je lui empruntai quelque argent que je promis de lui remettre à mon retour ; puis je quittai mon cabaret, et, me sentant faible
encore, je repris le chemin de ma demeure à petites journées de dix
milles.

J'avais repris ma santé et mon calme habituels, et maintenant je
condamnais cette révolte de mon orgueil contre la main qui me châ-
tiait. L'homme ne sait guère quelles calamités sont au-dessus de sa
force de résistance, jusqu'à ce qu'il en ait fait l'épreuve. En gravissant
les hauteurs de l'ambition, qui, d'en bas, semblent si brillantes, chaque pas, dans la montée, nous découvre l'abime sombre de quelque
mécompte inaperçu ; de même, quand nous descendons du faîte des
plaisirs, la vallée de la misère peut, à nos pieds, nous apparaître sombre et ténébreuse ; mais, toujours en éveil, toujours au guet d'une
distraction, l'esprit trouve, à mesure que nous descendons, quelque

chose qui flatte et plaît; à notre approche, les points les plus obscurs s'éclairent, et l'œil de l'âme s'habitue au contact des ténèbres.

J'avais marché deux heures, et j'avançais dans ma route, quand j'aperçus quelque chose qui me fit, à distance, l'effet d'un fourgon; je voulus le rejoindre, mais, de près, je reconnus le chariot d'une troupe de comédiens ambulants, qui voiturait leurs décorations et tout le reste de leur bagage au hameau voisin, où ils allaient donner une représentation.

Le chariot n'était accompagné que du conducteur et d'un membre de la troupe; le reste des acteurs devait rejoindre le lendemain. « Bonne compagnie, dit le proverbe, abrége la route. » J'abordai le pauvre acteur, et, comme j'avais eu jadis quelques dispositions pour le théâtre, me voilà dissertant sur la matière avec ma liberté habituelle. Mais, fort peu au courant de l'état actuel du théâtre, je demandai quels étaient, en ce moment, les écrivains en vogue, les Drydens, les Otways du jour. « Peu de nos modernes dramaturges, me répondit l'acteur, se trouveraient, monsieur, fort honorés de la comparaison avec les écrivains que vous citez. La manière de Dryden et de Rowe est tout à fait passée de mode; notre goût à remonté d'un siècle. Fletcher, Ben Johnson et le théâtre entier de Shakspeare sont tout ce qui est de mise aujourd'hui! — Est-il possible, m'écriai-je. Notre siècle s'amuser de cette langue qui n'a plus cours, de ces lazzi usés, de ces caractères outrés! — Langue, lazzi, caractères!... Le public, monsieur, ne songe pas à tout cela : car ce n'est pas son affaire. Ce qu'il cherche, c'est qu'on l'amuse, et il est ravi quand il peut se régaler d'une pantomime sous le patronage des noms de Johnson et de Shakspeare. — En sorte, je suppose, que nos modernes dramaturges copient plutôt Shakspeare que la nature. — A vrai dire, je crois qu'ils ne copient rien; et, au fait, le public n'y tient pas. Les effets de scène, les poses, autant qu'on peut en entasser, voilà ce qui arrache les bravos, et non la composition de la pièce. J'ai vu tel ouvrage très-populaire, sans un seul mot spirituel, et tel autre sauvé par un accès de colique que l'auteur y avait jeté. Congrève et Farquhar ont, pour nous, monsieur, beaucoup trop d'esprit; notre langue, à nous, est plus naturelle. »

L'équipage de la troupe arrivait au village, prévenu, à ce qu'il paraît, de notre arrivée, et aux portes pour nous regarder passer; car, mon compagnon en fit la remarque, les acteurs ont toujours, hors de la salle, plus de spectateurs que dedans.

Ma présence en pareille compagnie était peu convenable; je n'y pensai qu'en voyant la foule s'attrouper autour de moi. Je me réfugiai, aussi lestement que possible, dans la première auberge qui s'offrit, et, à peine entré dans la salle commune, je fus accosté par un *gentleman* fort bien mis qui me demanda si réellement j'étais le chapelain de la troupe, ou si mon costume était celui de mon rôle dans la pièce du jour. Je lui contai la vérité, et, dès qu'il sut que je n'appartenais à la troupe en aucune manière, il eut la complaisance de m'inviter, moi et l'acteur, à partager un bol de punch. En le versant, il discuta les questions politiques du moment avec tant de chaleur et d'intérêt, qu'à part moi j'en fis, tout au moins, un membre du parlement. Mes conjectures se confirmèrent lorsque, demandant ce qu'il y avait pour notre souper dans l'auberge, il voulut à toute force nous avoir, l'acteur et moi, à souper chez lui, et ses instances furent telles, qu'il nous fallut bien accepter.

CHAPITRE XIX.

Un mécontent qui craint la perte de nos libertés.

La maison où nous allions souper était située à peu de distance du village. Notre hôte nous proposa, sa voiture n'étant pas prête, de nous conduire à pied, et nous arrivâmes bientôt à une des plus magnifiques habitations que j'aie vues dans cette partie du pays.

Le salon dans lequel on nous reçut était d'une élégance parfaite, et dans le goût le plus moderne. Pendant que le maître donnait ses ordres, le comédien, avec un clin d'œil, me fit la remarque que nous étions parfaitement tombés. Bientôt notre hôte reparut ; un souper élégant fut servi, deux ou trois dames entrèrent dans un négligé de bon ton, et la conversation s'engagea avec beaucoup de vivacité. Toutefois, la politique était le champ dans lequel notre hôte aimait surtout à se lancer ; car il assurait que la liberté était, tout ensemble, son orgueil et son effroi.

La nappe levée, il me demanda si j'avais lu le dernier *Monitor*. « Non, répondis-je. — Comment ! ni l'*Auditor,* je suppose? — Pas davantage, monsieur. — C'est étrange... fort étrange ! En ce moment je lis, moi, toutes les publications politiques qui paraissent : le *Daily*, le *Public*, le *Ledger*, la *Chronicle*, le *London-Evening*, le *Whitehall-Evening*, les dix-sept *Magazines* et les deux *Revues*, et quoiqu'elles se détestent l'une l'autre, je les aime toutes. La liberté, monsieur, la liberté est l'orgueil du Breton, et, de par mes mines de charbon de Cornouailles! je vénère ses défenseurs. — Il est dès lors présumable que vous vénérez le roi. — Oui, quand il fait ce que nous voulons; mais s'il marche comme il a marché tout récemment, je ne me mêle plus de ses affaires. Je ne dis rien, je me contente de penser. J'aurais mené les choses beaucoup mieux. Le roi n'a pas eu, selon moi, assez d'avis; il devrait s'entendre avec toute personne qui veut bien lui donner un avis, et les choses iraient beaucoup plus droit.

— Tous ces donneurs d'avis, je voudrais, moi, les voir cloués au pilori. Le devoir des honnêtes gens serait de prêter main-forte au côté le plus faible de notre constitution, à ce pouvoir sacré qui, depuis quelques années, va chaque jour s'affaiblissant et perdant la part d'influence qu'il doit avoir dans l'État. Au lieu de cela, les ignorants!... ils nous répètent toujours leur même cri de liberté, et, s'ils ont quelque poids, ils le jettent lâchement du côté où penche la balance !

— Comment ! s'écria une des dames, en dois-je croire mes yeux? Un homme assez bas, assez méprisable pour se faire l'ennemi de la liberté et le champion des tyrans! La liberté! ce présent sacré du ciel, ce glorieux privilége des Bretons !

— Est-il possible, ajouta notre hôte, qu'il se trouve aujourd'hui encore des apologistes de l'esclavage? des hommes qui veulent le honteux abandon des priviléges des Bretons? Est-il possible qu'on soit lâche à ce point?

— Non, monsieur; je veux, moi, la liberté, cet attribut des dieux ! la glorieuse liberté ! ce texte éternel des déclamations de nos jours. Oh ! je voudrais que tous les hommes fussent rois; je voudrais être roi moi-même. Nous tenons tous de la nature un droit égal au trône ; nous sommes tous égaux en naissant. Voilà mon opinion, et elle a été jadis celle d'un grand nombre d'honnêtes gens qu'on a appelés *niveleurs*. Il essayèrent de se constituer en une communauté où tous seraient également libres ; tentative, hélas ! impraticable ; car toujours quelques-uns d'entre eux, ou plus forts ou plus habiles, ont été les maîtres des autres. Nul doute que, si votre groom monte vos chevaux, c'est que le groom est un animal plus habile que le cheval ; mais nul doute aussi que l'animal qui sera plus habile ou plus fort que le groom lui grimpera, à son tour, sur les épaules. Se soumettre étant donc la loi de l'humanité, et les uns naissant pour commander, les autres pour obéir, la question est de savoir, puisqu'il faut ici-bas des tyrans, s'il vaut mieux les avoir ou dans notre maison, ou dans notre village, ou plus loin encore dans la métropole. Pour mon compte, monsieur, comme j'ai naturellement horreur de la figure d'un tyran, plus il est loin de moi, mieux je me trouve. Mon avis est celui de la généralité du genre humain ; quand, à l'unanimité, il s'est donné un roi, le but de cette élection a été de diminuer le nombre des tyrans et de repousser la tyrannie aussi loin que possible de la plus grande partie des citoyens.

« Aujourd'hui, les grands, tyrans eux-mêmes avant l'élection d'un seul tyran, sont les ennemis nés d'un pouvoir qu'on leur a imposé, et dont le poids doit toujours devenir plus écrasant pour tout ce qui se trouve au-dessous de lui. L'intérêt des grands est donc de diminuer, autant que possible, le pouvoir royal, parce que tout ce qu'ils lui ôtent leur est naturellement rendu ; aussi ne s'occupent-ils, dans l'État, qu'à miner le tyran unique pour ressaisir leur première autorité.

« Maintenant, tels peuvent être ou la situation de l'État, ou l'esprit de ses lois, ou la tendance de ses membres les plus opulents, que tous à la fois conspirent à ce but de miner la monarchie.

« Et d'abord, si, chez nous, la situation de l'État favorise l'accumulation de la richesse et accroît incessamment la fortune des plus riches, leur ambition devra croître d'autant. Or, l'accumulation de la richesse est inévitable lorsque, comme en ce moment, les bénéfices du commerce étranger excèdent ceux que donne l'industrie intérieure ; car le commerce étranger ne peut être exploité avec profit que par des riches, qui recueillent, d'ailleurs, en même temps, tous les bénéfices de l'industrie intérieure ; en sorte que le riche, chez nous, a deux sources de richesse quand le pauvre n'en a qu'une. Voilà pourquoi, dans les États commerçants, la richesse tend toujours à s'accumuler, et, jusqu'à ce jour, ces États sont tous, avec le temps, devenus aristocratiques.

« D'autre part, nos lois elles-mêmes peuvent contribuer à l'accumulation de la richesse, quand, par elles, les liens naturels qui unissent le riche au pauvre se trouvent brisés ; quand, par exemple, elles prescrivent au riche de ne se marier qu'avec le riche ; quand l'homme éclairé est proclamé inhabile à entrer dans les conseils du pays, uniquement parce qu'il est sans fortune, et qu'ainsi la richesse devient l'unique objet de l'ambition du sage. Je le soutiens, avec de pareils moyens ou des moyens analogues, la richesse ira toujours s'accumulant.

« A présent, le possesseur de cette richesse accumulée, quand il s'est donné le nécessaire et les douceurs de la vie, n'a d'autre emploi du superflu de sa fortune que l'achat du pouvoir, en d'autres termes, que l'achat de la liberté de tout ce qui est besoigneux et vénal, et, par suite, l'asservissement des hommes qui consentent à supporter, pour un morceau de pain, l'humiliation du contact de la tyrannie.

« C'est ainsi qu'en général, chaque riche attire autour de lui un cercle de pauvres, et toute société où abonde la richesse accumulée, peut se comparer au monde cartésien ; à chaque orbite son tourbillon.

Toutefois ceux-là seuls consentent à se mouvoir dans le tourbillon d'un homme puissant qui sont nés pour être esclaves ; espèce de rebut de l'humanité dont le cœur et l'éducation sont façonnés à la servitude et qui ne connaît de la liberté que le nom. Mais toujours il reste, en dehors de la sphère d'activité du riche, un grand nombre d'individus, sorte de classe moyenne entre l'opulence et l'extrême pauvreté, trop riches pour subir le servage d'un voisin puissant, et cependant trop pauvres pour prétendre à la tyrannie. C'est dans cette classe moyenne qu'il faut tout chercher, arts, sciences, vertus sociales. Cette classe est, on le sait bien, le véritable gardien de la liberté ; seule elle peut être appelée le peuple.

« Maintenant, il peut arriver que, dans un État, cette classe moyenne perde toute son influence et que sa voix soit, pour ainsi dire, absorbée dans celle de la foule ; car si la fortune, jugée suffisante aujourd'hui pour qu'un individu ait droit de voter dans les affaires de l'État, est dix fois moindre qu'à l'origine de la constitution, évidemment grand nombre de ceux qui étaient alors la foule se trouvent admis dans le système politique, et, emportés dans le tourbillon du puissant, vont où les pousse la puissance. Dans cet État, conséquemment, tout ce qui reste à faire à la classe moyenne est de veiller, avec la plus religieuse circonspection, au maintien des prérogatives et des priviléges de ce pouvoir, régulateur principal du système ; car c'est lui qui divise le pouvoir du riche, et l'empêche de peser dix fois plus sur la classe moyenne placée au-dessous de lui. La classe moyenne ressemble à une ville dont les riches font le siége, et au secours de laquelle le gouverneur accourt du dehors. Tant que les assiégeants ont à redouter une surprise, tout naturellement, ils font à la ville les propositions les plus séduisantes ; ils la flattent par de grands mots ; ils l'amusent par des priviléges ; mais qu'ils mettent une fois en déroute le gouverneur qui menace leurs derrières, les murs de la ville ne sont plus qu'une faible défense pour ses habitants. Ce qu'ils doivent attendre dès lors, vous pouvez le deviner en regardant la Hollande, Gênes, Venise, où la loi gouverne le pauvre, où le riche gouverne la loi.

« Je suis donc pour la monarchie, la sainte monarchie ; je mourrais pour elle ; car, s'il y a quelque chose de saint parmi les hommes, ce doit être l'*oint* de son peuple, et toute atteinte à son pouvoir est, en paix ou en guerre, une brèche faite aux libertés réelles des sujets. Les mots de liberté, de patriotisme, de Bretons, ont déjà beaucoup fait ; espérons que les véritables enfants de la liberté les empêcheront de jamais faire davantage. J'ai, dans mon temps, connu bien de ces prétendus champions de la liberté ; mais, autant qu'il m'en souvient, pas un qui ne fût, dans son cœur et dans sa famille, un tyran. »

Dans la chaleur de mon improvisation, j'avais, je le sentis bien, parlé plus que ne le permettaient les convenances ; mais l'impatience de mon hôte, qui plus d'une fois avait essayé de m'interrompre, ne put se contenir plus longtemps. « Comment, dit-il, c'est donc un jésuite sous l'habit d'un ministre que j'ai reçu à ma table ! Mais, de par toutes les mines de charbon de Cornouailles ! il va ployer bagage, ou je ne me nomme pas Wilkinson. » Je reconnus que j'étais allé trop loin, et je demandai pardon de la vivacité avec laquelle je m'étais exprimé. « Pardon ! reprit-il avec fureur ; de pareils principes, selon moi, demandent dix mille pardons ! Comment ! sacrifier liberté, propriété ; et, comme dit le *Gazetteer*, s'agenouiller pour recevoir le bât, consentir à marcher en sabots ! Monsieur, j'exige qu'à l'instant même, pour éviter un malheur, vous sortiez de cette maison ; je l'exige, monsieur ! »

J'allais répéter mes excuses, quand nous entendîmes un domestique frapper brusquement à la porte, et les deux dames s'écrièrent : « Par la mort ! voilà monsieur et madame qui rentrent ! »

Notre amphitryon, il paraît, n'était que le maître d'hôtel, qui, en l'absence de son maître, avait voulu trancher du grand et faire un mo-

ment le *gentleman* lui-même. A vrai dire, il parlait politique aussi per-
tinemment que la plupart des *gentlemen* de province.

Rien ne peut égaler ma confusion quand je vis entrer le *gentleman*
et sa femme. Leur surprise, à l'aspect de pareille compagnie et de pareille chère, ne fut pas moindre que la nôtre. « Messieurs, nous dit le
véritable maître de la maison, à moi et à mon compagnon, nous
sommes, ma femme et moi, vos très-humbles serviteurs ; mais c'est
pour nous, j'en conviens, un honneur tellement inattendu, que nous
ne savons comment vous exprimer notre reconnaissance. »

S'ils ne s'attendaient point à notre visite, bien certainement nous
nous attendions, nous, bien moins à la leur ; et je crus, pour mon
compte, avoir complétement perdu la parole et la raison, quand je vis
entrer dans la salle ma chère miss Arabella Wilmot, presque fiancée, il
y a quelques années, à mon fils Georges, mais dont le mariage avait été
rompu comme je l'ai raconté. Dès qu'elle m'aperçut, s'élançant toute
joyeuse dans mes bras : « Mon cher monsieur, me dit-elle, à quel
heureux événement devons-nous cette visite inespérée ? Mon oncle et
ma tante vont être ravis, j'en suis sûre, d'avoir pour hôte le bon docteur Primrose ! » En entendant prononcer mon nom, le vieux *gentleman* et sa femme vinrent poliment à moi, et me prodiguèrent les assu-
rances de la plus cordiale hospitalité. Toutefois, ils ne purent s'empêcher de sourire quand je leur contai l'histoire de ma visite. Ils vou-
laient, dans le premier moment, chasser l'infortuné maître d'hôtel ;
mais j'intercédai, et on lui pardonna.

M. Arnold et sa femme, à qui appartenait la maison, insistèrent pour
que je leur fisse le plaisir de passer avec eux quelques jours. Leur
nièce, ma charmante pupille, dont l'âme s'était, pour ainsi dire,
formée par mes instructions, ayant joint ses prières aux leurs, je
cédai. On m'installa pour la nuit dans une chambre superbe, et le
lendemain matin, de bonne heure, miss Wilmot me proposa un tour

de promenade au jardin, qui était dessiné dans le goût moderne.

Après m'en avoir quelque temps montré les beautés, elle me demanda, de l'air d'une personne tout à fait désintéressée, à quelle époque remontaient mes dernières nouvelles de mon fils Georges. « Hélas ! madame, lui répondis-je, depuis près de trois ans qu'il est absent, il n'a écrit ni à ses amis ni à moi. Où est-il ?... je l'ignore ; peut-être ne le reverrai-je jamais, ni lui ni le bonheur. Oh ! non, ma chère dame, jamais nous ne retrouverons ces douces heures que nous avons passées à notre coin de feu de Wakefield ! Ma petite famille, en ce moment, va se dispersant bien rapidement ; la pauvreté nous a apporté non-seulement le besoin, mais l'infamie ! » A ces mots, une larme roula dans les yeux de cette excellente fille. Voyant son extrême sensibilité, je lui épargnai le détail de nos souffrances. Toutefois, ce fut pour moi une consolation de penser que le temps n'avait pas changé ses affections, et qu'elle avait refusé plusieurs partis depuis que nous avions quitté le pays qu'elle habitait. Elle me fit les honneurs des embellissements considérables de la propriété, me montrant chaque allée, chaque bosquet, et prenant de tout occasion de quelque question nouvelle sur mon fils.

Ainsi se passa l'après-midi, jusqu'au moment où la cloche sonna le dîner. Le directeur de la troupe ambulante, dont j'ai parlé tout à l'heure, nous apporta des billets pour la *Belle Pénitente* qu'on allait donner le soir même, et où le rôle d'Horatio devait être joué par un jeune *gentleman* qui n'avait encore paru sur aucun théâtre. Il nous fit l'éloge le plus chaud du débutant, et nous assura que jamais il n'avait vu sujet qui donnât de si belles espérances. « Le métier d'acteur, nous dit-il, ne s'apprend pas en un jour ; mais ce *gentleman* semble né pour le théâtre ; sa voix, sa figure, ses poses sont toutes admirables. Nous l'avons, par hasard, recruté en venant ici. » Ces détails piquèrent notre curiosité, et, à la prière des dames, je consentis à les accompa-

15

gner à la salle de spectacle qui n'était autre chose qu'une grange.

Comme la société dont je faisais partie était incontestablement la première de l'endroit, on nous accueillit avec les plus grands égards, et on nous plaça juste en face du théâtre; nous attendîmes quelque temps, fort impatients de voir Horatio faire son entrée. Le débutant parut enfin, et je laisse tous les pères juger de mes sensations par les leurs, quand je reconnus en lui mon malheureux fils. Au moment où il allait commencer, ses regards, en parcourant l'auditoire, tombèrent sur miss Wilmot et sur moi; il resta sans voix et sans mouvement. Les acteurs, dans la coulisse, attribuant cette hésitation à sa timidité naturelle, essayèrent de l'encourager; mais au lieu de commencer, il versa un torrent de larmes, et quitta la scène. Je ne sais ce que j'éprouvai en ce moment; car mes sensations se succédaient avec trop de rapidité pour être décrites. Je fus bientôt arraché de ce rêve pénible par miss Wilmot qui, pâle et d'une voix tremblante, me pria de la reconduire chez son oncle. Tout le monde rentré, M. Arnold, qui n'avait pas encore le mot de notre étrange conduite, apprenant que le débutant était mon fils, lui envoya sa voiture et une invitation. Comme il persistait dans son refus de rentrer en scène, on mit un autre acteur à sa place, et il fut bientôt auprès de nous.

M. Arnold lui fit l'accueil le plus gracieux; je le reçus, moi, avec ma tendresse habituelle; car je n'ai jamais pu affecter une fausse rancune. Il y eut, dans l'accueil de miss Wilmot, un air d'indifférence sous lequel je démêlai un rôle étudié. Le trouble de son âme n'était pas encore dissipé. Il lui échappa vingt extravagances qui ressemblaient à de la joie; elle éclatait de rire à ses propres non-sens. Parfois elle jetait un malin coup d'œil à la glace, comme si elle se sentait heureuse de la conscience de son irrésistible beauté; puis elle nous adressait des questions, sans faire la moindre attention à nos réponses.

CHAPITRE XX.

Un philosophe errant qui court après la nouveauté et perd le bonheur.

Quand nous eûmes soupé, mistriss Arnold offrit poliment à George d'envoyer chercher son bagage par deux domestiques. Il s'y refusa d'abord; puis, comme elle insistait, il fut contraint de lui avouer qu'un bâton et un sac de nuit étaient tout le mobilier qu'il possédait au monde. « Ah! mon fils, lui dis-je, pauvre tu m'as quitté, et pauvre te voilà revenu; pourtant, je n'en fais aucun doute, tu dois avoir vu bien du pays! — Oui, monsieur, répondit-il; mais courir après la fortune n'est pas le moyen de la fixer. Aussi, par ma foi, j'ai depuis quelque temps cessé de la poursuivre. — J'imagine, dit mistriss Arnold, que le récit de vos aventures serait fort intéressant. Ma nièce m'en a quelquefois conté la première partie; si nous pouvions obtenir de vous le reste, nous vous aurions une obligation de plus. — Le plaisir, madame, que vous pourrez avoir à les écouter, sera loin d'être aussi grand que l'honneur que je trouve à vous les dire. Toutefois, je ne puis guère, dans tout mon récit, vous promettre une seule aventure, car ce que vous allez entendre est plutôt ce que j'ai vu que ce que j'a fait.

Mon premier malheur, vous le connaissez tous, fut bien grave; il m'affligea, mais il ne put m'abattre. Nul ne fut jamais plus prompt que moi à espérer. Moins la fortune m'avait été d'abord propice, plus j'en attendais dans l'avenir; tombé au bas de sa roue, je devais remonter à chaque nouveau tour, puisque je ne pouvais plus descendre.

« Me voilà donc cheminant pour Londres, sans souci du lendemain, joyeux comme les oiseaux qui chantaient le long de la route, et consolé par l'idée que, à Londres, toute espèce de talent était sûr de trouver honneur et profit.

« Arrivé à la ville, mon premier soin, monsieur, fut de remettre votre lettre de recommandation à notre cousin dont la position ne valait guère mieux que la mienne.

« Mon projet, vous le savez, avait été d'entrer, comme sous-maître, dans une maison d'éducation; je lui demandai son avis. Le cousin accueillit ma question avec un sourire sardonique. — Belle carrière, par ma foi, qu'on vous a indiquée là! J'ai été moi-même sous-maître dans une pension, et qu'une bonne cravate de chanvre me serre le cou, si je n'eusse mieux aimé être sous-porte-clefs à Newgate. Tous les jours, le premier et le dernier sur pied, j'étais, dans la maison, traité du haut en bas par le maître, détesté de la maîtresse, parce que j'étais laid, torturé par les enfants, sans avoir jamais la permission de faire un pas au dehors pour aller chercher quelques égards. Mais êtes-vous sûr de convenir pour une pension? Allons, que je vous examine un peu! Avez-vous fait l'apprentissage du métier? — Non. — Alors vous ne convenez pas pour une pension! Savez-vous coiffer des enfants? — Non. — Alors vous ne convenez point pour une pension. Avez-vous eu la petite vérole? — Non. — Alors vous ne convenez pas pour une pension. Savez-vous coucher trois dans un lit? — Non. — Alors vous ne conviendrez jamais pour une pension. Avez-vous bon appétit? — Oui. — Jamais vous ne pourrez convenir pour une pen-

sion. Non, mon cher, si vous voulez une profession douce, facile, en-
gagez-vous, pour sept ans, comme apprenti, chez un coutelier qui
vous fera tourner sa meule; mais, une pension!... Oh! gardez-vous-en
bien! Toutefois, voyons; vous êtes, je le devine, un garçon d'esprit
et d'instruction. Faites-vous auteur comme moi! qu'en dites-vous?
Vous avez lu, sans aucun doute, dans vos livres, que des hommes de
génie meurent de faim à ce métier; je vais, moi, vous montrer par la
ville quarante imbéciles à qui il a fait faire fortune. Ce sont autant
d'honnêtes lourdauds qui vont tout doucement et tout bêtement leur
train, qui écrivent histoire et politique, et qu'on estime; gens qui, si
on en eût fait des savetiers, n'auraient pu, toute leur vie, que raccommoder des souliers, mais n'en auraient jamais fait une paire.

« Sentant que la profession de sous-maître convenait médiocrement
à un homme comme il faut, je me décidai à accepter l'offre du cousin,
et, tout pénétré d'une sainte vénération pour la littérature, je saluai
respectueusement l'*antiqua Mater* de *Grub-Street*. Je me trouvais
tout glorieux de marcher dans une voie où m'avaient devancé Dryden
et Otway. La déesse de ce lieu m'apparaissait comme la source de
toute supériorité. Le commerce du monde peut bien donner le bon
sens; mais elle!... la pauvreté qu'elle donnait me semblait la nourrice
du génie.

« Tout plein de ces idées, je me mis à l'œuvre, et m'apercevant
que, dans le faux, on avait encore les meilleures choses à dire, je résolus de faire un livre complétement neuf. J'habillai donc, avec quelque esprit, trois paradoxes bien faux assurément, mais bien neufs.
Ces joyaux de la vérité!... oh! tant d'autres les avaient étalés bien des
fois; je ne pouvais plus étaler, quant à moi, que quelques brillants
oripeaux capables de produire de loin la même illusion! Puissances
d'en haut, vous m'êtes témoins! Quelle haute importance mon imagination donnait à ma plume pendant que j'écrivais! Le monde savant

tout entier allait, sans aucun doute, s'élever contre mes systèmes ;
mais j'étais prêt à tenir tête au monde savant tout entier. Comme le
porc-épic, je me roulai sur moi-même, un piquant dressé contre
chaque adversaire.

— Bien ! mon garçon, dis-je ; et quel sujet avais-tu traité ? Tu n'a-
vais pas, j'espère, oublié l'importante question de la monogamie....
Mais je t'interromps ; continue ; tes paradoxes furent publiés ; à merveille ! Mais que dit le monde savant de tes paradoxes ?

— Le monde savant, monsieur, ne dit rien de mes paradoxes, absolument rien. Chaque savant était occupé à se donner de l'encens à lui-
même et à ses amis, ou bien à attaquer ses ennemis ; malheureusement je n'avais, moi, ni ennemis ni amis ; il me fallut subir la plus
cruelle de toutes les mortifications, l'indifférence.

« Je méditais un jour, dans un café, sur le sort de mes paradoxes,
lorsqu'un petit homme entra dans la salle ; il se plaça dans la loge
en face de moi, et, après quelques questions préliminaires, voyant que
j'avais fait des études, il tira de sa poche un paquet de prospectus, et
me proposa de souscrire à une nouvelle édition de Properce, avec
notes, qu'il allait donner au monde. A cette demande je répondis nécessairement que je n'avais pas un *penny*, et cet aveu le conduisit à
me questionner sur la nature de mes projets. Mes projets étaient tout
juste ce qu'était ma bourse. « Je vois, me dit-il, que vous ne connaissez pas la ville. Regardez ces prospectus ; sur ces simples prospectus,
je vis très-confortablement depuis douze ans. Un gentilhomme ar-
rive-t-il de ses voyages, un créole de la Jamaïque, une douairière de sa
terre ? vite, je propose une souscription. J'assiége d'abord leur cœur
par la flatterie, et, la brèche ouverte, j'y jette mes prospectus. S'ils consentent tout d'abord à souscrire, nouvelle prière d'accepter une dédi-
cace, moyennant finance. Si je réussis, instances nouvelles pour que
leurs armes soient gravées en tête du livre. Je vis ainsi de la vanité, et

j'en ris. Mais, entre nous, je suis à présent trop connu. Je serais bien
aise d'emprunter un moment votre visage. Un gentilhomme de distinction arrive, à l'heure même, d'Italie ; son concierge sait par cœur ma
figure. Si vous voulez vous charger d'un exemplaire de vers que voici,
je parie ma tête que vous réussirez, et nous partagerons le gâteau. »

—Dieu nous bénisse! George, m'écriai-je; est-ce donc là maintenant
l'occupation des poëtes ! Des hommes d'un beau talent s'abaisser à
tendre ainsi la main ! Ravaler ainsi leur noble vocation à un vil trafic
d'éloges, pour un morceau de pain !

— Oh, non ! monsieur; le vrai poëte ne peut jamais se dégrader à
ce point; là où il y a génie, il y a orgueil. Les misérables dont je
viens de parler ne sont que des mendiants à coups de rimes. Le vrai
poëte!... Oh! s'il brave tout pour la gloire, il recule toujours devant le
mépris. Ceux-là seuls, qui sont indignes de la protection, consentent à
la solliciter.

« Trop fier pour m'abaisser à de pareilles indignités, mais trop pauvre pour risquer un second élan vers la gloire, je fus obligé de prendre
un juste milieu et d'écrire pour avoir du pain. Mais je n'avais rien de
ce qu'il faut pour un métier où le savoir-faire peut seul assurer le succès. Je ne pouvais contenir ma secrète passion pour des applaudissements mérités ; et, tous les jours, je consumais en efforts pour arriver
au bien qui tient si peu de place, un temps que j'eusse beaucoup plus
utilement employé aux volumineuses compilations d'une productive
médiocrité. Mes petits chefs-d'œuvre passèrent, dans le flot des publications périodiques, inaperçus et inconnus. Le public avait bien mieux
à faire que de remarquer la facile simplicité de mon style et l'harmonie
de mes périodes. Je tombai, feuille à feuille, dans le gouffre de l'oubli, et mes *Essais* se trouvèrent enterrés au milieu des *Essais sur la
liberté*, des *Contes orientaux* et des *Remèdes pour la morsure des
chiens enragés*, tandis que *Philautos*, *Philalèthes*, *Phileleutheros* et

Philanthropos passaient pour écrire tous beaucoup mieux que moi, parce qu'ils écrivaient plus vite.

« Je me mis donc à ne plus vivre qu'avec des auteurs désappointés comme moi, se louant, se plaignant, se méprisant l'un l'autre. Le plaisir que nous causaient les ouvrages des écrivains en renom était précisément en raison inverse de leur mérite. Le génie, dans les autres, ne pouvait me plaire ; mes infortunés paradoxes avaient tari, pour moi, cette source de jouissances. Lire ou écrire n'avait plus, pour moi, aucun charme ; car le bien, dans autrui, m'était odieux, et écrire était mon métier.

« Absorbé dans ces sombres réflexions, je venais, un jour, de m'asseoir sur un banc, dans le parc de Saint-James, lorsqu'un jeune *gentleman* de distinction, qui avait été mon ami intime à l'université, passa près de moi. Nous nous abordâmes avec quelque hésitation de part et d'autre ; lui, tout honteux d'être connu d'un homme de si piètre mine ; moi, craignant un mauvais accueil. Mais bientôt mes soupçons furent dissipés ; car Ned Thornhill était au fond un garçon d'excellent cœur.

— Que dis-tu, George ? m'écriai-je en l'interrompant ; Thornhill !... Ne l'as-tu pas ainsi nommé ? Sans aucun doute, ce ne peut être que mon jeune propriétaire. — Comment ! reprit mistriss Arnold, M. Thornhill est-il votre si proche voisin ? Il a été longtemps l'ami de notre famille, et nous attendons, d'un jour à l'autre, sa visite.

— Le premier soin de mon ami, continua George, fut de réformer ma tenue en me donnant un habillement complet de sa propre garde-robe ; puis je fus admis à sa table, moitié à titre d'ami, moitié en sous-ordre. Mon emploi était de l'accompagner aux ventes publiques, de le tenir en bonne humeur quand il posait pour son portrait, de m'asseoir à sa gauche, dans son coupé, quand la place n'était pas prise par un autre, de courir, c'était son mot, le guilledou, avec lui, quand il était en gaieté. J'avais, en outre, vingt autres menues fonctions dans la

famille. Je devais faire une foule de petites choses, sans en attendre
l'ordre, porter le tire-bouchon, servir de parrain à tous les enfants du
maître d'hôtel, chanter quand on me le demandait, ne jamais être de
mauvaise humeur, être toujours humble, et, si je le pouvais, toujours
heureux.

« Et pourtant, dans ce poste honorable, je n'étais pas sans rival.
Un capitaine de troupes de mer, que la nature avait formé pour cette
place, me disputait l'affection de mon patron. Sa mère avait été blan-
chisseuse d'un homme de qualité, en sorte que, de bonne heure, il
avait pris goût au métier d'entremetteur et aux généalogies. L'unique
étude de ce monsieur était de se mettre en relation avec des lords ;
éconduit par quelques-uns, à cause de sa stupidité, il en trouvait pourtant un grand nombre qui, aussi niais que lui, toléraient ses assiduités.
La flatterie était son commerce ; il la pratiquait avec toute l'aisance et
toute l'adresse imaginables ; la mienne, au contraire, était gauche et
rude ; et puis, le besoin d'être flatté croissant chaque jour chez mon
patron, moi, à chaque heure, mieux éclairé sur ses défauts, je me sentais plus de répugnance à le flatter.

« J'allais, une fois pour toutes, laisser le champ libre à l'officier,
lorsque mon ami eut occasion de réclamer mon aide. Il ne s'agissait
de rien moins que d'un duel avec un *gentleman* envers la sœur duquel
on lui reprochait un tort grave. J'acceptai sans hésiter ; vous ne m'ap-
prouvez pas, je le vois ; mais c'était, entre amis, une dette sacrée ;
je ne pouvais refuser. Je me battis, je désarmai mon adversaire, et,
bientôt après, j'eus le plaisir d'apprendre que sa prétendue sœur
était tout simplement une fille publique, et mon drôle, son tenant, un
escroc.

« Ce service fut payé des plus chaudes protestations de reconnaissance ; mais mon ami devait quitter Londres dans quelques jours, et le
seul moyen qu'il trouva de me servir fut de me recommander à sir

16

William Thornhill, son oncle, et à un autre gentilhomme de grande
distinction, qui occupait un emploi dans le gouvernement.

« Thornhill parti, mon premier soin fut de remettre ma lettre de recommandation à son oncle, homme dont la réputation était de vertu
universelle, et, ce qui vaut mieux, bien méritée. Ses gens me reçurent
avec le sourire le plus avenant ; car le regard des domestiques dénote
toujours la bienveillance du maître. On me fit entrer dans un grand salon, où sir William vint bientôt à moi. Je lui exposai l'objet de ma visite, et lui présentai ma lettre. Il la lut, et, après une pause de quelques
minutes : « Veuillez, je vous prie, me dit-il, m'apprendre, monsieur,
quel service vous avez rendu à mon parent pour mériter une si chaude
recommandation. Je crois vous deviner ; vous vous êtes battu pour lui,
et, instrument de ses désordres, vous venez m'en demander le prix. Je
désire, monsieur, je désire sincèrement que mon refus soit aujourd'hui
la punition de vos torts ; j'espère, du moins, qu'il sera pour vous un
acheminement au repentir. » La leçon était sévère ; mais je la suppor-
tai patiemment, parce que je sentais qu'elle était juste.

« Tout mon espoir était maintenant dans ma lettre au grand seigneur. La porte des gens de qualité est incessamment assiégée de mendiants qui s'efforcent d'y glisser quelque demande bien intéressée ; aussi
je m'aperçus qu'il n'est pas facile de se la faire ouvrir. Toutefois, quand
la moitié de ce que je possédais en ce monde eut graissé la patte aux
gens, je fus introduit dans un vaste salon, ma lettre préalablement
remise pour passer sous les yeux de Sa Seigneurie. En ce moment
d'anxiété, j'eus tout le temps de regarder autour de moi. Chaque chose
était magnifique, et merveilleusement disposée ; peintures, meubles,
dorures me pétrifiaient de respect, et augmentaient encore l'idée que
je me faisais du maître. — Ah ! me disais-je en moi-même, qu'il doit
être grand le possesseur de tout ceci, dont la tête porte le fardeau des
affaires de l'État, dont la maison déploie la moitié des richesses du

royaume ! Bien sûr, nul ne peut sonder les profondeurs d'un pareil génie... Je m'abimais dans ces réflexions, quand j'entendis quelqu'un
s'approcher d'un pas grave. — Ah ! voici le grand homme en personne.
— Non : ce n'était qu'une femme de chambre. D'autres pas se firent
entendre. — Ce doit être lui ! — Non : ce n'était que le valet de chambre du grand homme. A la fin, Sa Seigneurie parut. « Est-ce vous, me
dit-elle, qui êtes le porteur de la lettre que voici ? » Je m'inclinai.
« Elle m'apprend que... » Au même instant, un laquais lui remit un billet ; sans autre explication, Sa Seigneurie sortit de la pièce en me laissant ruminer à loisir mon bonheur, et il ne fut plus question d'elle
jusqu'au moment où un valet de pied vint me dire que Sa Seigneurie
allait monter dans son carrosse qui était à la porte de l'hôtel. Je descendis lestement derrière elle, et joignis ma voix à celle de deux ou
trois autres solliciteurs venus, comme moi, pour implorer une faveur. Sa Seigneurie allait beaucoup trop vite pour nous, et gagnait, à
grands pas, la portière de son carrosse, quand je haussai la voix
pour savoir si j'aurais une réponse. Sa Seigneurie, pendant ce temps,
était montée en voiture, et murmura quelques mots, dont moitié
arriva à mon oreille, et moitié se perdit dans le bruit des roues du
carrosse. Je restai un moment le cou tendu, dans l'attitude d'un
homme qui écoute pour recueillir les précieuses paroles, jusqu'à ce
que, regardant autour de moi, je me trouvai tout seul à la porte de Sa
Seigneurie.

« Ma patience était à bout. Furieux des mille indignités que je venais de subir, j'étais bien résolu d'en finir, et je ne demandais plus
que l'abime pour m'y précipiter ; je me regardais comme un de ces
êtres de rebut que la nature destine à être rejetés dans son immense
capharnaüm, pour y périr dans l'obscurité. Toutefois, il me restait
encore une demi-guinée. — La fortune elle-même, me disais-je, ne
peut me la reprendre ; mais, pour m'en bien assurer, allons la

dépenser pendant qu'elle est encore dans ma poche, et, pour le reste,
nous attendrons l'occasion.

« C'était un parti bien pris ; et, tout juste, s'ouvrait devant moi le
bureau de M. Crispe, dont l'engageante enseigne semblait me garantir
un heureux accueil. Dans ce bureau, le bon M. Crispe offre à tous les
sujets de Sa Majesté la généreuse promesse de trente livres sterling par
an, en retour de laquelle tout ce qu'ils ont à donner est leur liberté,
pour la vie, et la permission de se laisser transporter en Amérique
comme esclaves. J'étais heureux de trouver un endroit où mes
frayeurs allassent se perdre dans le désespoir. J'entrai dans cette cellule, — car ce bureau en avait toute l'apparence, — avec la dévotion
d'un moine. Je trouvai là une foule de pauvres diables dans la même
position que moi, attendant l'arrivée de M. Crispe, et présentant un
exact abrégé de toutes les mauvaises têtes de l'Angleterre. Tous ces
être intraitables, à la moindre brouille avec la fortune, se vengeaient
de ses torts sur eux-mêmes. M. Crispe descendit enfin, et tous nos
murmures cessèrent ; il daigna me regarder d'un air d'intérêt tout
particulier, et, à coup sûr, c'était, depuis un an, le premier homme
qui m'eût parlé le sourire sur les lèvres. Après quelques questions, il
me trouva bon à tout en ce monde. Il réfléchit un moment au moyen
le plus convenable de me pourvoir, et, se frappant le front comme s'il
l'avait trouvé : « On parle en ce moment, me dit-il, d'une ambassade
du synode de Pensylvanie aux Indiens Chickasaw ; je veux employer
mon crédit à vous en faire nommer secrétaire. » Au fond du cœur, je
savais bien que le drôle mentait, et pourtant cette promesse me fit
plaisir ; elle avait quelque chose qui sonnait délicieusement à mon
oreille. Je fis donc consciencieusement, de ma demi-guinée, deux
parts dont l'une alla s'ajouter aux trente mille livres sterling de mon
protecteur ; avec l'autre, je me décidai à entrer dans la plus proche
taverne, et à y être plus heureux que lui.

« Je sortais dans cette idée, lorsque, à la porte, je rencontrai un capitaine de navire avec lequel j'avais fait connaissance il y avait quelque temps, et qui consentit à prendre avec moi un bol de punch. Je n'ai jamais pu faire un secret de ma position. « Vous êtes perdu, me dit mon capitaine, si vous croyez aux promesses de Crispe ; car il n'a d'autre but que de vous vendre aux planteurs. Un voyage beaucoup plus court peut, j'imagine, vous mettre, sans peine aucune, en mesure de gagner fort agréablement votre vie. Croyez-moi ; je mets demain à la voile pour Amsterdam ; venez avec nous comme passager. En débarquant, tout ce que vous avez à faire est de montrer l'anglais aux Hollandais ; je vous garantis écoliers et argent ; car je suppose que vous savez l'anglais, par le temps qui court ; ou le diable s'en mêle. — Oh ! je le sais, répondis-je hardiment ; mais les Hollandais auront-ils envie d'apprendre l'anglais ? » Mon homme m'affirma, sous serment, qu'ils en étaient fous, que c'était pour eux une distraction, et, sur sa parole, j'acceptai son offre, et m'embarquai le lendemain pour aller en Hollande montrer l'anglais aux Hollandais.

« Le vent fut bon, la traversée courte, et, mon passage payé avec moitié de mes effets, me voilà, comme tombé des nues, dans une des principales rues d'Amsterdam. Vite, pas un moment sans leçons ; pour cela je m'adressai aux deux ou trois premières personnes que je rencontrai, et dont la mine me semblait promettre le plus ; mais impossible de nous comprendre l'un l'autre. Alors seulement je me rappelai que, pour montrer l'anglais aux Hollandais, force était qu'eux-mêmes commençassent par me montrer le hollandais. Comment cette difficulté toute simple m'avait-elle échappé ?... j'en suis encore surpris ; mais, bien positivement, elle m'avait échappé.

« Mon projet à bas, j'allais tout bonnement me rembarquer pour l'Angleterre, quand je rencontrai un étudiant irlandais qui revenait de Louvain ; la conversation tomba sur quelques points de littérature, et, en passant, on remarquera que, dès que je puis aborder pareil sujet, toutes mes misères sont oubliées. Il m'apprit qu'il n'y avait pas dans son université deux hommes qui entendissent le grec ; j'en fus étonné, et à l'instant parti pris d'aller à Louvain et d'y vivre en montrant le grec. Mon confrère l'étudiant m'y encouragea, et me laissa entrevoir que j'y pourrais faire fortune.

« Le lendemain j'étais bravement en route. Mon bagage, comme le panier de pain d'Ésope, allait chaque jour s'allégeant ; car, sur la route, il payait aux Hollandais mon logement. Arrivé à Louvain, au lieu de faire la courbette aux professeurs de bas étage, je crus devoir franchement offrir mes talents au recteur lui-même. Je me présentai, on me reçut ; je me proposai comme maître de langue grecque ; l'université, m'avait-on dit, en manquait. Le recteur parut d'abord douter de ma capacité ; je m'engageai à la lui prouver, en traduisant en latin tel passage d'un auteur grec qu'il lui plairait de m'indiquer. S'apercevant que ma proposition était sérieuse : « Vous me voyez, jeune homme, me dit-il, je n'ai, moi, jamais appris le grec, et je ne sache pas que j'en aie jamais eu besoin. J'ai obtenu le bonnet et la robe de docteur, sans grec ; j'ai, par an, dix mille florins, sans grec ; j'ai excellent appétit, sans grec ; en un mot, comme je ne sais pas le grec, je ne pense pas qu'il soit bon à rien. »

« J'étais trop loin de chez moi pour songer à y retourner ; je résolus d'aller en avant. J'avais quelques notions de musique et une voix passable. Ce qui avait été pour moi un amusement devint alors mon gagne-pain. Je cheminais au milieu des bons paysans de Flandre et de ceux de France qui sont assez pauvres pour être gais ; car, chez eux, la gaieté m'a toujours paru en raison des besoins. Quand, à la chute du jour, je me trouvais auprès d'une maison de paysan, je jouais un de mes airs les plus gais, et il me valait non-seulement le couvert, mais le vivre pour le lendemain. Une ou deux fois j'essayai de jouer

pour les gens comme il faut ; mais toujours ils trouvèrent mon jeu
détestable et ne me donnèrent pas un fétu. Chose étrange ! aux bons
jours, à l'époque où jouer n'était pour moi qu'un passe-temps, lorsqu'il m'arrivait de faire de la musique pour la compagnie, tout ce qui
m'écoutait ne manquait jamais d'être ravi, les femmes surtout ! Maintenant que mon violon était ma seule ressource, chacun en faisait fi !
Preuve de la tendance du monde à toujours coter bien bas les talents
qui font vivre un homme !

« Voilà comment j'arrivai à Paris, avec l'intention tout juste de
voir et d'aller plus loin. Le peuple de Paris choie dans les étrangers
plutôt leur argent que leur esprit. Je ne brillais, moi, ni par l'un ni
par l'autre ; aussi je ne fis pas fureur. Après avoir, quatre ou cinq
jours, couru la ville et examiné la façade des plus beaux hôtels, je me
disposais à dire adieu à cet asile de vénale hospitalité, lorsque, dans
une des principales rues, je me trouvai face à face... avec qui ? avec
notre cousin, auquel vous m'aviez d'abord recommandé. Cette rencontre me plut fort et ne parut pas lui déplaire. Il me demanda le
motif de mon voyage à Paris, et m'apprit qu'il y était lui-même occupé
à recueillir des tableaux, des médailles, des gravures, des antiques de
toute sorte, pour un *gentleman* de Londres à qui venait d'arriver tout
juste du goût et une grande fortune. Je fus d'autant plus surpris de
voir notre cousin chargé d'une pareille mission, que lui-même m'avait
plusieurs fois assuré qu'il n'y connaissait absolument rien. « Comment, lui demandai-je, vous êtes-vous sitôt trouvé connaisseur ? —
Rien de plus aisé, me répondit-il. Tout le secret consiste à ne jamais
se départir de deux règles : l'une, de toujours dire que le tableau aurait pu être mieux, si le peintre eût pris plus de peine ; l'autre, de pri-
ser les ouvrages de Pierre Perugin. Je vous ai dernièrement appris
comment on se fait auteur à Londres, je veux maintenant vous montrer l'art d'acheter des tableaux à Paris. »

« J'acceptai de grand cœur, car c'était un moyen de vivre ; et vivre était, en ce moment, toute mon ambition. J'allai donc à son logement ; je remontai, grâce à lui, ma garde-robe, et quelques jours après je l'accompagnai aux ventes de tableaux où on attendait pour enchérisseurs des Anglais de distinction. Je ne fus pas peu surpris de le voir dans l'intimité des gens de la plus haute volée, qui s'en rapportaient à ses jugements sur les tableaux et les médailles, comme à d'infaillibles oracles du goût. En pareil cas il tirait fort bon parti de ma présence. Quand on lui demandait son avis, il me prenait gravement à l'écart, me demandait le mien, levait les épaules, regardait d'un air capable, retournait aux questionneurs et leur assurait qu'il ne pouvait donner d'avis sur une affaire de tant d'importance. Il se présentait parfois telle occasion où il lui fallait pousser plus loin l'effronterie. Un jour, je m'en souviens, il venait de prononcer que le coloris d'un tableau n'avait pas assez de moelleux ; je le vis prendre hardiment une brosse chargée de couleur brune qui se trouvait là par hasard, la passer, du plus grand sérieux, sur le tableau, en présence de toute la compagnie, et demander si les teintes n'y avaient pas gagné quelque chose.

« Sa mission à Paris terminée, avant de me quitter, il me recommanda à plusieurs personnes de distinction comme un homme parfaitement en état de voyager en qualité de gouverneur, et, peu de temps après, je fus à ce titre employé par un *gentleman* qui avait amené son pupille à Paris pour lui faire faire son tour d'Europe. Je devais être le gouverneur du jeune homme, mais à la condition qu'il se gouvernerait toujours lui-même. Au fait, mon ouaille s'entendait en affaires d'argent beaucoup mieux que moi. Il avait hérité d'une fortune d'environ deux cent mille livres sterling qu'un oncle lui avait laissée dans les Indes occidentales, et ses tuteurs, pour le mettre en état de bien administrer, l'avaient placé chez le procureur ; aussi l'ava-

rice était sa passion dominante. Toutes ses questions en chemin rou-
laient sur les moyens d'économiser le plus d'argent possible, sur le
mode de voyage le moins coûteux, sur les marchandises qu'on pourrait acheter pour les revendre à Londres avec bénéfice. Se trouvait-il
sur la route quelque curiosité dont la vue ne coûtait rien ?... il était
toujours prêt à la voir. Mais si pour voir il fallait payer quelque chose,
on lui avait assuré, disait-il, que cela ne valait pas la peine d'être vu.
Jamais il ne paya une carte sans faire la remarque que les voyages
étaient horriblement dispendieux ; et cela, quand il n'avait pas encore
vingt et un ans. A Livourne, dans une promenade que nous faisions
pour voir le fort et les bâtiments, il demanda le prix du passage par
mer de Livourne en Angleterre. Apprenant que ce n'était qu'une bagatelle auprès du retour par terre, il ne put résister à la tentation ; il
me paya la faible part de mon traitement qui m'était due et s'embar-
qua pour Londres avec un seul domestique.

« Me voilà donc encore une fois tout à fait délaissé dans ce monde ;
mais alors c'était chose à laquelle j'étais habitué. Mon talent pour la
musique ne pouvait me servir à rien dans un pays où le dernier
paysan était meilleur musicien que moi. Heureusement j'avais, en
courant le monde, acquis un autre talent qui faisait également mon
affaire : celui de la dispute. Dans toutes les universités, dans tous les
couvents, à l'étranger, il y a des jours où l'on soutient contre tout
venant des thèses de philosophie ; et le champion qui montre quelque
habileté peut prétendre à une gratification en argent, un dîner et un
lit pour une nuit. Je repris, en bataillant ainsi, la route d'Angleterre ; j'allais de cité en cité ; j'étudiais de plus près l'espèce humaine ;
je vis pour ainsi dire les deux côtés du tableau. Toutefois, mes remar-
ques sont peu nombreuses : j'ai vu que le meilleur gouvernement est,
— pour les pauvres, la monarchie, — pour les riches, la république ;
j'ai vu que, par tout pays, richesse est en général synonyme de liberté ;

17

qu'il n'y a pas d'homme assez épris de sa liberté pour ne pas chercher, dans toute société, à subordonner la volonté de quelques individus à la sienne.

« De retour en Angleterre, mon projet, monsieur, était d'aller avant
tout vous offrir mes respects ; puis de m'enrôler comme volontaire
pour la première expédition qui mettrait à la voile. Mais, en route, ce
projet fut dérangé par la rencontre d'une vieille connaissance que je
trouvai engagée dans une troupe de comédiens, allant faire, en province, sa campagne d'été. La troupe ne montra pas trop de répugnance
à m'engager. On me fit toutefois force représentations ; on me dit
que j'allais me charger d'une tâche bien importante, que le public était
un monstre à mille têtes, et qu'une bonne tête seulement pouvait lui
plaire ; que le métier d'acteur ne s'apprenait pas en un jour ; que, sans
quelques mouvements d'épaules traditionnels qui se perpétuaient au
théâtre, et au théâtre seulement, depuis une centaine d'aunées, je ne
réussirais jamais à plaire. Autre difficulté... Où me trouver des rôles,
quand tous étaient pris ? Je fus quelque temps promené d'un rôle à un
autre, jusqu'à ce qu'enfin on m'assigna celui d'Horatio que fort heureusement la présence de la compagnie qui m'écoute m'a empêché
de jouer. »

CHAPITRE XXI.

Entre gens vicieux, l'amitié dure tout juste autant que le plaisir.

Le récit de mon fils était trop long pour l'affaire d'une seule séance. George n'en avait fait que la première partie dans la soirée, et il l'achevait dans l'après-dinée du lendemain, lorsque l'équipage de M. Thornhill parut à la porte. Il y eut une sorte de pause dans la satisfaction générale. Le maître d'hôtel, désormais mon ami dans la famille, me dit à l'oreille que le *Squire* avait déjà fait des propositions à miss Wilmot, et que sa tante et son oncle semblaient approuver fort le mariage.

A son entrée dans le salon, M. Thornhill, quand il nous aperçut, mon fils et moi, fit en arrière un mouvement que tout d'abord je mis sur le compte de la surprise plutôt que du mécontentement; puis, quand nous nous fûmes avancés pour le saluer, il nous rendit notre compliment de l'air de la plus grande candeur, et, un moment après, sa présence ne parut qu'ajouter à la gaieté générale.

Après le thé, il me prit à l'écart pour me questionner sur ma fille, et, quand je lui appris que nos recherches avaient été vaines, il sembla fort étonné; il ajouta que, depuis mon départ, il avait fait chez moi de

fréquentes visites pour consoler le reste de ma famille qu'il avait laissée
parfaitement bien ; puis il me demanda si j'avais parlé à miss Wilmot
ou à mon fils de la mésaventure d'Olivia ; et, sur ma réponse négative,
il approuva fort ma prudence et ma discrétion, me recommandant bien
de garder le secret : « Car, disait-il, le moindre inconvénient, en pareil cas, est d'ébruiter notre propre déshonneur, et peut-être miss Livy
n'est-elle pas aussi coupable qu'on l'imagine... » Nous fûmes inter-
rompus par un laquais qui vint prier le *Squire* de rester pour une
contredanse, et il me laissa tout heureux de l'intérêt qu'il semblait
prendre à ma position.

Ses avances auprès de miss Wilmot étaient trop évidentes pour qu'on
s'y méprit ; cependant elle n'en paraissait pas très-flattée ; et, si elle les
souffrait, c'était plutôt déférence pour la volonté de sa tante qu'inclination réelle. J'avais même le plaisir de la voir prodiguer à mon malheureux fils de tendres regards que le *Squire* ne pouvait lui arracher
avec toute sa fortune et ses assiduités. Le calme apparent de M. Thornhill me surprenait pourtant un peu. Sur les pressantes instances de
M. Arnold, nous venions de passer chez lui une semaine ; et plus,
chaque jour, miss Wilmot montrait de tendresse pour George, plus
l'amitié de M. Thornhill pour lui semblait s'accroître.

Maintes fois auparavant, il nous avait fait les offres les plus obligean-
tes de tout son crédit pour notre famille ; aujourd'hui, sa générosité
ne se bornait plus à de simples promesses. Dans la matinée que j'avais
fixée pour mon départ, M. Thornhill, venant à moi d'un air tout joyeux,
m'apprit le résultat d'une démarche qu'il avait faite pour son ami
George. Il ne s'agissait de rien moins que d'un brevet d'enseigne dans
un des régiments qui allaient partir pour les Indes occidentales ; il n'a-
vait promis que cent livres sterling, son crédit ayant suffi pour obtenir la remise des deux cents autres. « Ce service, ajouta-t-il, est bien
peu de chose, et je n'y mets d'autre prix que le plaisir d'obliger un

ami ; quant aux cent livres sterling à payer, si vous ne les avez pas, je
vais vous en faire l'avance, et vous me les rembourserez tout à votre
aise. » Que de bontés !... Les paroles nous manquaient pour exprimer
ce que nous sentions ; je m'empressai de souscrire une obligation de
cent livres, et je protestai de ma reconnaissance comme si j'avais l'intention de ne jamais payer.

George devait, le lendemain, se rendre à Londres, pour s'assurer de
son brevet ; c'était l'avis de son généreux patron, qui regardait comme
indispensable de ne pas perdre un moment, de peur que, dans l'intervalle, un concurrent ne fît des offres plus avantageuses. Le lendemain
donc, notre jeune officier fut prêt de bonne heure ; il semblait le seul
d'entre nous que ce départ n'affectât point. Les fatigues et les périls
qu'il allait braver, ses amis, sa maîtresse (car miss Wilmot l'aimait
réellement) dont il allait se séparer, rien ne l'ébranla. Quand il eut pris
congé du reste de la compagnie, je lui donnai tout ce que je possédais,
ma bénédiction. « Allons, mon enfant, lui dis-je, tu vas combattre pour
ton pays ; souviens-toi que ton brave aïeul a combattu pour la personne sacrée de son roi, quand la fidélité au prince était une vertu
chez les Anglais. Va, mon enfant, imite-le en tout, excepté dans ses
malheurs, si ce fut un malheur que de mourir avec lord Falkland. Va,
mon enfant ; et si tu succombes loin de ton pays, si ton corps abandonné n'est point baigné des larmes de tout ce qui t'aime, oh ! les
plus précieuses larmes sont celles que le ciel envoie, avec la rosée, sur
la tête sans sépulture du soldat. »

Le lendemain matin, je pris congé de l'excellente famille qui avait
eu la complaisance de m'héberger si longtemps ; j'y ajoutai quelques
expressions de reconnaissance envers M. Thornhill pour son dernier
acte de générosité. Je les laissai savourant ce bonheur que donnent
l'abondance et la bonne éducation, et je repris le chemin de ma
demeure, désespérant de jamais revoir ma fille, et envoyant au

ciel un soupir qui lui demandait, pour elle, miséricorde et pardon.

Je n'étais plus qu'à vingt milles environ de chez moi ; j'avais loué un cheval pour me porter, car je me sentais faible encore, et je me consolais par l'espoir de me retrouver bientôt au milieu de ce que j'avais de plus cher en ce monde. Mais, la nuit approchant, je m'arrêtai à une petite auberge sur le bord de la route, et je priai l'hôte de m'aider à vider une pinte de vin. Assis au feu de sa cuisine, qui était la meilleure pièce de la maison, nous jasions de la politique et des nouvelles du pays. La conversation tomba sur le jeune *Squire* Thornhill.

« On le déteste dans le pays, m'assura mon hôte, autant qu'on aime son oncle, sir William, qui vient quelquefois nous voir. Au fait, il n'a d'autre occupation que de séduire les filles de ceux qui l'accueillent dans leur maison, et quand il en a abusé quinze jours ou trois semaines, il les rejette dans le monde sans argent et sans appui ! » Nous allions continuer sur ce chapitre, lorsque l'hôtesse, qui venait de sortir pour avoir de la monnaie, rentra, et voyant son mari se donner un plaisir dont elle n'avait pas sa part, lui demanda, d'un ton maussade, ce qu'il faisait là. « Je bois à votre santé, repartit l'hôte d'un air goguenard, et ce fut toute sa réponse. — Maître Symonds, reprit-elle, vous en usez fort mal avec moi, et je ne le souffrirai pas plus longtemps. Vous me laissez ici les trois quarts de la besogne, et le quatrième reste à faire, grâce à votre habitude de passer toute la sainte journée à gobeletter avec les pratiques ; tandis que moi, dût une simple cuillerée de liqueur me guérir de la fièvre, jamais, au grand jamais, je n'en touche une goutte ! » Je vis où elle en voulait venir, et, à l'instant, je lui versai un plein verre qu'elle reçut avec une révérence, et, l'avalant à ma santé : « Monsieur, me dit-elle, si je me fâche, ce n'est pas pour la valeur du vin ; c'est qu'on n'aime pas, dans une maison, à voir tout jeter par les fenêtres. Faut-il talonner la pratique ou le passant ? à moi toute la corvée ; lui !... ne ferait de ce verre qu'une bouchée, plutôt que de bouger pour leur parler. En ce moment, par exemple, nous avons là-haut une jeune femme qui est venue s'installer ici, et je ne puis me mettre en tête qu'elle ait grand argent, elle est trop polie ! Je suis certaine qu'elle est dure à la paye, et j'ai grande envie de le lui rappeler ! — Le lui rappeler ! répliqua l'hôte ; qu'est-ce que cela signifie ? Son argent, s'il ne vient pas vite, est au moins de l'argent sûr. — Je n'en sais rien ; mais, ce que je sais bien positivement, c'est que, depuis quinze jours qu'elle est ici, nous n'avons pas encore vu la couleur de son argent. — Je suppose, ma chère, que nous recevrons le tout en bloc. — En bloc ! oh ! nous serons payés, j'espère, de façon ou d'autre, et pas plus tard que ce soir, j'y suis bien décidée, ou bien elle délogera avec son sac et ses quilles ! — Faites attention, ma chère, que c'est une femme comme il faut, et qu'elle mérite plus d'égards. — Oh ! pour cela, comme il faut ou non, elle ploiera bagage et au galop. Vos gens comme il faut peuvent être une fort bonne chose quand ils consomment ; mais, pour mon compte, je n'ai jamais vu grand'-chose d'eux à l'enseigne de *la Herse.* » A ces mots, elle grimpa un escalier étroit qui conduisait de la cuisine à une chambre au-dessus de notre tête, et bientôt, aux éclats de sa voix, à l'aigreur de ses reproches, je reconnus qu'il n'y avait pas d'argent à attendre de la jeune femme qui l'occupait. J'entendais très-distinctement ses invectives : « Dehors, vous dis-je ! faites à l'instant votre paquet ! Délogez, infâme coureuse !... ou je vais vous administrer une correction dont il vous cuira plus de trois mois ! Comment ! voleuse, venir s'installer dans une maison honnête, sans un liard pour vous goberger !... Détalez, vous dis-je ! — O madame ! répondait l'étrangère, pitié pour moi, pitié pour une malheureuse délaissée ! Une nuit seulement, et la mort fera bientôt le reste !... »

Je reconnus la voix de ma pauvre fille, de mon Olivia. Je volai à son secours, car déjà l'hôtesse l'entraînait par les cheveux, et je la

reçus, l'infortunée !... dans mes bras. « Viens, oh ! viens sur le cœur
de ton pauvre père, chère enfant, toi que j'avais perdue, toi, mon trésor ! Les méchants ont beau t'abandonner, il y a encore dans ce monde
quelqu'un qui ne t'abandonnera pas ! Fusses-tu dix mille fois coupable, il te pardonnera tout ! — Cher !... (Elle fut quelques instants
sans pouvoir en dire davantage.) Cher et excellent père ! Oh ! les anges
pourraient-ils être plus miséricordieux que vous ! Non, je ne mérite
pas tant d'indulgence ! L'infâme !... je l'abhorre, je m'abhorre moi-
même ! Si coupables tous deux pour tant de bonté !... Vous ne pouvez me pardonner ; oh ! je sens que vous ne le pouvez !... — Si, chère
enfant, si ! je te pardonne de bien bon cœur ! Du repentir seulement ! et tous deux nous serons heureux ; nous retrouverons encore,
mon Olivia, des jours de délices ! — Jamais, monsieur, jamais ! Le
reste de ma triste vie ne peut plus être qu'infamie au dehors et honte
au dedans. Mais, hélas ! pauvre père, vous me semblez plus pâle que
de coutume. Vous aurais-je, misérable que je suis ! à ce point con-
tristé !... Oh ! vous êtes trop sage pour que la peine de mon crime
retombe sur vous... — Trop sage, jeune femme !... — Oh !... papa,
pourquoi ce nom !... c'est la première fois que vous m'appelez d'un
nom si froid. — Pardon, chère enfant ; j'allais te dire que la sagesse
est un bien lent remède contre la douleur, quoique, à la fin, elle soit
un remède sûr ! »

L'hôtesse rentra pour savoir si nous ne voulions pas un appartement plus convenable ; j'acceptai son offre, et elle nous conduisit
dans une chambre où nous pûmes causer plus librement. Quand
nous eûmes repris un peu de calme, je ne pus m'empêcher de lui
demander par quels degrés elle était arrivée à la triste situation dans
laquelle je la retrouvais. « L'infâme ! me dit-elle ; le premier jour que
nous nous sommes vus, il me fit des propositions honnêtes, quoique
secrètes.

— Oh! oui, l'infâme!... et pourtant je m'étonne encore qu'un homme de bon sens comme M. Burchell, un homme qui paraissait avoir de l'honneur, ait pu se rendre coupable d'une bassesse si froidement calculée, et s'introduire ainsi dans une famille pour la perdre!...

— Vous êtes, mon bon père, dans une étrange erreur. M. Burchell n'a jamais tenté de me séduire; loin de là, il a saisi toutes les occasions de me signaler les ruses de M. Thornhill... Thornhill, pire cent fois, je le sais maintenant, que ne le disait M. Burchell!...

— M. Thornhill!... est-il possible? — Oui, monsieur; c'est M. Thornhill qui m'a trompée, qui, pour nous attirer à Londres, a employé ces deux grandes dames, comme il les appelait, au vrai deux femmes perdues de mœurs, sans cœur et sans éducation. Leurs manœuvres, vous pouvez vous le rappeler, eussent certainement réussi sans la lettre dans laquelle M. Burchell leur adressait des reproches que nous avons tous pris pour nous. Comment a-t-il réussi à déjouer leur projet?... C'est encore un mystère pour moi; mais j'ai la conviction qu'il a toujours été notre plus chaud, notre plus sincère ami.

— Tu m'étonnes, ma chère; mais, je le vois maintenant, mes premiers soupçons sur la scélératesse de M. Thornhill étaient fondés; il peut, lui, triompher en toute sécurité; car il est riche et nous sommes pauvres. Mais, dis-moi, mon enfant, à coup sûr, ce n'est pas une tentation ordinaire qui aurait pu détruire ainsi tous les effets d'une éducation, d'une disposition à la vertu comme la tienne.

— Oui, monsieur; son triomphe, il le doit à mon désir de faire son bonheur plutôt que le mien. Je savais que la cérémonie de notre mariage, secrètement célébrée par un prêtre papiste, ne l'engageait en rien, et que je n'avais d'autre garantie que son honneur... — Comment! êtes-vous bien réellement mariés par un prêtre ayant reçu les ordres? Oui, monsieur; nous le sommes, quoique tous deux nous

18

ayons juré de ne pas révéler son nom. — Oh ! alors, mon enfant, viens encore dans mes bras !... et, plus que tout à l'heure, mille fois, tu es la bienvenue. Car, maintenant tu es sa femme d'intention et de fait, et toutes les lois humaines, fussent-elles gravées sur des tables de diamant, ne peuvent atténuer la force de ce lien sacré !...

— Ah ! pauvre père ! vous êtes bien peu au fait de ses infamies !... il a déjà été marié, par le même prêtre, à six ou huit femmes que, comme moi, il a séduites et abandonnées !

— Marié !... lui !... Alors il faut faire pendre le prêtre, et demain matin tu déposeras ta plainte. — En ai-je le droit, monsieur, quand j'ai promis le secret ? — Si tu as fait pareille promesse, chère enfant, je ne puis ni ne veux t'engager à la violer. Quoiqu'il y aille de l'intérêt public, tu ne peux porter plainte contre lui. Un peu de mal pour beaucoup de bien, c'est l'esprit de toutes les institutions humaines ! Ainsi, on peut, en politique, sacrifier une province pour conserver un royaume ; en médecine, couper un membre pour sauver le corps. Mais la religion !... sa loi est écrite et elle est inflexible !... Ne jamais faire le mal. Cette loi est juste, mon enfant ; car, un peu de mal pour beaucoup de bien, c'est une faute certaine pour un avantage éventuel ; or, l'avantage fût-il bien assuré, toutefois le moment entre la faute et l'avantage, moment bien reconnu coupable, peut être celui où nous sommes appelés à répondre de ce que nous avons fait, où le compte des actions humaines est clos à jamais... Mais je t'interromps, ma chère ; continue.

— Le lendemain même, je reconnus combien j'avais peu de fonds à faire sur sa sincérité. Dans la matinée, il me présenta à deux malheureuses femmes que, comme moi, il avait séduites ; mais qui, livrées à la prostitution, s'arrangeaient de cette vie. Je l'aimais trop tendrement pour partager son cœur avec de pareilles rivales ; je cherchai l'oubli de ma honte dans le tumulte des plaisirs ; je le demandai au bal, à la toilette, à la conversation; je me sentais toujours malheureuse. Les messieurs qui venaient me voir me parlaient sans cesse du pouvoir de mes charmes, et cela ne faisait qu'augmenter ma mélancolie; car ce pouvoir... je l'avais perdu à jamais. Chaque jour, nous devenions, moi plus pensive, lui plus insolent, jusqu'au moment où le monstre eut l'effronterie de m'offrir à un jeune baronnet de sa connaissance. Ai-je besoin de le dire? son ingratitude était pour moi un coup de poignard. Ma réponse à sa proposition fut de la rage. Je voulus partir; au moment où je sortais, il m'offrit une bourse; mais, furieuse, je la lui jetai au visage, et m'arrachai de ses bras, tellement hors de moi, que, pendant un moment, je ne sentis point toute l'horreur de ma situation. Mais bientôt, quand je m'examinai moi-même, je ne vis en moi que quelque chose de vil, d'abject, de coupable, sans un seul ami ici-bas pour me donner asile. En ce moment, une voiture publique vint à passer; j'y pris une place, sans autre but que de fuir aussi loin que possible un misérable que je méprisais, que je détestais, je suis descendue en cette maison où, depuis mon arrivée, mes propres chagrins et la brutalité de cette femme ont été toute ma compagnie. Les heures délicieuses que j'ai passées avec maman et ma sœur font maintenant mon supplice; leur douleur est grande; mais la mienne est bien plus affreuse, car la mienne est mêlée de crime et d'infamie.

— Patience! mon enfant, nous aurons du mieux, je l'espère; prends un peu de repos cette nuit, et demain je te rendrai à ta mère et au reste de la famille dont tu seras tendrement accueillie. Pauvre femme! Oh! ta fuite lui est allée au cœur; mais elle t'aime toujours, Olivia, et elle te pardonnera. »

CHAPITRE XXII.

On pardonne aisement quand on aime.

Le lendemain matin, je pris ma fille en croupe, et nous voilà trottant vers le logis. Chemin faisant, je m'efforçais, par tous les moyens de persuasion, de calmer ses chagrins et ses frayeurs, et de l'armer de courage pour supporter la présence d'une mère offensée. Dans le spectacle du beau pays que nous traversions, je saisissais toutes les occasions de prouver combien le ciel est pour nous meilleur que nous ne le sommes l'un pour l'autre ; combien, du fait de la nature, les malheurs sont peu de chose. Je lui protestais que jamais elle ne verrait de changement dans ma tendresse, et que, durant toute ma vie qui pouvait être longue encore, elle trouverait toujours en moi un protecteur et un guide. Je l'armais contre les censures du monde ; je lui montrais que les livres sont les meilleurs amis des malheureux, ceux dont il n'a jamais de reproches à craindre ; que s'ils ne peuvent nous donner les joies de la vie, au moins ils nous apprennent à les supporter.

Le cheval de louage que nous montions devait, ce soir même, être laissé dans une auberge sur la route, à cinq milles environ de mon

habitation. Voulant préparer ma famille à recevoir Olivia, je résolus de
la laisser, cette nuit, dans l'auberge, et de revenir avec Sophie la chercher de bonne heure le lendemain. La nuit arriva avant que nous
eussions atteint notre station. J'y trouvai pour ma fille une chambre
convenable, et, après avoir donné à l'hôtesse l'ordre de préparer tout
ce qu'il lui fallait pour se refaire des fatigues de la journée, je l'em-
brassai et je pris le chemin de ma demeure.

Mille sensations délicieuses faisaient battre mon cœur à mesure que
j'approchais de ce paisible séjour ; je ressemblais à l'oiseau qu'un moment de frayeur a chassé de son nid ; mes impatients désirs, devan-
çant mon pas que je m'efforçais de hâter, voltigeaient autour de mon
coin du feu chéri, avec tous les transports de l'attente ; j'amassais tout
ce que j'avais de douces choses à dire ; j'anticipais sur la bienvenue
dont quelques instants me séparaient ; je sentais déjà le tendre embras-
sement de ma femme ; je souriais à la joie de mes jeunes enfants.
Mais, comme je marchais lentement, la nuit avançait. Tout ce qui avait
travaillé, pendant le jour, reposait ; les lumières étaient éteintes dans
chaque chaumière ; on n'entendait au loin, dans l'espace, que le chant
perçant du coq et le sourd aboiement du chien de garde. Je touchais
à mon asile bien-aimé, et, avant que j'en fusse à cent pas, notre dogue
fidèle, accourant à moi, me saluait de ses caresses.

Il était minuit environ quand j'avançai pour frapper à ma porte ;
tout était calme et silencieux, un bonheur ineffable dilatait mon cœur.
Tout à coup, ô surprise !... je vois un jet de flamme s'élancer de la
maison, et l'incendie rougir toutes les ouvertures. Je pousse un cri
perçant, convulsif, et je tombe sans mouvement sur le trottoir. A ce
cri, mon fils qui dormait se lève épouvanté, aperçoit la flamme, ré-
veille ma femme et ma fille. Tous, nus, effarés, se précipitent dehors ;
leurs cris me rappellent à la vie, et alors nouvelle scène d'effroi !...
La flamme avait gagné le comble qui croulait par parties, tandis que

ma famille, immobile, muette, les yeux attachés sur l'incendie, semblait contempler avec plaisir son affreuse clarté. Mes regards se portaient tour à tour sur elle, sur la flamme; je cherche mes deux jeunes fils, et ne les voyant pas : « Malheur ! m'écriai-je; où sont mes deux petits ? — Ils sont morts dans les flammes, me répond froidement ma femme, et je vais mourir avec eux ! » En ce moment j'entends dans la maison le cri des deux enfants réveillés par le feu; rien ne peut me retenir... « Où sont, où sont mes enfants! répétai-je en courant au travers de la flamme et brisant la porte de la chambre dans laquelle ils étaient enfermés... Où êtes-vous, mes petits? — Ici, papa! nous sommes ici! » répondirent-ils à la fois, le feu s'attachant déjà au lit dans lequel ils étaient couchés. Je les saisis tous deux dans mes bras, je les portai à travers la flamme aussi loin que je pus; et, au moment où je sortais de la maison, toute la toiture s'écroula. « À présent, oh ! que la flamme dévore tout ce que je possède !... je les tiens. J'ai sauvé notre trésor ! le voici, ma chère, le voici, notre trésor ! et nous pouvons encore être heureux ! » Nous couvrions les pauvres petits de mille baisers; et, tandis que, les bras passés autour de notre cou, ils semblaient partager nos transports, la mère riait et pleurait tour à tour.

Immobile devant l'incendie, je le contemplais d'un air calme, lorsque, au bout de quelques instants, je m'aperçus que j'avais le bras jusqu'à l'épaule horriblement brûlé. Impossible donc d'aider Moïse ou à sauver nos effets ou à empêcher la flamme de gagner notre grain. L'alarme cependant s'était répandue, et tous nos voisins d'accourir à notre secours; mais tous ne pouvaient faire autre chose que de rester, comme nous, spectateurs du désastre. Mes effets, entre autres les billets de banque que j'avais mis de côté pour doter mes filles, furent entièrement consumés, sauf une boîte et quelques papiers qui se trouvaient dans la cuisine, et deux ou trois autres objets de peu d'impor-

tance que mon fils avait sauvés au commencement de l'incendie. Tous nos voisins s'efforcèrent, autant qu'ils purent, d'alléger notre détresse. Ils nous apportèrent des vêtements, et meublèrent d'ustensiles de cuisine un des communs de notre habitation, en sorte qu'au lever du jour, nous avions un asile, un pauvre asile, il est vrai. L'honnête Flamborough et ses enfants ne furent pas les moins empressés à nous fournir tout ce qui nous était nécessaire, et à nous prodiguer toutes les consolations que peut imaginer une bienveillance naturelle.

Les craintes de ma famille, un peu dissipées, firent place au désir de connaître le motif de ma longue absence. Je leur en contai tous les détails, et les préparai à la réception de notre brebis égarée ; car, bien que nous n'eussions plus à partager avec elle que la misère, je voulais assurer sa bienvenue à ce qui nous restait. Ma tâche eût été plus difficile sans notre récente catastrophe qui avait humilié l'orgueil de ma femme, qui l'avait émoussé par de plus poignants chagrins. Ne pouvant aller moi-même chercher ma pauvre fille, parce que mon bras me faisait beaucoup souffrir, j'envoyai Moïse et Sophie, qui furent bientôt de retour, soutenant la pauvre pécheresse. Elle n'eut pas la force de lever les yeux vers sa mère que toutes mes exhortations n'avaient pu décider à une réconciliation complète ; car les femmes gardent, à une faute de femme, bien plus de rancune que les hommes. « Cette habitation, madame, dit la mère, va vous sembler bien misérable, après tant de plaisirs et de luxe. Nous sommes, ma fille Sophie et moi, de peu de ressource pour les personnes qui n'ont hanté que le grand monde. Oui, miss Livy, nous avons, votre pauvre père et moi, bien souffert dans ces derniers jours ; mais le ciel, j'espère, vous pardonnera ! » Pendant cette allocution, l'infortunée victime était là, pâle, tremblante, sans pouvoir pleurer ni répondre ; je ne pus rester plus longtemps spectateur de son affreuse situation. Donnant à mon ton et à mon maintien une dose de sévérité qui ne manquait

jamais d'obtenir obéissance immédiate : « Femme, dis-je, je veux
qu'en ce moment on m'écoute bien, une fois pour toutes. Je vous
ai ramené une malheureuse qui a été trompée. Toutes les misères
réelles de cette vie viennent de nous frapper à la fois; ne les aggravons
pas par la mésintelligence intérieure. Si nous vivons en parfaite harmonie, nous pouvons être encore heureux ; car nous sommes assez
forts pour fermer la bouche aux méchants, pour faire tous bonne con-
tenance. Le ciel a promis sa miséricorde au repentir, imitons son
exemple. Nous ne pouvons en douter, la vue d'un pécheur repentant
est plus agréable au ciel que celle de quatre-vingt-dix-neuf justes, qui
ne sont pas un moment sortis du droit chemin. Et c'est chose sage;
car le seul effort qui nous arrête sur la pente de l'abîme est par lui-
même un acte de vertu plus grand que cent bonnes œuvres. »

CHAPITRE XXIII.

Il n'y a que le méchant qui puisse être longtemps et complètement malheureux.

Il nous fallut de la persévérance pour rendre notre habitation actuelle aussi convenable que possible, et notre existence reprit bientôt son ancienne sérénité. Hors d'état, pour mon compte, d'assister Moïse dans nos travaux habituels, je lisais à ma famille quelques passages du petit nombre de livres qui avaient été sauvés, de ceux surtout qui, en amusant l'imagination, contribuent à la paix du cœur. Nos bons voisins, qui, de leur côté, nous montraient chaque jour le plus affectueux intérêt, se fixèrent un temps pendant lequel tous devaient nous aider à réparer notre ancienne demeure. L'honnête fermier Williams ne fut pas le dernier de nos visiteurs ; il nous offrit cordialement son amitié, et renouvela même ses avances auprès de ma fille ; mais elle les écarta de manière à rendre impossible toute démarche ultérieure. Son chagrin, à elle, semblait de nature à persister ; et, dans notre petite réunion, elle était la seule à qui une semaine n'eût pas rendu toute sa gaieté. Elle avait perdu cette pureté de l'innocence, grâce à laquelle autrefois, en se respectant elle-même, elle trouvait tout son plaisir à

19

plaire. L'inquiétude s'était profondément emparée de son âme, et sa
beauté, déjà altérée avec sa constitution, allait, chaque jour, dimi-
nuant par le défaut de soins. Un seul mot de tendresse à sa sœur.... et
le cœur lui saignait, et ses yeux laissaient échapper une larme : c'est
qu'un vice, bien qu'extirpé, dépose toujours le germe d'autres vices
dans l'âme qu'il a souillée ; c'est que la première faute d'Olivia, bien
qu'effacée par son repentir, avait laissé, après elle, la jalousie et l'envie.

Cent fois j'essayai d'adoucir ses ennuis ; j'oubliais mes propres souffrances en ne songeant qu'à la sienne ; j'empruntais à l'histoire tout ce
que pouvaient me fournir de passages amusants et mon excellente mémoire et un peu de lecture. « Notre bonheur, ma chère, lui disais-je,
dépend d'un être qui, pour le faire, a mille moyens imprévus avec lesquels il se joue de notre prévoyance ; s'il t'en faut une preuve, voici un
fait, mon enfant, que nous raconte un historien grave, quoique parfois
romanesque :

« Mathilde, mariée fort jeune à un gentilhomme napolitain de la
plus haute naissance, se trouva veuve et mère à dix-neuf ans. Un jour,
elle caressait son fils à la fenêtre toute grande ouverte de son appartement qui donnait sur le Vulturne ; l'enfant, par un mouvement soudain, lui échappe, tombe dans le fleuve qui baignait le palais, et dispa-
raît à l'instant. La mère, éperdue, veut le sauver et plonge après lui ;
mais, loin de l'atteindre, elle eut bien de la peine à regagner elle-
même l'autre bord du fleuve, où des soldats français, qui pillaient le
pays, la firent prisonnière.

« La guerre, que se faisaient alors les Français et les Italiens, était
de la dernière atrocité. Mathilde allait donc subir à la fois tout ce que
peuvent imaginer de plus horrible la passion et la cruauté. Heureusement un jeune officier s'opposa à cette lâche vengeance ; quoique obligé
de faire prompte retraite, il prit Mathilde en croupe et la conduisit,
saine et sauve, dans la ville où il était né. Elle avait, par sa beauté,

séduit d'abord les yeux de son sauveur; sa vertu gagna bientôt le cœur de l'étranger. Ils se marièrent; le jeune époux s'éleva aux postes les plus éminents; ils vécurent longtemps ensemble, et furent heureux. Mais la fortune d'un soldat ne peut être éternelle. Au bout de quelques années, les troupes qu'il commandait ayant essuyé un échec, il fut obligé de se réfugier dans la ville où il avait habité avec sa femme; on les y assiégea, et, à la fin, la ville fut prise. Il y a peu d'exemples des cruautés que les Français et les Italiens exerçaient, à cette époque, les uns envers les autres. Cette fois, les vainqueurs résolurent de mettre à mort tous les Français prisonniers, surtout le mari de l'infortunée Mathilde, qui avait, plus que tous les autres, contribué à traîner le siége en longueur. Ces résolutions étaient, en général, aussitôt exécutées que prises. Le guerrier captif fut amené; le bourreau, son épée à la main, était prêt à frapper, et les spectateurs, dans un morne silence, attendaient le coup fatal, suspendu seulement jusqu'à ce que le général, qui présidait comme juge, donnât le signal de l'exécution. Ce fut dans cet intervalle d'angoisse et d'attente que Mathilde parut pour dire un dernier adieu à son époux et à son libérateur, déplorant son affreuse position et la cruauté du sort qui ne l'avait sauvée d'une mort prématurée, dans les flots du Vulturne, que pour la réserver à des maux cent fois plus horribles. Le général, qui était un jeune homme, fut surpris de sa beauté et touché de son malheur; mais cette émotion devint bien plus vive quand il lui entendit faire le récit des dangers qu'elle avait courus. C'était son fils, l'enfant pour lequel elle avait affronté un si grand péril; il la reconnut pour sa mère et tomba à ses pieds. Le reste se devine sans peine; le prisonnier redevint libre, et tous les trois jouirent de tout le bonheur que peuvent donner sur terre l'amour, l'amitié et le devoir. »

Voilà comment je cherchais à distraire ma fille; mais elle ne m'écoutait qu'avec peu d'attention; car ses propres malheurs absorbaient toute la compassion que lui inspiraient autrefois les malheurs d'autrui, et rien ne lui rendait le repos. Dans le monde, elle craignait le mépris; dans la solitude, elle ne trouvait que l'anxiété. Telle était sa triste existence, quand nous reçûmes l'avis formel que M. Thornhill allait épouser miss Wilmot, pour laquelle je lui avais toujours supposé un attachement réel, quoiqu'il eût, devant moi, saisi toutes les occasions d'exprimer son mépris pour la personne et la fortune de cette jeune fille. Cette nouvelle ne fit qu'accroître l'affliction de la pauvre Olivia. Une si flagrante infidélité!... c'en était trop pour elle. Je résolus toutefois de prendre des renseignements plus certains, et, pour prévenir, s'il était possible, l'accomplissement des projets de son séducteur, d'envoyer Moïse chez le vieux M. Wilmot, avec mission de s'enquérir de la vérité, et de remettre à miss Wilmot une lettre qui lui révélerait la conduite de M. Thornhill dans ma famille.

Moïse partit pour exécuter ce plan, et revint, trois jours après, nous assurant qu'on nous avait dit vrai. Quant à ma lettre, il n'avait pu la remettre, et avait dû la laisser parce que M. Thornhill et miss Wilmot faisaient leurs visites dans le voisinage. Leur mariage devait avoir lieu dans peu de jours ; car, le dimanche avant son arrivée, ils avaient paru ensemble à l'église en grande pompe, accompagnés, miss Wilmot, de six jeunes demoiselles, M. Thornhill, d'autant de jeunes gens. L'approche de la cérémonie remplissait de joie tout le pays, et, chaque jour, les fiancés se promenaient ensemble dans le plus bel équipage qu'on eût vu, depuis longues années, dans le pays. Les amis des deux familles, et particulièrement l'oncle du *Squire*, sir William, qu'on disait si bon, étaient réunis chez M. Wilmot. On ne voyait que réjouissances et fêtes; chacun vantait la beauté de la mariée et la grâce du futur ; ils passaient pour fort épris l'un de l'autre : conclusion; Moïse ne pouvait s'empêcher de regarder M. Thornhill comme l'un des hommes les plus heureux du monde.

« Ah ! répondis-je, qu'il le soit, s'il le peut. Regarde, mon fils, ce
lit de paille, ce toit brisé, ces murs en cendres, ce plancher humide ;
vois ce pauvre corps tout meurtri par la flamme, cette famille en larmes qui me demande du pain, toutes ces misères que tu es venu partager ; eh bien ! ici, mon enfant, oui, ici, tu vois un homme qui, pour
mille mondes, ne changerait pas de position avec M. Thornhill. O mes
enfants ! apprenez à vous renfermer dans votre propre cœur ; vous re-
connaîtrez que là sont, pour vous, les plus nobles jouissances, et vous
ferez bien peu de cas de l'élégance et de l'éclat des méchants. Nous le
savons presque tous , la vie est un passage, et nous sommes de simples
voyageurs. La comparaison sera plus consolante encore, si nous re-
marquons que le juste est joyeux et serein comme le voyageur qui
rentre chez lui ; le coupable, heureux seulement par moments, comme
un voyageur qui part pour l'exil. »

Ici la pauvre Olivia s'évanouit : ce dernier malheur l'avait achevée.
L'émotion ne me permit pas de continuer. « Soutenez-la, » dis-je à
sa mère. Et, au bout d'un moment, elle reprit connaissance. Depuis,
elle parut plus calme ; je la crus résignée, mais l'apparence me
trompait ; ce calme n'était que l'accablement produit par l'excès de
sa douleur. Quelques provisions, charitables cadeaux de mes bons
paroissiens, semblèrent répandre une vie nouvelle dans le reste de ma
famille ; je n'étais pas fâché, pour mon compte, d'y voir renaître un
peu de bonne humeur et de bien-être. Il eût été injuste de troubler la
joie de tous pour leur faire partager une mélancolie obstinée, pour leur
imposer le fardeau d'un chagrin qu'ils ne ressentaient pas. Le conte
joyeux recommença à circuler ; la chanson fut redemandée, et la gaieté
revint planer sur notre humble habitation.

CHAPITRE XXIV.

Nouveaux malheurs.

Le lendemain, le soleil se leva brûlant pour la saison. Nous eûmes l'idée de déjeuner tous sur le banc de chèvrefeuille. Mille voix gazouillaient dans les arbres d'alentour ; Sophie, à ma prière, y joignit la sienne. C'était là que, pour la première fois, ma pauvre Olivia avait vu son séducteur ; là, tout lui rappelait de pénibles souvenirs. Mais cette mélancolie qu'éveille la vue du plaisir ou qu'inspire l'harmonie repose l'âme au lieu d'aigrir ses douleurs. Ma femme même, en ce moment, sentit un doux serrement de cœur ; elle pleura : elle chérissait sa fille comme par le passé. « Allons, ma bonne Olivia, chante-nous ce petit air mélancolique que ton père aimait tant ; ta sœur Sophie vient d'être bien complaisante pour nous ; allons, mon enfant, tu feras plaisir à ton vieux père. » Elle obéit avec une grâce si touchante, que j'en fus ému.

« Quand une femme, au cœur plein d'amour, cède à son délire, et reconnaît trop tard que les hommes sont trompeurs, quel charme peut adoucir ses ennuis, quel moyen effacer sa faute ?

« Le seul moyen de cacher sa faute, de voiler sa honte à tous les yeux, d'é-
veiller le remords au cœur de son amant et de le déchirer, c'est..... c'est de
mourir. »

Elle finissait ce dernier couplet auquel une pause dans sa voix, cau-
sée par la douleur, avait donné un intérêt tout particulier, lorsque
l'équipage de M. Thornhill parut à quelque distance. Nous fûmes
tous consternés, ma fille aînée surtout, qui, pour ne pas voir son séducteur, rentra sur-le-champ avec Sophie. Quelques minutes après,
M. Thornhill, descendu de voiture, s'avançait près du banc où j'étais
assis, et s'informait de ma santé avec son air de familiarité habituelle.
« Monsieur, lui dis-je, votre assurance, en ce moment, ne fait qu'aggraver l'infamie de votre conduite. Il fut un temps où j'eusse châtié
l'impudence avec laquelle vous osez vous présenter devant moi ; aujourd'hui, vous n'avez rien à craindre. L'âge a refroidi mes passions
et ma profession m'ordonne de les maîtriser.

— Je l'avoue, mon cher monsieur, répondit-il, cet accueil m'é-
tonne, et je ne comprends pas ce qu'il veut dire. Vous ne trouvez,
j'imagine, rien de criminel à l'excursion que votre fille vient de faire
avec moi.

— Ah ! vous êtes un misérable ! un pauvre misérable dont la bassesse fait pitié !... Vous êtes un menteur. Mais votre infamie vous met
à l'abri de ma colère, et pourtant, monsieur, je descends d'une famille
qui n'aurait pas souffert un pareil affront. Ainsi donc, vil scélérat,
pour satisfaire le caprice d'un moment, vous avez à jamais perdu une
pauvre jeune fille, vous avez souillé une famille qui n'avait pour tout
bien que l'honneur !...

— Si vous tenez, vous ou elle, à la misère, je n'y puis rien. Mais
votre bonheur dépend encore de vous, et, quelle que soit votre opinion sur mon compte, vous me trouverez toujours prêt à y contribuer.
Nous pouvons, en quelques jours, la marier à un autre, et, ce qui

vaut mieux, libre à elle de conserver son amant; car, je le proteste, j'aurai toujours pour elle de véritables égards. »

A cette proposition abominable, toutes mes passions se soulevèrent. On peut parfois supporter avec calme de grands outrages; mais parfois aussi la bassesse peut bouleverser l'âme et l'exaspérer jusqu'à la rage. « Hors d'ici, serpent! m'écriai-je; ne m'insultez pas plus longtemps par votre présence!... Oh! que mon brave George n'est-il ici!... Il ne le souffrirait pas, lui! mais moi, je suis vieux, estropié, accablé de toutes parts!

— Je le vois, répondit le *Squire;* c'est un parti pris de m'obliger à vous parler un langage plus sévère que je ne le voulais. Je vous ai prouvé ce qu'on peut attendre de mon amitié; il est bon, peut-être, de vous faire voir ce qu'on peut gagner à mon inimitié. Mon procureur, auquel on a passé l'obligation que vous m'avez récemment souscrite, menace fort; je ne vois d'autre moyen d'arrêter le cours de la justice que de payer moi-même, et, à raison de quelques dépenses où vient de m'entraîner mon projet de mariage, ce remboursement n'est pas chose si facile! D'autre part, mon intendant parle de poursuites pour le fermage; bien positivement, il sait, lui, ce qu'il doit faire; car, pour moi, ce sont choses dont je ne m'inquiète jamais. Eh bien! je veux encore vous être utile; je veux même vous avoir, vous et votre fille, à mon mariage avec miss Wilmot, qui va se célébrer dans quelques jours. C'est aussi le désir de ma charmante Arabella, et ce n'est pas de vous, j'espère, qu'elle éprouvera un refus.

— Monsieur Thornhill, écoutez-moi bien une fois pour toutes. Votre mariage avec toute autre que ma fille!... je n'y consentirai jamais. Votre amitié! votre haine! oh! quand elles pourraient m'élever au trône ou me précipiter dans la tombe, je les méprise l'une et l'autre. Vous m'avez, une première fois, trompé d'une manière cruelle, irréparable. Je comptais sur votre honneur; je n'ai trouvé en vous que bassesse; n'attendez plus d'amitié de moi. Allez, jouissez de tout ce que vous a prodigué la fortune, beauté, richesses, santé, plaisirs... Allez, et laissez-moi avec la misère, le déshonneur, la maladie, le chagrin. Toutefois, humilié comme je le suis, je saurai conserver le sentiment de ma dignité; je vous pardonne, mais je vous mépriserai toujours.

— S'il en est ainsi, songez-y bien, vous allez sentir les effets d'une pareille insolence; avant peu nous verrons qui de vous ou de moi mérite le plus de mépris ! » A ces mots, il sortit brusquement.

Ma femme et Moïse, qui avaient assisté à cette conversation, parurent glacés d'effroi. Mes filles, voyant le *Squire* parti, revinrent pour savoir le résultat de notre entretien, et, quand elles le connurent, leur frayeur ne fut pas moins vive. Pour moi, à quelque excès que se portât sa malveillance, je la méprisais. J'étais déjà cruellement frappé; je me préparai à repousser de nouveaux coups, semblable à ces machines de guerre qui, bien que démontées, présentent toujours une pointe à l'ennemi.

Nous ne tardâmes pas à nous apercevoir que ses menaces n'étaient pas vaines. Le lendemain matin, son intendant vint me demander mon fermage annuel. Les accidents dont j'ai parlé tout à l'heure me mettaient hors d'état de le payer. Mes bestiaux, saisis le soir même, furent le lendemain évalués et vendus moitié de leur valeur. Ma femme et mes enfants me pressaient de passer par toute espèce de conditions, plutôt que de courir à une ruine certaine; ils allèrent même jusqu'à me supplier de recevoir encore les visites du *Squire*, et ils déployèrent toute leur petite éloquence pour me peindre les malheurs dont j'étais menacé, l'horreur de la prison dans une saison rigoureuse comme celle où nous nous trouvions, le danger que pouvaient avoir, pour ma santé, les suites de ma récente blessure dans l'incendie. Je fus inflexible.

20

« Comment ! mes bons amis, m'écriai-je, comment pouvez-vous chercher à me persuader une chose qui n'est pas juste ? Mon devoir m'a prescrit de pardonner à M. Thornhill, mais ma conscience ne me permettra jamais de l'estimer. Voulez-vous me voir applaudir, devant le monde, ce qu'intérieurement je dois condamner ? Voulez-vous me voir bassement à genoux devant un infâme, baiser la main de celui qui nous a trompés, et, pour éviter quelques jours de prison, me condamner éternellement aux souffrances d'une détention bien autrement douloureuse, celle de l'âme ?... Non, jamais ! si nous devons être arrachés de cette demeure, ne nous écartons pas de la justice, et, quelque part qu'on nous jette, notre habitation nous sera agréable tant que nous pourrons lire dans nos propres cœurs avec confiance et avec plaisir ! »

Ainsi se passa la soirée. Le lendemain, de bonne heure, comme, dans la nuit, il avait tombé beaucoup de neige, Moïse venait de se mettre à la balayer et à faire un passage devant la porte, lorsque, rentrant précipitamment, tout pâle, il nous annonça que deux étrangers, qu'il reconnaissait pour des agents de la justice, se dirigeaient vers la maison. Il parlait encore quand les deux étrangers entrèrent, s'approchèrent du lit où j'étais couché, et, après m'avoir notifié leur qualité et le motif de leur visite, me déclarèrent leur prisonnier, et m'enjoignirent de me préparer à les suivre à la prison du comté, qui était à onze milles de là.

« Mes amis, leur dis-je, vous allez me conduire en prison par un temps bien rude, et, pour comble de malheur, dans un moment où je viens d'avoir un bras horriblement brûlé, où cet accident m'a donné un peu de fièvre, où je manque de vêtements pour me couvrir, où je suis trop faible et trop vieux pour marcher bien loin dans une neige si épaisse ; mais, s'il le faut absolument... »

Je me tournai alors vers ma femme et mes enfants, et je les priai de

rassembler le peu d'effets qui nous restaient et de faire immédiatement les préparatifs de notre départ. « Hâtez-vous, leur dis-je. Toi,
Moïse, du secours à Olivia !... » La pauvre fille, voyant bien qu'elle
était la cause de tous nos malheurs, venait de perdre connaissance, et
un complet évanouissement lui avait ôté tout sentiment de douleur. Ma
femme, pâle et tremblante, serrait dans ses bras nos deux jeunes enfants, qui, tout effrayés, s'étaient blottis en silence contre son sein et
n'osaient pas regarder les deux étrangers. Je la rassurai, tandis que
Sophie ployait notre bagage. Comme les recommandations de se dépê-
cher ne lui étaient pas épargnées, en moins d'une heure nous fûmes
prêts à partir.

CHAPITRE XXV.

Pas de situation, si misérable qu'elle paraisse, qui n'offre quelque consolation.

Nous nous éloignions de ce paisible séjour, et nous marchions lentement, ma fille aînée surtout, affaiblie par une fièvre lente qui, depuis quelques jours, avait commencé à miner sa vie. Un des agents eut l'obligeance de la prendre en croupe sur son cheval; car ces hommes même ne peuvent dépouiller tout sentiment d'humanité. Moïse menait par la main un des enfants, ma femme l'autre; moi, je m'appuyais sur Sophie qui pleurait, non ses propres malheurs, mais les miens.

Nous étions à deux milles environ de ma demeure, quand nous vîmes accourir derrière nous, en poussant des cris, une troupe d'à peu près cinquante de mes plus pauvres paroissiens. Saisissant, avec d'épouvantables imprécations, les deux agents de la justice, ils jurèrent que jamais ils ne laisseraient aller leur ministre en prison, tant qu'ils auraient une goutte de sang à répandre pour lui, et ils allaient maltraiter rudement notre escorte. Cette échauffourée aurait pu avoir les plus fâcheuses conséquences si, interposant à l'instant mon autorité, je n'eusse, à grand'peine, arraché les agents des mains de cette multitude furieuse. Mes enfants, qui regardaient ma délivrance comme certaine, étaient transportés de joie et ne pouvaient contenir leur ravissement ; ils furent bien désabusés quand ils m'entendirent gourmander l'égarement de ces pauvres gens accourus, comme ils le pensaient, pour me rendre service.

« Comment ! mes amis, leur criai-je ; est-ce là le moyen de me prouver votre attachement ? Est-ce ainsi que vous suivez mes instructions ? Une révolte contre la justice !.... votre perte et la mienne !... Quel est votre chef ? Montrez-moi l'homme qui vous a si criminellement trompés ! aussi vrai qu'il existe, il va sentir mon courroux. Pauvres brebis égarées, ah ! revenez à votre devoir envers Dieu, votre pays et moi. Un jour peut-être je vous reverrai, plus heureux que je ne le suis en ce moment, plus en état de contribuer à votre propre bonheur. Ah ! laissez-moi du moins la consolation de penser que, le jour où je devrai parquer mon troupeau pour l'immortalité, il ne me manquera pas une brebis ! »

Tous parurent pénétrés de repentir, et, fondant en larmes, ils vinrent, l'un après l'autre, me dire adieu. Je serrai tendrement la main à chacun, et, après leur avoir donné ma bénédiction, je continuai ma route sans encombre. Quelques heures avant la nuit, nous arrivâmes à la ville, ou plutôt au village ; car il ne se composait que d'un petit nombre de chétives maisons déchues complétement de leur opulence passée, et il ne conservait d'autre marque de son ancienne importance que la prison.

En y entrant, nous descendîmes à une auberge où nous prîmes ce qu'on put nous servir le plus promptement possible, et je soupai en famille avec ma gaieté habituelle. Quand je vis tout mon monde convenablement installé pour la nuit, je suivis les agents du shérif à la prison, bâtiment dont la destination primitive avait été toute militaire, et

qui consistait en un vaste corps de logis fermé de fortes grilles, pavé
en grès, et, à certaines heures de la journée, commun aux criminels et
aux détenus pour dettes. Chaque prisonnier avait d'ailleurs une cellule
particulière où on l'enfermait la nuit.

Je m'attendais, en mettant le pied dans ce triste séjour, à n'y entendre que des lamentations, que les mille voix de la misère. Loin de
là, les détenus semblaient n'avoir qu'une pensée, celle de s'étourdir
par la joie et les cris. Informé de l'espèce de tribut auquel l'usage soumet les nouveaux venus, je ne me le fis pas demander deux fois, quoique le peu d'argent que j'avais apporté fût bien près d'être épuisé. Ma
bien venue fut immédiatement employée en liqueurs, et la prison
retentit bientôt d'une sauvage hilarité, d'éclats de rire et de blasphèmes.

« Comment! me dis-je à moi-même, des hommes si coupables
conservent leur gaieté, et moi je serais triste ! Je n'ai de commun avec
eux que la privation de la liberté, et je crois avoir plus de motifs d'être
heureux. »

Dans cette idée, je cherchais à m'égayer; mais la gaieté n'a jamais
pu naître d'un effort qui, par lui-même, est pénible. J'étais donc assis,
d'un air pensif, dans un coin de la prison, lorsqu'un de mes nouveaux
camarades s'approcha, s'assit à côté de moi, et m'adressa la parole.
J'ai toujours eu pour principe de répondre à tout individu qui semble
désirer un entretien avec moi : est-ce un honnête homme, je puis
profiter de ses conseils : est-ce un méchant, il peut gagner quelque
chose aux miens. Mon interlocuteur me parut avoir de l'esprit, beaucoup de bon sens, pas d'instruction, mais une connaissance parfaite de
ce qu'on appelle le monde, ou, pour parler plus exactement, de la nature humaine vue du mauvais côté.

Il me demanda si j'avais eu soin de me pourvoir d'un lit, précaution à laquelle je n'avais pas même songé. « Cela est fâcheux, me dit-il;

car on ne vous donne ici que de la paille, et votre chambre est bien grande et bien froide. Mais vous me faites un peu l'effet d'un *gentle-man*, et comme je l'ai été moi-même dans mon temps, je mets de grand cœur une partie de mes couvertures à votre disposition. »

Je le remerciai et lui témoignai ma surprise de trouver tant d'humanité dans une prison, au sein de la misère; et, pour faire preuve d'érudition : « Le sage de l'antiquité, ajoutai-je, semble avoir bien senti le prix d'un compagnon dans le malheur, quand il a dit : *Ton cosmon aire, ei dos ton etairon;* et, au fait, qu'est-ce que le monde, si nous n'y trouvons que la solitude?

— Le monde!... me dit mon camarade, le monde est bien vieux; et pourtant la cosmogonie ou la création du monde ont embarrassé les philosophes de tous les siècles. Quel chaos d'opinions sur la création du monde! Sanchoniathon, Manéthon, Bérose et Ocellus Lucanus s'y sont vainement escrimés! C'est dans le dernier qu'on lit : *Anarchon ara kai ateleutaion torpan;* c'est-à-dire....

— Pardon, monsieur, repris-je, si j'interromps votre savante exposition ; mais je crois avoir déjà entendu tout ceci. N'ai-je pas eu le plaisir de vous voir à la foire de Welbridge, et ne vous appelez-vous pas Éphraïm Jenkinson? » Pour toute réponse, il soupira. « Vous devez, je suppose, vous rappeler un certain docteur Primrose auquel vous avez acheté un cheval. »

Il me reconnut alors seulement; car auparavant, l'obscurité de l'endroit où nous étions assis et l'approche de la nuit l'avaient empêché de distinguer mes traits. « Oui, monsieur, répondit maître Jenkinson; je vous remets parfaitement bien. Je vous ai acheté un cheval, mais j'ai oublié de vous le payer. Votre voisin Flamborough est, de tous ceux qui me poursuivent, le seul que je craigne aux prochaines assises; car il a l'intention de me dénoncer positivement comme faux monnayeur. Je suis, monsieur, bien sincèrement désolé de vous avoir trompé, vous

et beaucoup d'autres; car vous voyez, ajouta-t-il en me montrant ses
menottes, ce que m'ont valu tous mes tours.

— Soyez tranquille, monsieur; l'obligeance avec laquelle vous venez de m'offrir vos services, quand vous ne pouviez rien attendre de
moi, je la paycrai de tous mes efforts auprès de M. Flamborough, pour
lui faire atténuer sa déposition, pour obtenir même son désistement;
à cet effet, je saisirai la première occasion de lui envoyer mon fils, et
je ne fais pas le moindre doute qu'il n'y consente. Quant à ma déposition personnelle, vous pouvez être sans crainte aucune.

— Mon bon monsieur, oh! tout ce que je pourrai faire pour vous
vous est acquis. Pour cette nuit, vous aurez plus de la moitié de mes
draps, et vous trouverez en moi un ami dévoué dans cette prison où
je crois avoir quelque influence. »

Je le remerciai, et lui avouai mon étonnement de le voir en ce moment si rajeuni; car, la première fois que je l'avais rencontré, bien
certainement il avait au moins soixante ans. « Vous savez peu votre
monde, me dit-il; j'avais alors de faux cheveux; je me suis étudié à
contrefaire tous les âges, depuis dix-sept ans jusqu'à soixante-dix.
Ah! monsieur, que n'ai-je employé à apprendre un métier la moitié de
la peine que je me suis donnée pour devenir un mauvais garnement;
je serais riche aujourd'hui. Mais, tout vaurien que je suis, je puis
encore être votre ami, et cela, au moment peut-être où vous vous y
attendez le moins. »

Notre conversation fut interrompue par l'arrivée des aides du geôlier qui venaient faire l'appel nominal des détenus et les mettre sous
clef pour la nuit. Un d'eux m'apportait une botte de paille pour lit. Il
me conduisit, par un corridor noir et étroit, à un cachot pavé comme
la prison commune. J'étalai, dans l'un des coins, mon lit et les draps
que m'avait donnés mon camarade. Cela fait, mon conducteur, qui
était assez poli, me souhaita le bonsoir. Je me recueillis suivant ma

coutume, et, après avoir glorifié la céleste main qui me punissait, je
me couchai et je dormis, on ne peut plus paisiblement, jusqu'au
matin.

CHAPITRE XXVI.

Réformé dans la prison. La loi, pour être complète, devrait récompenser comme elle punit.

Le matin, de bonne heure, je fus réveillé par ma famille que je trouvai tout en larmes auprès de mon lit. Elle semblait anéantie par l'horreur de notre situation. Je lui reprochai doucement sa tristesse, protestant que jamais je n'avais dormi d'un sommeil plus tranquille ; et je demandai des nouvelles de ma fille aînée que je ne voyais pas là. J'appris que le malaise et la fatigue de la veille lui avaient donné un redoublement de fièvre, et qu'on avait cru devoir la laisser à la maison.

Mon premier soin fut ensuite d'envoyer Moïse arrêter une chambre ou deux pour la famille, aussi près de la prison que possible. Il le fit, mais il ne put trouver qu'une seule pièce qu'on lui loua bon marché, pour sa mère et ses sœurs. Le geôlier consentit à le laisser, lui et ses deux petits frères, dans la prison avec moi. On leur fit donc, dans un autre coin du cachot, un lit qui me parut passable. Toutefois, je voulus préalablement savoir si les deux enfants consentiraient à rester dans un endroit qui leur avait fait grand'peur quand ils y étaient entrés.

LA VISITE DANS LA PRISON.

... je fus réveillé par ma famille que je trouvai tout en larmes auprès
de mon lit ...

« Eh bien! mes enfants, leur dis-je, comment trouvez-vous votre lit? Vous n'avez pas peur, j'espère, de rester dans cette chambre, toute noire qu'elle est?

— Non, papa, répondit Dick; je n'ai jamais peur là où vous êtes.

— Et moi, dit Bill qui n'avait que quatre ans, la place que j'aime le mieux est celle où est papa. »

Après cela, j'assignai à chaque membre de la famille sa besogne particulière. Sophie fut spécialement chargée de veiller sur la santé de sa sœur qui s'affaiblissait chaque jour; ma femme dut rester auprès de moi; mes deux jeunes enfants me faire la lecture. « Quant à toi, Moïse, ajoutai-je, c'est le travail de tes mains qui doit tous nous faire vivre. Avec l'économie convenable, le salaire de ta journée suffira amplement à notre entretien, et même à notre bien-être à tous. Tu as maintenant seize ans; tu es fort, et cette force est pour toi, mon fils, un bien précieux don, puisqu'il faut qu'elle sauve de la faim tes parents et ta famille dont elle est l'unique ressource. Tâche, dans l'après-midi, de trouver de l'ouvrage pour demain matin, et rapporte-nous, chaque soir, pour nos besoins, l'argent que tu auras gagné. »

Ces instructions données, et tout le reste bien réglé, je descendis à la prison commune, où je trouvais plus d'air et de place. Mais, au bout de quelques instants, les malédictions, les obscénités, les actes de brutalité qui m'assaillirent de toutes parts, me forcèrent de regagner mon appartement. Là, je méditai quelque temps sur l'aveuglement étrange de ces misérables qui, voyant toute l'espèce humaine en armes contre eux, travaillaient pourtant eux-mêmes à se faire, dans l'avenir, un ennemi bien plus redoutable.

Cette stupide frénésie excita au plus haut degré ma compassion, et me fit oublier mon propre malheur. Je résolus de descendre, et, en dépit de leurs outrages, de leur donner mes avis, et de les mater par ma persévérance. Rentrant donc dans la salle commune, je communiquai mon projet à Jenkinson qui, après en avoir ri de bon cœur, en fit part aux détenus. Cette nouvelle fut accueillie par des trépignements de joie ; car elle promettait un nouveau fonds de divertissement à des hommes qui n'avaient pas d'autre moyen de plaisir que le ridicule et la débauche.

Je leur lus, à haute voix, sans affectation, une partie du service divin, et ce début mit en belle humeur tout mon auditoire. D'obscènes chuchotements, des grognements de contrition burlesques, les roulements d'yeux, les quintes de toux provoquèrent tour à tour un rire général. Je continuai avec ma solennité habituelle, convaincu que ce que je faisais pouvait en amender quelques-uns, sans pouvoir recevoir des autres aucune souillure.

Ma lecture finie, je commençai mon exhortation, cherchant d'abord plutôt à les amuser qu'à les gourmander. Avant tout, je leur rappelai que leur intérêt seul me faisait prendre la parole ; que j'étais un détenu comme eux ; que, pour le moment, mes prédications ne devaient rien me rapporter. « Vos blasphèmes, leur dis-je, me désolent parce que vous n'y gagnez rien, et que vous pouvez y perdre beaucoup. Soyez-en sûrs, mes amis (car vous êtes mes amis, à moi, bien que le monde repousse votre amitié), vous avez beau jurer vingt mille fois par jour, vos serments ne mettent pas un sou dans votre bourse ; et dès lors, que signifient ces éternelles invocations au diable ? A quoi bon tant de frais pour son amitié, quand vous le voyez si ladre pour vous. Bouche pleine de serments et ventre vide !... voilà, vous le savez bien, tout ce qu'il vous a donné ici, et, par tout ce que je sais de lui, plus tard, il ne vous donnera rien qui vaille !

« Quand nous avons à nous plaindre de nos relations avec un homme, tout naturellement nous allons ailleurs. N'est-ce donc pas la peine d'essayer comment vous vous trouveriez d'un autre maître qui, du moins, vous promet beaucoup si vous venez à lui ? A coup sûr,

mes amis, le comble de la stupidité, en ce monde, c'est, quand on a
dévalisé une maison, de courir se jeter dans les bras de la police !
Êtes-vous donc plus sages, vous autres ? Tous tant que vous êtes, vous
demandez votre bien-être à qui vous a déjà trompés ; vous vous livrez
à un compère plus méchant que pas une police au monde. Elle, en
effet !... elle vous happe et vous pend ; c'est là tout. Lui !... il vous
happe, vous pend, et, ce qui est le pis, ne vous lâche pas quand le
bourreau a fini ! »

Mon exhortation terminée, je reçus les compliments de tout mon auditoire ; quelques détenus vinrent à moi, et, me serrant la main,
me jurèrent que j'étais un brave homme, et qu'ils désiraient faire
avec moi plus ample connaissance. Je promis une nouvelle lecture pour le lendemain, et je conçus réellement l'espoir d'opérer
une réforme dans la prison ; car mon avis a toujours été que, pour
l'homme, jamais l'heure du retour au bien n'est passée, le cœur se
découvrant toujours aux traits du reproche, pour peu que l'archer
vise juste.

Heureux de ce premier essai, je remontai à ma chambre où ma
femme avait préparé notre frugal repas. Maître Jenkinson nous
demanda la permission d'y ajouter le sien et de partager, comme il le
dit poliment, le plaisir de ma conversation. Il n'avait pas encore vu ma
famille ; car, passant pour arriver chez moi par cet étroit corridor dont
j'ai parlé plus haut, elle évitait la prison commune. A cette première
entrevue, Jenkinson parut vivement frappé de la beauté de Sophie à
laquelle son air pensif donnait un nouveau charme, et les deux marmots n'échappèrent pas à son attention.

« Ah ! docteur, me dit-il, ces enfants sont trop beaux et trop bons
pour un séjour comme celui-ci !

— Grâce au ciel, monsieur Jenkinson, mes enfants ont de leurs
devoirs une idée convenable, et, s'ils sont bons, le reste importe peu !

— Vous devez, j'imagine, être bien heureux de voir toute cette petite famille réunie autour de vous !

— Heureux ! monsieur Jenkinson, oh ! oui, j'en suis heureux, et, pour tout au monde, je ne voudrais pas m'en séparer ; car, avec eux, un cachot peut paraître un palais. Il n'y a au monde qu'un moyen de troubler mon bonheur ; c'est de leur faire du mal.

— En ce cas, monsieur, j'ai bien peur d'être un peu coupable à vos yeux ; car voici, je crois (Jenkinson regardait Moïse), une personne à laquelle j'ai joué un mauvais tour que je la prie de me pardonner. »

Moïse reconnut à l'instant sa voix et ses traits, quoiqu'il ne l'eût vu, la première fois, que déguisé, et, lui prenant la main, il lui pardonna avec un sourire. « Mais, ajouta-t-il, à quoi aviez-vous jugé, sur ma figure, que j'étais de l'étoffe dont on fait les dupes ? J'en suis encore tout surpris.

— Ce qui m'avait enhardi, mon cher monsieur, ce n'était pas votre figure ; c'étaient vos bas blancs et le ruban noir qui nouait vos cheveux. Mais ne vous en veuillez pas à vous-même ; j'ai, dans mon temps, dupé plus fin que vous ; et pourtant, malgré toutes mes fourberies, les niais ont fini par être trop forts pour moi.

— Le récit d'une vie comme la vôtre, reprit Moïse, doit, je m'imagine, être bien instructif et bien amusant !

— Ni l'un ni l'autre, répliqua Jenkinson. Tous ces récits des ruses et des vices de notre espèce, en nous rendant plus soupçonneux ici-bas, nous retardent d'autant. Le voyageur qui se méfie de chaque passant qu'il rencontre et rebrousse chemin à l'aspect de chaque individu auquel il trouve la mine d'un voleur, ne peut arriver à temps au terme de sa course.

« Oui, d'après ma propre expérience, je trouve que, sous le soleil, l'esprit est la plus sotte chose. Dès ma plus tendre enfance, j'ai passé, moi, pour une fine mouche ; à sept ans j'étais, disaient les femmes, un

petit homme fait; à quatorze, je savais le monde, j'avais le chapeau
sur l'oreille, j'adorais les femmes; à vingt, j'étais encore l'honnêteté
même, et pourtant j'avais une telle réputation de finesse, que nul ne se
fiait à moi. Force me fut, à la fin, de devenir un escroc pour ma
propre sûreté, et, depuis, pas un moment où ma pauvre tête n'ait été
en travail d'une friponnerie nouvelle, où mon cœur n'ait battu de la
crainte d'être découvert. J'avais l'habitude de rire, parfois, de Flamborough, votre honnête et naïf voisin, et, de façon ou d'autre, je le
mettais dedans une fois par an. Eh bien ! ce brave homme est allé tout
droit devant lui, sans jamais se défier de rien, et a fait fortune; tandis
que moi, avec tous mes tours et toute mon adresse, me voilà pauvre,
sans la consolation d'être honnête... Mais vous, monsieur, quelle
affaire, dites-moi, a pu vous amener ici? Si je n'ai pas eu l'esprit
d'éviter pour moi-même la prison, peut-être aurai-je celui d'en tirer
mes amis. »

Pour satisfaire sa curiosité, je lui racontai la série d'accidents et de
fautes qui m'avaient plongé dans mes embarras actuels, et l'impuis-
sance où j'étais d'en sortir.

Après m'avoir entendu, il réfléchit un moment; puis, se frappant le
front, comme s'il venait de faire quelque importante découverte, il sortit avec promesse de tenter tout ce qui lui serait possible.

CHAPITRE XXVII.

Même sujet.

Le lendemain, je communiquai à ma femme et à mes enfants mon plan de réforme des détenus ; désapprobation universelle. Le succès semblait impossible, et partant le projet inconvenant ; car tous mes efforts, sans améliorer ces malheureux, ne feraient que compromettre mon caractère.

« Pardon, répondis-je. Ces malheureux, quoique déchus, sont toujours hommes, et c'est un titre bien puissant à mon affection. Un bon conseil qu'on repousse revient enrichir le cœur de celui qui l'a donné. S'ils ne gagnent rien à mes instructions, bien sûr, moi j'y gagnerai quelque chose. Si ces pauvres diables étaient princes, mes enfants, on viendrait par milliers leur offrir ses services. Mais, selon moi, un cœur caché dans un cachot est aussi précieux que celui qui occupe un trône. Oui, mes amis, si je puis les amender, j'en ai la ferme volonté. Peut-être tous ne seront pas sourds à ma parole ; peut-être parviendrai-je à en retirer un de l'abîme, et ce sera déjà beaucoup ; car y a-t-il sur la terre un diamant aussi précieux que le cœur humain ? »

A ces mots, je les quittai et descendis à la salle commune où je trouvai les détenus d'une gaieté folle, et attendant tous mon arrivée avec autant de niches de prison à faire au docteur. Par exemple, au moment où j'allais commencer, l'un fit faire, comme par mégarde, un demi-tour à ma perruque, et me demanda pardon. Un second, placé à quelque distance, me lança adroitement, à travers ses dents, un jet de salive qui retomba en pluie sur mon livre. Un troisième me cria *amen* sur un ton dont l'étrangeté excita l'hilarité générale. Un quatrième m'enleva habilement mes lunettes de ma poche. Mais, de toutes ces espiègleries, la plus universellement goûtée fut celle-ci : remarquant la manière dont j'avais disposé mes livres sur la table placée devant moi, un de mes auditeurs en escamota un avec une merveilleuse dextérité, et y substitua un livre obscène à lui. Pas de méchancetés dont de pareils écoliers ne fussent capables ; je n'y fis aucune attention, bien convaincu que ce qu'il y avait de risible dans ma tentative amuserait tout au plus la première ou la seconde fois, mais que ce qu'il y avait de sérieux resterait. Ce système me réussit : en moins de six jours, quelques-uns se repentaient, tous étaient attentifs.

Alors surtout je m'applaudis de ma persévérance et de mon adresse ; je venais de réveiller la sensibilité chez des malheureux qui avaient dépouillé tout sentiment moral ; je voulus y joindre le bienfait d'un peu d'amélioration à leur existence matérielle. Jusque-là, tout leur temps s'était partagé entre la faim et les excès, entre les plaisirs tumultueux et l'amer repentir. Leur unique occupation était de se quereller les uns les autres, de jouer aux cartes et de tailler des fouloirs de pipe. Cette distraction de la fainéantise me donna l'idée d'occuper ceux qui voudraient travailler à faire des chevilles pour les fabricants de tabac et les cordonniers. Le bois nécessaire s'achetait par souscription, et, quand on l'avait mis en œuvre, j'étais chargé de la vente, qui, tous les jours, donnait à chacun un bénéfice bien faible sans doute, mais suffisant pour son entretien.

Je ne m'en tins pas là ; j'établis des amendes pour la mauvaise conduite, des récompenses pour tout travail extraordinaire. Bref, en moins de quinze jours, j'avais fait de la population de la prison quelque chose de sociable et d'humain ; je pouvais me regarder comme un législateur qui avait ramené des hommes de leur férocité native à l'amitié et à l'obéissance.

Il serait bien à souhaiter que le pouvoir législatif imprimât à la loi cet esprit plutôt de réforme que de sévérité ; qu'il parût reconnaître enfin que le moyen d'extirper le crime, c'est, non pas de familiariser avec la peine, mais de la faire redouter. Au lieu de nos prisons actuelles qui pervertissent les hommes quand elles ne les reçoivent pas tout pervertis, où l'on renferme, pour avoir commis un seul crime, des malheureux qui en sortent, lorsqu'ils en sortent vivants, capables de commettre des milliers de crimes, il serait à souhaiter que nous eussions, comme dans tous les autres États de l'Europe, des maisons de pénitence et d'isolement où les prévenus pussent être entourés de gens en état de leur inspirer le repentir, s'ils sont coupables, un plus vif amour de la vertu, s'ils sont innocents. C'est par là, non par l'aggravation des peines, que les mœurs peuvent être améliorées.

Je ne puis m'empêcher de contester aux sociétés le droit qu'elles s'arrogent de punir de mort des fautes bien légères. Dans le cas de meurtre, leur droit est évident ; car la loi de notre propre défense nous fait à tous un devoir de retrancher de la société l'homme qui n'a pas respecté la vie de son semblable. Contre le meurtrier, la nature tout entière se lève en armes ; mais, contre celui qui me vole ma propriété, il n'en est pas de même. La loi naturelle ne m'autorise pas à disposer de sa vie ; car, pour elle, le cheval volé est la propriété du voleur autant que la mienne. Mon droit, dans ce cas, si j'en ai un, doit nécessairement résulter d'un contrat entre nous, stipulant la mort de

qui prive autrui de son cheval. Or, ce contrat est nul ; un homme
n'a pas plus le droit d'engager sa vie que d'en disposer ; car sa vie
n'est pas à lui. Dans ce contrat, d'ailleurs, toutes choses ne sont pas
égales ; il serait cassé, même dans nos modernes cours de justice,
comme stipulant une peine exorbitante pour un bien mince inconvénient. Mieux vaut en effet la vie de deux hommes, que, pour un des
deux, la faculté de monter à cheval. Or, un contrat, nul pour deux
hommes, est nul pour cent, pour cent mille ; car, de même que des
millions de cercles ne peuvent pas faire un carré, de même des my-
riades de voix ne peuvent donner la moindre force à un acte entaché
de nullité. Ainsi le veut la raison ; ainsi le veut la simple nature. Les
sauvages, qui n'ont d'autre guide que la loi naturelle, sont très-avares
de la vie les uns des autres ; ils ne versent le sang qu'autant que le sang
a coulé ; c'est la loi du talion qu'ils appliquent.

Nos aïeux les Saxons, tout féroces qu'ils étaient dans la guerre, faisaient bien peu d'exécutions en temps de paix. Dans toutes les sociétés naissantes qui portent encore la vive empreinte de la nature, il n'y
a guère de crime capital. C'est dans les sociétés plus policées que les
lois pénales, remises aux mains des riches, pèsent sur les pauvres.
Les gouvernements, en prenant de l'âge, semblent prendre aussi l'humeur morose de la vieillesse. Comme si la propriété nous devenait
plus chère à mesure qu'elle s'accroît, comme si nos craintes s'augmentaient avec notre fortune, chaque jour de nouveaux édits murent
nos habitations, et des gibets se dressent autour d'elles pour l'effroi de
qui serait tenté de les envahir.

L'Angleterre, chaque année, compte plus de condamnés que la moitié des autres États de l'Europe réunis. A quoi s'en prendre? à la mul-
tiplicité de nos lois pénales, ou à la démoralisation de ses habitants?
Je ne puis le dire.... aux deux causes peut-être ; car elles s'impliquent
l'une l'autre. Lorsque, dans un code dont les rigueurs n'ont pas été

graduées, une nation voit la même peine appliquée à des degrés de culpabilité divers, l'absence de toute distinction dans la pénalité fait perdre au peuple le sentiment de toute distinction entre les crimes ; et pourtant cette distinction est le boulevard de toute moralité. Ainsi la multitude des lois engendre de nouveaux crimes, et de nouveaux crimes appellent de nouvelles répressions.

Au lieu d'entasser lois sur lois pour punir le vice, au lieu de serrer les liens sociaux jusqu'à ce qu'une convulsion vienne les briser, au lieu de faucher les malheureux comme inutiles, avant d'avoir reconnu s'ils n'ont pas leur utilité, au lieu de faire de la correction une vengeance, il serait à souhaiter qu'on essayât d'un mode de gouvernement tout préventif, qu'on fît de la loi la protectrice, non le tyran du peuple. On le verrait alors ; ces êtres, dont l'âme est regardée comme une impure scorie, n'attendent que la main de l'affineur. On le verrait ; ces misérables, maintenant voués, dans leurs cachots, à de si longues tortures pour épargner aux heureux de ce monde un instant d'angoisse, pourraient, convenablement traités, devenir la force de l'État dans les moments de péril ; car, avec la même figure que nous, ils ont aussi le même cœur ; il est peu d'âmes si dégradées que la persévérance ne puisse les réhabiliter : un homme peut voir la fin de ses crimes sans mourir pour cela, et le sang ne peut que bien faiblement sceller notre tranquillité.

CHAPITRE XXVIII.

Les joies et les maux d'ici-bas sont, aux yeux de Dieu, choses de peu de valeur et dont la répartition
n'est pas digne de ses soins.

Il y avait plus de quinze jours que j'étais détenu, et depuis mon entrée en prison je n'avais pas eu la visite de ma chère Olivia; il me tardait bien de la voir. Je fis part à ma femme de mon désir, et, le lendemain, la pauvre fille parut dans mon cachot, appuyée sur le bras de sa sœur. Je fus frappé du changement que je trouvai en elle. Les mille grâces dont elle était jadis parée avaient disparu, et la main de la mort semblait avoir laissé son empreinte sur chacun de ses traits pour m'effrayer. Elle avait les tempes creuses, le front tendu; une affreuse pâleur couvrait ses joues.

« Ma chère enfant, lui dis-je, je suis bien heureux de te voir; mais pourquoi cet abattement, Livy? Tu m'aimes trop, j'espère, ma bonne petite, pour laisser le chagrin miner ainsi une vie qui m'est aussi chère que la mienne. Du courage! mon enfant; nous pouvons encore retrouver d'heureux jours.

— Vous avez toujours été excellent pour moi, me dit-elle, et ce qui double ma peine, c'est l'idée que jamais je ne pourrai partager le bon-

heur dont vous vous flattez. Le bonheur !... oh ! je le crains bien, il
n'y en a plus ici-bas pour moi. J'ai hâte d'être hors de ce monde où je
n'ai trouvé que malheur. Je vous en supplie, mon père, consentez à
faire à M. Thornhill des excuses qui peut-être l'amèneront à avoir pitié
de vous ; j'en mourrai, moi, plus tranquille.

— Jamais, enfant, jamais je ne consentirai à regarder ma fille
comme une prostituée. Le monde peut avoir du mépris pour ta faute ;
moi, j'y vois une erreur et non un crime. Chère amie, quelque triste
que semble ce séjour, je ne m'y trouve pas mal ; sois sûre que, tant
que j'aurai le bonheur de te conserver, jamais je ne consentirai à ce
mariage qui serait pour toi un surcroît de douleur. »

Ma fille partie, Jenkinson, qui avait assisté à notre entrevue, me
reprocha vivement mon refus obstiné d'une démarche qui devait me
valoir la liberté. « Le reste de votre famille, me dit-il, ne doit pas être
sacrifié au repos d'une de vos filles, de celle surtout qui seule a eu
envers vous des torts graves. Est-il bien d'ailleurs d'entraver l'union
de mari et femme, comme vous le faites aujourd'hui, en refusant votre
consentement à une alliance que vous ne pouvez empêcher, que vous
pouvez seulement rendre malheureuse !

— Vous ne connaissez pas, monsieur, l'homme auquel nous avons
affaire. J'en suis bien sûr ; toutes les soumissions du monde ne me
vaudraient pas seulement une heure de liberté. Dans ce cachot même,
m'a-t-on dit, un de ses débiteurs est, il n'y a pas plus d'un an, mort
de faim. Dussent mon consentement et ma soumission me faire passer
de ce cachot dans le plus magnifique de ses salons, il n'aura ni l'un
ni l'autre ; car quelque chose me dit tout bas que ce serait donner une
sanction à l'adultère. Tant que ma fille vit, il n'y a pas pour lui d'autre
mariage légal à mes yeux. Elle morte, je serais le plus vil des hommes
si, par un ressentiment personnel, j'essayais de séparer deux personnes qui désirent être unies. Non ; tout infâme qu'il est, je désire-

rais alors le voir marié, pour prévenir les suites de ses nouvelles débauches. Mais, aujourd'hui, ne serais-je pas le plus cruel des pères si, pour sortir de prison, je signais un acte qui doit mettre ma fille au tombeau; si, pour m'épargner une souffrance d'un moment, je brisais par mille souffrances le cœur de mon enfant? »

Cette réponse était juste; Jenkinson le reconnut. « Mais, ajouta-t-il, je crains bien que la santé de votre fille ne soit déjà trop délabrée pour vous retenir longtemps en prison. Au surplus, si vous refusez de faire votre soumission au neveu, rien, j'espère, ne vous empêche d'exposer votre situation à l'oncle, qui est l'homme le plus juste et le plus bienveillant du royaume. Je vous conseille de lui adresser par la poste une lettre où vous lui révélerez tous les mauvais procédés de son neveu; et, sur ma tête, avant trois jours vous aurez une réponse. » Je le remerciai de l'avis, et sur-le-champ je me disposai à le suivre. Mais je n'avais pas de papier, et malheureusement tout notre argent avait été, dans la matinée, dépensé en provisions. Jenkinson m'en fournit.

Comment ma lettre sera-t-elle reçue?... Cette idée me tourmenta les trois jours suivants; pendant ces trois jours, vives instances de ma femme pour que j'acceptasse toute espèce de condition plutôt que de rester sous les verrous, et, à chaque heure, nouvelles sur nouvelles de l'état de plus en plus alarmant d'Olivia. Le troisième jour se passa... le quatrième!... pas de réponse à ma lettre. Les plaintes d'un étranger contre un neveu qu'on chérissait avaient si peu de chance d'être écoutées! Cette fois encore mes espérances s'étaient, comme par le passé, bientôt évanouies. Toutefois ma fermeté se soutenait, quoique la réclusion et le mauvais air commençassent à visiblement altérer ma santé, et que mon bras, si maltraité par l'incendie, me fit beaucoup plus souffrir.

Mes enfants étaient auprès de moi, et, tandis que j'étais étendu sur ma paille, ils me faisaient tour à tour la lecture, ou écoutaient, les larmes aux yeux, mes instructions. La santé de ma fille empirait plus vite encore que la mienne ; chaque nouvelle redoublait mes craintes et ma douleur. Il y avait cinq jours que ma lettre à sir William Thornhill était partie ; j'apprends qu'Olivia ne pouvait plus parler, on devine mon effroi. C'est alors que ma détention était pour moi un véritable supplice ; mon âme s'élançait de sa prison pour voler au chevet de mon enfant, pour la consoler, l'encourager, pour recueillir ses volontés dernières, pour montrer à son âme le chemin du ciel. Autre avis !... elle expirait, et je n'avais pas la triste consolation de pleurer sur elle. Un moment après, Jenkinson entra avec des nouvelles... les dernières !... Il m'exhorta à la résignation. Elle était morte !...

Le lendemain matin il revint et me trouva avec Bill et Dick, ma seule compagnie en ce moment. Pauvres innocents !... Ils faisaient tous leurs efforts pour me consoler ; ils me proposaient de me faire la lecture, me suppliant de ne pas pleurer, car j'étais trop vieux pour pleurer. « Papa, me disait l'aîné, notre sœur n'est-elle pas maintenant un ange ? Pourquoi donc vous désoler pour elle ? Moi aussi, je voudrais bien être un ange, être hors de ce vilain cachot, pourvu que papa fût avec moi ! — Oui, ajouta mon bon petit Bill, le ciel qu'habite ma sœur est un bien plus beau séjour que celui-ci. Il n'y a que de bonnes gens, là ! et tout le monde ici est bien méchant. »

Maître Jenkinson interrompit leur innocent babil. Maintenant, disait-il, que ma fille n'était plus, il fallait sérieusement songer au reste de ma famille, et faire en sorte de me rétablir moi-même, moi qui chaque jour dépérissais faute du nécessaire et d'un air sain. C'était pour moi un devoir de sacrifier toute vanité, tout ressentiment personnel au bien-être des miens qui n'avaient que moi pour appui. La raison tout à la fois et la justice me commandaient de tenter une réconciliation avec M. Thornhill.

« Dieu soit loué ! répondis-je ; il n'y a plus pour moi de vanité ; je

maudirais mon propre cœur si je lui voyais recéler ou vanité ou ressentiment. Loin de là; comme mon ennemi a jadis été mon parois-
sien, j'espère un jour le présenter, avec une âme sans tache, au
tribunal de l'éternité. Non, monsieur, je n'ai pas le moindre ressentiment, et quoiqu'il m'ait ravi ce qui m'était bien plus précieux que
tous ses trésors, quoiqu'il m'ait brisé le cœur... car je souffre à m'en
trouver mal, oh ! je souffre cruellement, mon bon camarade !... jamais
je ne songerai à me venger. Je suis tout prêt à consentir à son mariage, et, pour peu que cet aveu puisse lui faire plaisir, dites-lui que,
si je lui ai fait quelque tort, j'en ai bien du regret. »

Jenkinson prit une plume et de l'encre, et écrivit ma soumission
dans les termes à peu près où je venais de la formuler ; je signai.
Moïse fut chargé de porter la lettre à M. Thornhill qui était en ce moment à la campagne. Il partit, et au bout de six heures environ il
était de retour avec une réponse verbale. Il avait eu, nous dit-il, un
peu de peine à voir le *Squire,* tant ses gens étaient insolents et soupçonneux ! L'ayant par hasard aperçu au moment où il sortait pour les
préparatifs de son mariage qui devait se célébrer dans trois jours, il
s'était présenté de l'air le plus humble, et avait remis sa lettre. Après
l'avoir lue : « Ces excuses, avait dit M. Thornhill, viennent trop tard
et sont inutiles ; j'ai su vos démarches auprès de mon oncle ; elles
ont été reçues avec le mépris qu'elles méritent ; à l'avenir, toutes vos
réclamations devront être adressées à mon procureur, non plus à moi.
Comme j'ai toutefois la meilleure opinion de la sagesse des deux jeunes
ladies, leur intercession m'eût été fort agréable ! »

« Eh bien ! monsieur, vous le voyez, c'est bien là notre bourreau ;
railleur et cruel tout à la fois !... Mais qu'il en use avec moi comme
il voudra ! je serai bientôt libre, en dépit de tous les verrous sous
lesquels il croit me retenir. Je m'élève en ce moment vers un séjour
qui brille pour moi d'un plus vif éclat à mesure que j'en approche ;

cette perspective charme mes souffrances ; je laisse après moi des orphelins sans ressource ; mais ils ne seront pas tout à fait abandonnés. Quelque ami peut-être les assistera pour l'amour de leur pauvre père ; quelque main charitable les secourra pour l'amour de leur père céleste. »

Je parlais encore quand ma femme, que je n'avais pas vue ce jour-là, entra, l'œil hagard, et faisant d'inutiles efforts pour parler. « Pourquoi, ma chère amie, lui dis-je, pourquoi redoubler ainsi mon affliction par la vôtre ? Je le sens, pas de soumission qui puisse fléchir un maître cruel ; il m'a condamné à périr dans ce séjour de misère ; nous avons perdu une fille chérie ; mais quand je ne serai plus, vous trouverez encore de la consolation dans vos autres enfants ! — Oui ! me répondit-elle, nous avons perdu une fille chérie ! Ma Sophie, ma pauvre Sophie !... partie... arrachée de nos bras, enlevée par des misérables !

— Comment ! madame, s'écria Jenkinson ; miss Sophie enlevée par des misérables ! cela ne se peut pas ! »

Un regard fixe, un torrent de larmes furent toute sa réponse. Mais la femme d'un détenu, qui se trouvait là et qui venait d'entrer avec elle, nous donna plus de détails. Elle nous apprit que, pendant que ma femme, ma fille et elle se promenaient sur la grande route, un peu en avant du village, une chaise de poste à deux chevaux vint droit à elles et s'arrêta tout court ; puis un homme bien mis, mais qui n'était pas M. Thornhill, sautant de la chaise, saisit ma fille par le milieu du corps, l'entraîna dans la voiture, donna ordre au postillon de partir, et en un moment ils disparurent.

« Maintenant, m'écriai-je, la mesure de mes malheurs est comblée, et rien au monde ne peut ajouter à ma souffrance. Quoi ! pas une !... ne pas m'en laisser une !... Le monstre ! l'enfant qui m'était la plus chère ! elle, belle comme un ange, sage presque comme un ange !... Mais soutenez cette femme, ne la laissez pas tomber... Ne pas m'en

laisser une !... — Ah ! cher époux, me dit ma femme, vous avez, il me
semble, plus besoin de consolation que moi ! Nous sommes bien malheureux ; mais je supporterais nos malheurs et de plus grands encore,
si je vous voyais tranquille. Ils peuvent m'enlever mes enfants, tout au
monde, pourvu qu'ils me laissent mon mari ! »

Moïse, qui assistait à cette scène, s'efforçait de calmer notre douleur. « Du courage ! nous disait-il, nous pourrons, j'espère, avoir
encore sujet de rendre grâce au ciel ! — Mon fils, répondis-je, regarde
ce monde, et vois s'il peut y avoir encore pour moi du bonheur. Toute
lueur d'espérance n'est-elle pas éteinte ? Si l'avenir nous sourit, ce
n'est plus que par delà le tombeau. — Mon père, voici, je l'espère,
quelque chose qui va vous donner un moment de satisfaction... une
lettre de mon frère George ! — De lui !... mon enfant ; sait-il nos malheurs ? Mon pauvre fils, j'espère, ne souffre pas des malheurs de sa
famille. — Non, mon père ; il est parfaitement gai, parfaitement heureux ; sa lettre ne nous donne que d'excellentes nouvelles. Il est le
favori de son colonel qui promet de lui faire obtenir la première lieutenance vacante.

— Es-tu bien sûr de tout cela ? reprit ma femme. Es-tu bien sûr
qu'il n'est pas arrivé malheur à mon fils ? — Pas le moindre, ma mère ;
vous allez voir sa lettre qui vous fera le plus grand plaisir ; et, si quelque chose peut vous consoler, ce sera elle, j'en suis sûr. — Mais es-tu
bien sûr que cette lettre est de lui, qu'il est réellement heureux ? —
Oui, ma mère, elle est de lui, sans aucun doute ; il sera un jour l'honneur et le soutien de notre famille. — Oh ! alors, bénie soit la Providence de ce que ma dernière lettre à George ne lui soit pas parvenue. »
Puis, se tournant vers moi : « Oui, mon ami, j'en dois convenir ; le
ciel, tant de fois rigoureux pour nous, nous a, cette fois, été bien favorable. Cette dernière lettre à George, je l'avais écrite dans toute
l'amertume de ma douleur ; je le pressais, s'il voulait que sa mère le

bénit, s'il avait un cœur d'homme, de faire rendre prompte justice à
son père, à sa sœur; je le pressais de nous venger. Mais, grâce mille
fois à celui qui règle toutes ces choses; ma lettre s'est égarée; je suis
tranquille. — Femme, lui dis-je, vous avez fait là une grave faute; en
toute autre circonstance, mes reproches eussent été bien plus sévères.
A quel épouvantable abîme vous venez d'échapper! il vous eût dévorés,
vous et votre fils, et dévorés pour jamais! Oui! la Providence a fait
pour nous mieux que nous-mêmes; elle l'a sauvé ce fils, pour qu'il
serve de père, de protecteur à mes enfants quand je ne serai plus. Tout
à l'heure je prétendais qu'il n'y avait plus de bonheur pour moi; oh!
ma plainte était bien injuste; car j'apprends que George est heureux,
qu'il ignore nos chagrins, que le ciel le tient en réserve pour soutenir
sa mère dans son veuvage, pour protéger ses frères et ses sœurs. Mais
quelles sœurs lui restent? Il n'a plus de sœurs; elles sont bien loin
d'ici... on me les à ravies; c'en est fait de moi!... » Moïse m'interrompit : « Permettez-moi, je vous prie, mon père, de vous lire cette
lettre; je sais qu'elle vous fera plaisir. » Et, sur ma permission, il lut
ce qui suit :

« Très-honoré monsieur,

« Mes regards se sont un moment détournés des plaisirs qui m'en-
tourent pour se fixer sur quelque chose de plus doux encore, le toit
paternel avec son humble et si cher coin du feu. Mon imagination me
représente ce groupe naïf qui écoute, dans le plus profond silence,
chaque ligne de cette lettre. Je contemple avec délices ces figures sur
lesquelles n'a point passé la main flétrissante de l'ambition ou du malheur; mais, si heureux que vous puissiez être dans votre paisible
retraite, vous le serez, je n'en doute pas, un peu plus encore d'apprendre que, loin d'elle, moi aussi je m'applaudis de ma situation
nouvelle, moi aussi je suis heureux.

« Notre régiment a reçu contre-ordre ; il ne sortira pas du royaume. Le colonel, qui se dit tout haut mon ami, me présente dans toutes les maisons qu'il fréquente, et quand, après ma première visite, j'y retourne seul, je m'aperçois que je suis reçu avec plus d'égards encore. J'ai dansé, hier au soir, avec lady G... et, si je pouvais oublier vous savez qui... j'aurais ici, je crois, tout le succès imaginable. Mais c'est ma destinée de toujours songer aux absents, quand presque tous m'oublient moi-même, et j'ai bien peur, monsieur, d'être obligé de vous compter au nombre de ces amis oublieux ; car j'ai longtemps attendu de vous une lettre qui m'eût fait grand plaisir... mais j'ai vainement attendu. Olivia et Sophie m'avaient aussi promis de m'écrire ; elles m'ont, il paraît, oublié. Dites-leur que ce sont deux vilaines petites carognes, et que je suis en ce moment furieux contre elles. Je voudrais gronder ; mais je ne sais comment mon cœur ne s'ouvre qu'à de douces émotions ; dites-leur donc que, malgré tout, je les aime tendrement, et croyez que je serai toujours

Votre respectueux fils. »

« Dans tous nos malheurs, repris-je, combien nous devons remercier le ciel de ce que l'un de nous au moins en est exempt. Que le ciel lui soit en garde, qu'il lui conserve assez de bonheur pour être le soutien de sa mère veuve, le père de ces deux enfants ! Car voilà tout le patrimoine que je puis maintenant lui laisser. Puisse-t-il préserver leur innocence des tentations de la misère, et les guider dans le chemin de l'honneur ! »

Je finissais à peine, quand, de la prison au-dessous, nous crûmes entendre un bruit confus. Ce bruit cessa un moment ; puis un cliquetis de fers retentit dans le corridor qui conduisait à ma prison ; puis le geôlier entra, tenant un homme tout sanglant, blessé, chargé des plus lourdes chaînes. L'infortuné s'approcha de moi ; je le regardais d'un air de compassion ; je fus glacé d'horreur quand je reconnus mon fils. « George ! mon pauvre George ! est-ce toi que je vois en cet état ? blessé !... courbé sous des fers !... Est-ce donc là ton bonheur ! Est-ce ainsi que tu me reviens ! Oh ! cette vue me brise le cœur ; j'en mourrai !...

— Où est votre courage, mon père ? répondit George d'une voix ferme. Il faut souffrir ; ma vie n'est plus à moi ; qu'ils la prennent ! J'ai du moins cette consolation que je n'ai pas commis de meurtre, quoique je ne puisse attendre de grâce. »

Je me tus quelques minutes ; j'essayai de contenir ma douleur ; mais cet effort, je crois, m'aurait tué. « Pauvre George ! mon cœur, à ta vue, se fond en larmes, et je ne puis, non ! je ne puis les retenir. Au moment où je te croyais heureux, où je priais pour toi, te revoir en cet état ! chargé de fers, blessé !... Et cependant, pour un jeune homme, la mort est un bonheur ! Mais moi ! je suis vieux... bien vieux... et je n'ai vécu que pour voir cette fatale journée, pour voir mes enfants tomber tous, avant le temps, autour de moi ; pour leur survivre, malheureux que je suis ; pour rester seul, debout au milieu des ruines ! Puissent toutes les malédictions, qui ont jamais accablé un coupable, tomber, de tout leur poids, sur l'assassin de mes enfants ! Puisse-t-il vivre, comme moi, pour voir !...

— Arrêtez ! mon père, ou je vais rougir de vous ! Eh quoi ! vous ! oublier votre âge, votre saint ministère, pour invoquer ainsi la justice du ciel, pour proférer ces malédictions qui ne tarderaient pas à retomber sur vos cheveux blancs, et à vous perdre ! Non, ne songez en ce moment qu'à me préparer à la mort ignominieuse que je dois bientôt subir, à m'armer d'espérance et de résolution, à me donner le courage d'avaler ce calice d'amertume qu'on va me présenter.

— Cher enfant, oh ! tu ne dois pas mourir ; tu n'as pu mériter une

GEORGES PRISONNIER

Je fus glacé d'horreur quand je reconnus mon fils...........

Toilié par J. Bruet

si honteuse peine ! Jamais mon pauvre George n'a pu se rendre coupable d'un crime qui fasse rougir de lui ses aïeux !

— Mon crime, père, est, je le crains, un de ceux pour lesquels il n'y a point de pardon. Dès que j'ai reçu la lettre de ma mère, je suis accouru, décidé à punir le traître qui nous a déshonorés ; je lui ai donné un rendez-vous auquel il a répondu, non en personne, mais par l'envoi de quatre de ses gens chargés de m'arrêter. Le premier qui a porté la main sur moi, je l'ai blessé, et, je le crains, blessé à mort ; les autres se sont emparés de moi. Il veut, le lâche, me faire appliquer la loi. Les preuves !... je ne puis les nier. J'ai envoyé un cartel, j'ai le premier violé le statut ; je ne vois pas de chances de pardon. Vous m'avez plus d'une fois charmé par vos exhortations au courage ; qu'elles se réalisent aujourd'hui par votre exemple.

— Elles vont se réaliser, mon fils. Je me sens désormais au-dessus de ce monde et de tous ses plaisirs. Je brise, en ce moment, tous les liens qui attachaient mon cœur à la terre ; nous allons tous les deux nous préparer à l'éternité. Oui, mon fils, je vais te montrer le chemin ; mon âme va guider la tienne dans son vol vers les cieux ; car nous allons prendre ensemble notre essor. Tu n'as plus ici-bas de pardon à espérer ; je le vois, j'en suis convaincu. Je ne puis que t'exhorter à l'implorer de ce tribunal suprême devant lequel nous allons comparaître tous les deux. Mais ne soyons point avares de nos exhortations ; que tous nos camarades de prison y participent ! Bon geôlier, je veux chercher à les rendre meilleurs ; permettez-leur d'entrer ici. »

A ces mots, je fis un effort pour me lever sur ma paille ; mais la force me manqua, et je ne pus que m'appuyer contre le mur. Les détenus se réunirent, comme je le désirais ; car ils aimaient à écouter mes avis. Moïse et sa mère me soutenaient de chaque côté. D'un coup d'œil, je reconnus que tous mes auditeurs étaient là ; je leur adressai l'exhortation ci-après.

CHAPITRE XXIX.

Équité de la Providence dans la répartition du bonheur et de la misère. Compensation, dans l'autre vie, des souffrances de ce monde.

« Mes amis, mes enfants, mes compagnons d'infortune, plus je réflé-
chis sur la répartition du bien et du mal ici-bas, plus je trouve que,
si la somme de plaisir dévolue à l'homme est grande, celle de la souffrance l'est plus encore. Cherchons dans le monde entier ; pas un
homme si heureux qu'il ne lui reste rien à désirer ; et, chaque jour,
des milliers d'hommes nous prouvent, par le suicide, qu'il n'y avait
plus pour eux d'espérance. Il est donc évident que, si, dans cette vie,
il ne peut y avoir pour nous de bonheur complet, nous pouvons être
complétement malheureux.

« Pourquoi l'homme est-il ainsi sujet à la douleur ? Pourquoi notre
misère est-elle un élément indispensable de la félicité universelle ? Dans
les autres systèmes, la perfection du tout résulte de celle de leurs
propres parties. Pourquoi faut-il au grand système, pour qu'il soit par-
fait, des parties, non-seulement appartenant à d'autres systèmes, mais
encore imparfaites en elles-mêmes ?... Questions qu'il est impossible
de résoudre, et dont la solution serait d'ailleurs inutile. Il y a là un

mystère que la Providence a cru devoir cacher à notre curiosité ; elle se borne à nous assurer des consolations.

« Dans cet état, l'homme implore le secours de la philosophie. Mais le ciel, la voyant impuissante à le consoler, lui offre l'appui de la religion. Les consolations de la philosophie nous amusent ; mais bien souvent elles nous trompent. Elle nous dit, tantôt que cette vie est pleine de délices pour qui sait en jouir, tantôt que le malheur est inévitable ici-bas ; mais que la vie est courte, et que le malheur est de courte durée. Deux consolations qui se détruisent l'une l'autre ; car, si la vie est un lieu de délices, sa brièveté est nécessairement un malheur ; si elle est longue, elle ne fait que prolonger nos douleurs. Ainsi donc, la philosophie nous est d'un faible secours. La religion a des consolations d'un ordre bien plus élevé. L'homme, nous dit-elle, ne fait ici-bas qu'éprouver son âme, que la préparer pour un autre séjour. Quand le juste se dégage des entraves du corps, quand il n'est plus qu'un glorieux esprit, la terre, il le sent bien, c'était déjà pour lui la félicité du ciel. Mais le coupable, qui s'est vautré dans le vice, qui en a contracté les souillures !... ce n'est qu'avec effroi qu'il s'arrache aux liens du corps ; car il s'aperçoit qu'il a anticipé sur la vengeance céleste. C'est donc à la religion que, dans toutes les circonstances de la vie, nous devons demander nos consolations les plus réelles ; car, si déjà nous sommes heureux, c'est un plaisir de penser que nous pouvons rendre ce bonheur éternel ; si nous sommes malheureux, il y a quelque chose de consolant dans l'idée qu'il existe pour nous un lieu de repos. Ainsi, la religion garantit, — aux heureux de ce monde, la continuation de leur bonheur, — aux malheureux, un autre état que la misère.

« Également bienveillante pour tous les hommes, la religion a cependant pour les malheureux des grâces spéciales. C'est au malade, au pauvre nu et sans abri, c'est à l'affligé, au détenu, que notre sainte loi

24

promet le plus. Partout le fondateur de notre religion se proclame lui-
même l'ami du pauvre, et, bien différent des faux amis de ce monde,
il prodigue, lui, toutes ses caresses à celui que le monde abandonne.
Les esprits légers le lui reprochent comme un acte de partialité, comme
une préférence qu'aucuns mérites ne justifient; mais ils n'y songent
pas; le ciel lui-même ne peut faire que l'offre d'une éternelle félicité
ait, pour les heureux de la terre, le même prix que pour les malheureux. L'éternité en effet, pour les premiers, c'est simplement du bonheur, tout au plus du bonheur ajouté à celui qu'ils possèdent déjà; pour
les autres, c'est un double trésor; car ici-bas elle allége leurs maux,
et, plus tard, elle les récompense par toutes les félicités du ciel.

« La Providence est, à un autre point de vue, plus propice au pauvre qu'au riche; car, en rendant plus désirable la vie qui commence à
la mort, la pauvreté adoucit le passage de la mort à cette vie. Le malheureux est depuis longtemps familiarisé avec tous les genres de ter-
reur. La mort, pour l'homme qui souffre, c'est un lit sur lequel il se
couche tranquillement; pour lui, pas de biens à regretter, pas de liens
qui arrêtent son départ; une seule crise dans la séparation dernière,
celle de la nature; et cette crise n'est pas plus forte que celle sous
lesquelles il s'est plus d'une fois senti défaillir; car, après certain degré de douleur, chaque nouveau coup que la mort porte à
l'organisme, la nature, dans sa prévoyante tendresse, l'amortit par
l'insensibilité.

« Ainsi la Providence a donné au pauvre deux avantages sur le
riche; dans ce monde, plus de bonheur à mourir; dans le ciel un
sentiment du plaisir rendu plus exquis par le contraste de la jouissance
et de la misère. Et ce sentiment, mes amis, n'est pas un mince avantage. C'est l'un des plaisirs du pauvre de la parabole; déjà dans le ciel,
déjà enivré de toutes les joies qu'on y peut goûter, l'Écriture remarque,
comme un surcroît de bonheur pour lui, qu'il a été dans la douleur et

qu'il est consolé ; qu'il a su ce que c'est que la misère et qu'il sent ce que c'est que le bonheur.

« Vous le voyez, mes amis, la religion fait ce que ne peut faire la philosophie ; elle montre l'équité du ciel dans la répartition du bonheur et de la misère ; elle ramène au même niveau à peu près toutes les joies de l'humanité ; elle donne au riche et au pauvre le même bonheur dans l'autre vie ; elle leur donne un égal espoir de l'obtenir. Si le riche a, dans cette vie, l'avantage de plaisirs immédiats, le pauvre, dans l'autre vie, quand il se voit couronné d'une félicité éternelle, a l'éternelle satisfaction de savoir ce que c'est que le malheur. Triste avantage, dira-t-on ; oui ! mais, comme il est éternel, sa durée compense l'excédant d'intensité du bonheur temporel des grands sur la terre.

« Voilà les consolations spéciales qui placent au-dessus du reste de l'espèce humaine le malheureux, au-dessous d'elle à tous autres égards. Pour connaître les misères du pauvre, il faut vivre de sa vie, il faut en souffrir. Déclamer sur ses avantages temporels, c'est répéter ce que nul ne croit, ce que nul ne pratique. Tant qu'on a le nécessaire, on n'est pas pauvre ; quand on ne l'a plus, on est nécessairement misérable. Oui, mes amis, nous sommes nécessairement misérables. Tous les efforts de l'imagination la plus féconde ne peuvent faire taire les besoins de la nature, ne peuvent donner chaleur et élasticité à l'humide vapeur d'un cachot, ou calmer les battements d'un cœur brisé. Laissons le philosophe, sur sa molle couche, nous dire que ce sont choses auxquelles on peut résister. Hélas ! les efforts qu'exige cette résistance sont le pire des maux. La mort est peu de chose, et chacun peut la supporter. Mais les tourments !... ils sont terribles, et nul ne peut les endurer.

« C'est pour nous, surtout, mes amis, que la promesse du bonheur dans le ciel est précieuse ; car si nous n'avons de récompense que

dans cette vie, nous sommes, sans aucun doute, les plus misérables
des hommes. Quand je vois ces sombres murs faits pour nous glacer
d'épouvante, autant que pour nous retrancher de ce monde ; cette
lampe qui ne sert qu'à éclairer l'horreur de ce séjour ; ces fers que la
tyrannie a inventés ou que le crime a rendus nécessaires ; quand je
vois ces visages amaigris ; quand j'entends ces gémissements !... Pour
tout cela, ô mes amis !... le ciel !... Quel glorieux échange ! S'élancer
dans les espaces immenses de l'air, se réchauffer aux rayons de l'éternelle félicité, entonner l'hymne sans fin de la reconnaissance ; au lieu
d'un maître qui nous menace ou nous insulte, avoir sans cesse devant
les yeux l'image de la bonté même... Oh ! quand j'y songe, la mort
n'est plus pour moi qu'un messager de joie, et sa flèche la plus acérée
qu'un bâton pour ma vieillesse ; quand j'y songe, quel bien peut nous
attacher à cette vie ! quand j'y songe, quel bien, dans cette vie, ne
doit sembler méprisable ? Les rois, dans leurs palais, soupirent après
ces inestimables avantages ; nous aussi, dans nos humiliations, c'est
sur ces avantages que nous devons sans cesse avoir les yeux !

« Les obtiendrons-nous ? Oui, sans nul doute, si nous cherchons
seulement à les obtenir ; et, ce qui doit nous donner du courage, nous
sommes à l'abri d'une foule de tentations qui pourraient nous distraire
de cette pensée. Cherchons seulement à les obtenir ; nous les obtiendrons sans nul doute, nous les obtiendrons bientôt ; car si nous jetons
un regard sur notre vie passée, l'espace parcouru est évidemment bien
court, et, quelque idée que nous nous fassions de l'espace à parcourir,
nous le trouverons bien moins long encore. Plus nous vieillissons,
plus les jours nous semblent courts, plus l'habitude de voir marcher
le temps nous fait perdre le sentiment de la lenteur de sa marche.
Consolons-nous donc ; nous serons bientôt au terme de notre voyage ;
bientôt nous serons débarrassés du lourd fardeau que nous a imposé
le ciel. La mort, l'unique amie du malheureux, a beau tromper l'œil

du voyageur harassé, et fuir sans cesse devant lui comme l'horizon, le temps arrivera, sans aucun doute, et arrivera bientôt où nos fatigues cesseront, où les grands de ce monde ne nous fouleront plus d'un pied dédaigneux, où nous aimerons à nous rappeler nos souffrances ici-bas, où nous nous verrons entourés de tous nos amis, de tous ceux, du moins, qui méritent ce nom, où commencera pour nous un bonheur ineffable, et, pour couronner l'œuvre, un bonheur sans fin. »

CHAPITRE XXX.

L'horizon s'éclaircit. — Ne cédons pas ; la fortune finira par nous mieux traiter.

Mon exhortation finie, et mon auditoire retiré, le geôlier, l'une des meilleures âmes de sa profession, m'avertit qu'il était obligé de mettre mon fils dans une cellule plus forte ; il espérait que je ne lui saurais pas mauvais gré de faire son devoir. George aurait d'ailleurs la permission de me voir tous les matins. Je le remerciai de son obligeance, et, serrant la main de mon fils, je lui dis adieu, et lui recommandai de songer à la grande épreuve qu'il allait subir.

Je me recouchai donc, et un de mes jeunes enfants, assis près de mon grabat, me faisait la lecture, quand maître Jenkinson entrant m'apprit qu'on avait des nouvelles de ma fille, qu'on venait de la voir, il y avait environ deux heures, en compagnie d'un *gentleman* étranger ; qu'ils s'étaient arrêtés, pour se rafraîchir, à un village voisin, et qu'ils paraissaient rentrer en ville. Il achevait, quand le geôlier, d'un air d'empressement et de joie, m'annonça que ma fille était retrouvée. Un moment après, Moïse accourut en criant que Sophie était en bas, qu'elle montait avec notre vieil ami, M. Burchell.

Au même instant, ma fille chérie entra l'œil égaré par le plaisir, et, dans un transport de tendresse, elle accourut à moi pour m'embrasser. La joie de sa mère se révélait par ses pleurs et son silence. « Voici, papa, s'écria l'aimable fille, voici le brave homme qui m'a sauvée ! C'est à l'intrépidité de ce *gentleman* que je dois mon bonheur et la vie !... » Un baiser de M. Burchell, qui paraissait encore plus heureux qu'elle, l'empêcha de continuer.

« — Ah ! monsieur Burchell, repris-je, elle est bien triste, la demeure où vous nous voyez en ce moment ; et quelle différence avec notre situation, la dernière fois que vous nous avez vus. Vous avez toujours été notre ami ; nous avons reconnu, il y a longtemps, notre erreur sur votre compte ; nous nous repentons de notre ingratitude. Après mon indigne conduite à votre égard, j'ose à peine lever les yeux sur vous ; mais vous me pardonnerez, j'espère ; car j'ai été trompé par un lâche, par un misérable qui, sous le masque de l'amitié, m'a perdu.

— Vous pardonner, répondit M. Burchell, je ne le puis ; car vous n'avez jamais mérité ma haine. J'ai en partie deviné votre erreur, et, ne pouvant la détruire, je n'ai pu qu'en gémir !

— J'avais toujours pressenti la noblesse de votre âme ; j'en ai la preuve aujourd'hui. Mais, dis-moi, ma chère enfant ; comment as-tu été délivrée, et quels sont les scélérats qui t'enlevaient?

— Le scélérat qui m'enlevait, père !... en vérité, je ne sais. Nous nous promenions, maman et moi ; il vint derrière nous, et, avant que j'eusse pu crier au secours, il me jeta de force dans la chaise de poste, et, à l'instant, les chevaux partirent ventre à terre. Nous rencontrâmes sur la route quelques passants dont j'implorai le secours ; mais ils ne firent pas attention à mes prières. Flatteries, menaces, le scélérat, de son côté, employait tous les moyens pour étouffer mes cris. Que je me tusse seulement, et il ne voulait me faire aucun mal ; il me le jurait. Tout à coup, je brisai le store qu'il avait baissé, et j'aperçus, à quelque distance, qui?.... notre vieil ami, M. Burchell, cheminant avec sa vitesse habituelle, et armé de ce grand bâton, objet ordinaire de vos plaisanteries. Dès que nous sommes à portée, je l'appelle par son nom, j'implore son secours ; mes cris répétés frappent son oreille ; d'une voix forte il ordonne au postillon d'arrêter ; le postillon ne fait nulle attention à cet ordre, et n'en va que plus vite. Je commençais à croire que M. Burchell ne pourrait jamais nous rattraper ; mais, en quelques secondes, je le vois courant à côté des chevaux. D'un seul coup, il jette le postillon à terre ; leur guide tombé, les chevaux s'arrêtent d'eux-mêmes ; mon ravisseur saute à bas de la chaise, et, les jurements, la menace à la bouche, l'épée nue à la main, il somme M. Burchell de se retirer ; il y va de sa vie !... M. Burchell fond sur lui, fait voler en éclats son épée, et le poursuit près d'un quart de mille ; le scélérat lui échappe !... Moi-même, pendant ce temps, j'étais descendue de la chaise pour secourir mon libérateur ; il reparut bientôt d'un air de triomphe. Le postillon, revenu à lui, voulait fuir aussi ; mais M. Burchell lui ordonna, sous peine de la vie, de remonter à cheval et de nous reconduire à la ville. Impossible de résister ; après quelques difficultés, le pauvre diable obéit, quoique sa blessure me parût grave. Il en souffrait tout le long de la route ; et, à la fin, touché de ses plaintes, M. Burchell, sur mes instances, consentit à en prendre un autre dans une auberge où nous nous arrêtâmes quelques minutes en revenant.

— Soyez les bienvenus, chère enfant, et vous son brave libérateur ; les bienvenus mille fois !... On fait ici bien pauvre chère ; mais c'est de grand cœur qu'on vous l'offre. Et puis, monsieur Burchell, à présent que vous avez sauvé Sophie, si elle vous paraît une récompense convenable, elle est à vous. Si une alliance avec une famille aussi pauvre que la nôtre ne vous répugne pas, prenez-la ; vous avez son cœur, je le sais ; obtenez son consentement, le mien vous est acquis. Permettez-moi de vous le dire, monsieur; c'est un trésor que je vous donne. On vante sa beauté, on a raison; mais ce n'est pas de sa beauté que je parle; le trésor!... c'est son âme!

— Je le suppose, répondit M. Burchell, vous connaissez ma position; vous savez que je ne puis lui donner l'existence qu'elle mérite...

— Si votre objection est un moyen d'éluder mon offre, je la retire. Mais je ne connais pas d'homme qui la mérite mieux que vous. Si je pouvais la donner à mille époux, et que j'eusse à choisir entre mille soupirants; eh bien! mon brave et honnête Burchell serait toujours l'homme de mon choix! »

A tout cela pas de réponse;... c'était pour moi un refus humiliant. Sans autre explication, M. Burchell demanda à l'auberge voisine si on ne pourrait pas nous procurer quelques rafraîchissements, et, sur l'affirmative : « Qu'on nous apporte, dit-il, le meilleur dîner qu'on pourra nous servir en si peu de temps. » Il y fit joindre une douzaine de bouteilles du meilleur vin et quelques liqueurs fortifiantes pour moi. « Petite débauche! ajouta-t-il en souriant, mais seulement pour une fois. » Et il assura que, bien qu'en prison, il ne s'était jamais senti plus de disposition à la gaieté. Le garçon de l'auberge parut bientôt avec tout ce qu'il fallait pour dîner; le geôlier nous prêta une table; il paraissait plus attentif que de coutume. Le vin fut rangé en ordre, et l'on servit deux plats fort bien préparés.

Sophie ne savait rien encore de l'affreuse situation de son pauvre frère, et pas un de nous ne voulait troubler sa joie par ce triste récit. Mais en vain je cherchais à montrer de la gaieté; le souvenir de mon malheureux George se fit jour à travers tous mes efforts pour dissimuler, et force me fut à la fin d'attrister notre petite fête du récit de ses infortunes. Je priai qu'on lui permit de partager avec nous ce court moment de plaisir. Mes révélations avaient consterné tous nos convives. Dès qu'ils se furent un peu remis, je demandai encore l'admis-

sion à notre table de mon fidèle camarade, maître Jenkinson ; le geôlier y consentit d'un air de soumission tout à fait inaccoutumé.

A peine le bruit des chaines de son frère se fit-il entendre dans le
corridor, que Sophie, ne pouvant y tenir, courut au-devant de lui.
M. Burchell profita de ce moment pour me demander si le nom
de mon fils était George ; sur ma réponse affirmative, il se tut. Dès
que George fut entré dans la chambre, je m'aperçus qu'il regardait
M. Burchell d'un air de surprise et de respect. « Viens, mon enfant,
lui dis-je ; nous sommes tombés bien bas, George ; pourtant la Providence a daigné nous accorder un peu de répit dans nos douleurs. Ta
sœur vient de nous être rendue, et voici son libérateur ; c'est à ce
brave homme que je dois d'avoir encore une fille. Allons, mon enfant,
donnez-vous la main en bons amis ; il mérite toute notre reconnaissance ! »

George semblait ne faire aucune attention à ce que je venais de lui
dire ; il restait immobile à une distance respectueuse. « Mon ami, lui
dit sa sœur, pourquoi ne pas remercier mon généreux libérateur ? Les
braves doivent s'aimer. »

Même surprise et même silence. A la fin, notre hôte, se voyant reconnu, prit son air de dignité naturelle et invita George à s'approcher.
Jamais je n'avais rien vu de si imposant que son maintien en ce moment. Le plus beau spectacle dans l'univers, a dit un philosophe, c'est
le juste avec l'adversité. Il y en a un plus bel encore ;... le juste venant au secours du malheur. Après avoir examiné quelque temps mon
fils, d'un air de supériorité : « C'est la seconde fois, jeune étourdi, lui
dit-il, que le même crime..... » Il fut interrompu par un des aides du
geôlier. Une personne de distinction venait d'arriver en ville, dans un
carrosse, et avec une nombreuse suite ; il présentait ses respects au
gentleman qui était avec nous, et le priait de lui faire connaître quand
il pourrait avoir l'honneur de lui parler. « Dites-lui, répondit notre

convive, d'attendre que j'aie le temps de le recevoir. » Puis, se tournant vers George : « C'est la seconde fois, monsieur, reprit-il, que
vous vous rendez coupable d'un crime pour lequel vous aviez déjà
encouru mes reproches, et dont la loi va justement vous punir. Vous
imaginez peut-être que le mépris de votre propre vie vous donne le
droit de disposer de la vie d'autrui; mais quelle différence faites-
vous, monsieur, entre le duelliste qui hasarde une vie dont il ne fait
aucun cas, et le meurtrier qui agit à coup plus sûr? L'homme qui tri-
che au jeu est-il moins coupable quand il allègue qu'il avait une mise
sur table?

— Ah! monsieur, m'écriai-je, qui que vous soyez.... ayez pitié d'un
malheureux qu'ont égaré de funestes conseils. Ce qu'il a fait, c'est
pour obéir à une mère abusée, qui, dans l'amertume de sa douleur,
le sommait de venger son injure, et mettait à ce prix sa bénédiction.
Voici la lettre, monsieur : elle vous convaincra de l'imprudence de la
mère, et atténuera le crime du fils. »

Il prit la lettre et la lut rapidement. « Elle ne l'excuse pas complétement, reprit-il; mais elle atténue tellement sa faute, que je consens
à lui pardonner. Maintenant, monsieur, continua-t-il, en prenant affectueusement George par la main, vous êtes surpris, je le vois, de
me trouver ici ; mais j'ai souvent visité les prisons pour des motifs
moins intéressants. Je suis venu aujourd'hui faire rendre justice à un
honnête homme, pour lequel j'ai la plus sincère estime. J'ai été longtemps, sous un nom d'emprunt, le spectateur des bonnes actions de
votre père ; j'ai, dans sa modeste habitation, joui d'égards que ne
souillait point la flatterie ; j'ai goûté, dans l'amusante simplicité de
son coin du feu, ce bonheur que les cours ne peuvent donner. Mon
neveu a su mon projet de me rendre en cette prison, et je vois qu'il
m'y a suivi. Il y aurait injustice, pour lui comme pour vous, à le condamner sans examen. S'il y a tort, il y aura réparation ; je puis affir-

mer, sans vanité, que nul n'a jamais accusé d'injustice sir William
Thornhill. »

Ainsi donc, le personnage que nous avions si longtemps reçu sans
façon, comme un hôte d'une société douce et agréable, n'était autre
que le célèbre sir William Thornhill, cet assemblage merveilleux de
vertus et de bizarreries. Le pauvre M. Burchell était, en réalité, le possesseur d'une vaste fortune, un homme d'un crédit immense, écouté,
applaudi dans les deux chambres du parlement, considéré de tous les
partis, l'ami de son pays, mais le fidèle sujet de son roi.

Ma pauvre femme, se rappelant la familiarité avec laquelle elle le
traitait, paraissait fort mal à l'aise ; et Sophie, qui, un moment auparavant, le croyait à elle, mesurant maintenant l'espace immense que
la fortune mettait entre lui et nous, ne put cacher ses larmes.

« Ah ! monsieur, s'écria ma femme, d'un air consterné, comment
pourrez-vous jamais me pardonner le ton dédaigneux avec lequel je
vous ai parlé la dernière fois que j'ai eu l'honneur de vous voir chez
moi, les plaisanteries que j'ai osé me permettre sur vous ;... je le
crains bien, vous ne me les pardonnerez jamais !

— Ma bonne et chère dame, répondit-il avec un sourire, si vous
avez fait des plaisanteries, moi aussi, j'ai eu mon tour ; c'est à la galerie de décider si mes plaisanteries n'ont pas valu les vôtres. Franchement, je ne sache personne à qui je pusse en vouloir en ce moment,
sauf le drôle qui a fait si grand'peur à ma petite amie. Je n'ai pas eu
le temps d'examiner assez le vaurien, pour pouvoir faire afficher son
signalement. Mais vous, Sophie, dites-moi, ma chère, pourriez-vous
le reconnaître ?

— Je n'ose l'assurer, monsieur ; pourtant je me rappelle qu'il a
une grande marque au-dessus d'un des sourcils. — Pardon, madame,
dit Jenkinson qui se trouvait à côté d'elle ; ayez la bonté de me dire
si le gaillard avait les cheveux rouges ? — Oui, je le crois, répondit

Sophie. — Et Votre Honneur, continua Jenkinson, en se tournant vers sir William, a-t-il remarqué la longueur de ses jambes? — Leur longueur!... non; mais leur vitesse, j'en ai la preuve; car il m'a laissé derrière, ce dont je crois peu d'hommes capables dans tout le royaume! — Avec la permission de Votre Honneur, je connais votre homme; c'est certainement lui; le meilleur coureur de l'Angleterre! il a battu Pinwire de Newcastle. Son nom est Timothée Baxter; je le connais à merveille, lui et l'endroit où il se cache en ce moment. Si Votre Honneur veut donner à monsieur le geôlier l'ordre de me faire accompagner par deux de ses hommes, je m'engage à vous l'amener avant une heure tout au plus. »

Le geôlier appelé parut à l'instant. « Me reconnaissez-vous, lui dit sir William? — Si je connais sir William Thornhill!.... avec la permission de Votre Honneur; oui, je le connais; et, de lui, qui en connaît un peu, en voudra toujours connaître davantage. — A merveille! veuillez bien alors laisser sortir monsieur, et deux de vos aides, pour une petite commission dont je les charge; en ma qualité de juge de paix, je vous décharge de toute responsabilité. — Votre parole suffit, et, à l'instant même, vous pouvez les expédier sur tel point de l'Angleterre qu'il plaira à Votre Honneur. »

Sous le bon plaisir de l'honnête geôlier, Jenkinson fut dépêché à la recherche de Timothée Baxter, pendant que nous nous amusions de la tendresse de Bill, le plus jeune de nos deux marmots, qui, entrant au même instant, se mit à grimper après sir William pour l'embrasser. Sa mère se levait pour le gronder de cette familiarité; mais l'excellent baronnet l'en empêcha, et, prenant l'enfant, tout déguenillé qu'il était, sur ses genoux : « Comment, Bill, mon gros coquin, tu te rappelles ton vieil ami Burchell! Et toi, Dick, mon vieux, es-tu là aussi? Vous allez voir que je ne vous ai point oubliés! » En même temps il donna à chacun un gros morceau de pain d'épice, que les pauvres

petits mangèrent de grand cœur; car ils n'avaient fait, dans la matinée, qu'un bien maigre déjeuner.

Nous nous mîmes enfin à table, le dîner presque froid. Mais auparavant, mon bras me faisant toujours mal, sir William m'écrivit une
ordonnance; car il avait, pour son plaisir, étudié la médecine, et possédait, comme médecin, des connaissances plus qu'ordinaires. L'ordonnance envoyée chez le pharmacien de la ville, mon bras fut pansé,
et je me trouvai soulagé à l'instant. Nous fûmes servis à table par le
geôlier lui-même, jaloux de rendre à notre convive tous les honneurs
possibles. Mais, avant la fin de cet excellent dîner, arriva un nouveau message du neveu de sir William. Il demandait la permission
de se présenter, pour démontrer son innocence et défendre son
honneur. Le baronnet y consentit, et donna ordre de faire entrer
M. Thornhill.

CHAPITRE XXXI.

Bienfait payé avec usure.

Thornhill entra avec un sourire qui lui était assez habituel, et s'avança pour embrasser son oncle, mais il fut repoussé d'un air de dédain : « Pas de bassesse à présent, monsieur, lui dit le baronnet d'un ton sévère ; il n'y a, pour arriver à mon cœur, d'autre chemin que l'honneur ; mais ici, je ne vois que fausseté, lâcheté et tyrannie. Vous vous disiez l'ami de monsieur, je le sais ; comment se fait-il que le malheureux se voie si durement traité ?... Sa fille honteusement séduite pour prix de l'hospitalité qu'il vous a donnée ; lui-même jeté dans une prison, uniquement peut-être pour avoir paru trop sensible à cet outrage ; son fils enfin, auquel vous n'avez pas osé tenir tête en homme de cœur... »

Le jeune *Squire* l'interrompit : « Se peut-il donc que mon oncle m'accuse d'avoir reculé devant un crime que ses instructions continuelles m'ont seules fait éviter !

— Le reproche est juste ! Votre conduite en cette circonstance a été sage et louable, quoique pas tout à fait celle qu'eût tenue votre père.

Oh ! oui, mon frère était l'honneur même ; mais vous... je le répète, votre conduite en cette circonstance a été parfaitement sage, et je l'approuve de tout mon cœur.

— Et le reste de ma conduite ne vous paraîtra pas, j'espère, plus blâmable. J'ai paru, avec la fille de monsieur, dans quelques lieux publics ; ce n'était que de la légèreté... la médisance n'a pas manqué de trouver un mot plus dur, et l'on a prétendu que j'avais débauché la jeune personne. Je suis allé moi-même chez le père ; je voulais lui donner tous les éclaircissements désirables ; je n'en ai reçu que des reproches et des insultes. Quant au reste, à sa reclusion, par exemple, dans cette maison, mon procureur et mon intendant vous en rendront meilleur compte que moi ; car je leur abandonne entièrement la conduite des affaires. Si monsieur a fait des dettes, s'il ne veut ou ne peut pas les payer, c'est leur affaire de poursuivre, comme ils l'ont fait, et je ne vois ni dureté ni injustice à se mettre en règle par les moyens qu'autorise la loi !

— Si les choses sont ce que vous les faites, je ne vois rien d'impardonnable dans vos torts. Il y aurait eu, de votre part, plus de générosité à ne pas laisser opprimer monsieur par des tyrans subalternes, mais vous avez été du moins dans votre droit.

— Monsieur ne peut pas me démentir sur un seul point ; je l'en défie, et plusieurs de mes gens peuvent attester ce que je dis. » Puis, comme je me taisais ; car, au fait, je ne pouvais le démentir : « Voilà, mon cher oncle, continua-t-il, mon innocence bien démontrée ! Sur votre prière, je consens à pardonner à monsieur tous ses torts envers moi ; mais je ne puis maîtriser l'indignation qu'excitent en moi ses efforts pour me faire perdre votre estime, et cela, quand son fils cherchait à m'ôter la vie ; c'est, je le déclare, chose si affreuse, que je suis décidé à laisser la loi suivre son cours. J'ai sur moi le cartel que l'on m'a adressé ; deux témoins l'attesteront. Un de mes gens a été dange-

reusement blessé, et, dût mon oncle m'en dissuader, ce qu'il ne fera
pas, j'en suis bien sûr, je veux que justice soit faite dans l'intérêt de
tous, et que l'assassinat soit puni.

— Monstre ! s'écria ma femme, n'êtes-vous pas déjà suffisamment
vengé ? Vous faut-il encore mon pauvre fils pour victime ? Le bon sir
William nous protégera, j'espère ; car George est innocent comme
l'enfant qui vient de naître : il l'est, j'en suis sûre, et jamais il n'a fait
de mal à âme qui vive.

— Madame, répondit le bon baronnet, votre intérêt pour lui ne
peut être plus vif que le mien ; mais j'en suis désolé, son crime est
trop évident, et si mon neveu persiste... » Jenkinson et les deux aides
du geôlier entrèrent en ce moment, et toute notre attention se porta
sur eux. Ils ramenaient un homme de haute taille, fort bien mis, et, de
tout point, conforme au signalement déjà donné du misérable qui
avait enlevé ma fille. « Le voici, cria Jenkinson, en le poussant dans
la chambre ; le voici ! nous le tenons ; si jamais il y eut candidat pour
Tyburn, c'est bien lui ! »

M. Thornhill, en apercevant le prisonnier et Jenkinson qui avait la
main sur lui, sembla tressaillir et reculer d'effroi. La pâleur du
remords lui couvrit le visage, et il allait sortir, quand Jenkinson, qui
le devinait, l'arrêta : « Comment ! *Squire*, rougissez-vous de vos deux
vieilles connaissances, Baxter et Jenkinson ? Voilà comme tous les
grands oublient leurs amis ; mais j'y suis bien décidé, nous ne vous
oublierons pas, nous ! Notre prisonnier, avec la permission de Votre
Honneur, ajouta-t-il en se tournant vers sir William, a déjà tout avoué.
Le *gentleman* qu'on disait si dangereusement blessé, le voici. C'est
M. Thornhill qui, le premier, l'a jeté dans cette mauvaise affaire ;
M. Thornhill qui lui a prêté l'habit que vous lui voyez, pour lui donner
l'air d'un *gentleman;* M. Thornhill qui lui a fourni la chaise de poste.
Voilà ce qu'il déclare. D'après le plan arrêté entre eux, il devait, lui,

26

mettre la jeune personne en lieu de sûreté, et, là, l'effrayer par des menaces. M. Thornhill surviendrait au même instant, comme par hasard ; ils se battraient un moment ; Baxter prendrait la fuite, et M. Thornhill aurait une magnifique occasion de se faire aimer de la jeune miss à titre de libérateur ! »

Sir William avait fréquemment vu cet habit porté par son neveu ; il se le rappela, et tout le reste se trouva, dans le plus grand détail, confirmé par le prisonnier lui-même. Sa conclusion fut que M. Thornhill lui avait souvent déclaré qu'il était amoureux des deux sœurs à la fois.

« Ciel ! s'écria sir William, quelle vipère j'ai nourrie dans mon sein. Et lui encore qui faisait l'homme si jaloux de voir justice se faire dans l'intérêt de tous ! mais on la lui fera. Monsieur le geôlier, assurez-vous de lui !... Un moment ; il n'y a pas, je le crains bien, de motif légal de l'arrêter. »

A ces mots, M. Thornhill supplia, du ton le plus humble qu'on puisse imaginer, que deux misérables de cette espèce ne fussent pas admis à déposer contre lui, mais que ses gens fussent interrogés. « Vos gens ! reprit sir William ; malheureux ! cessez de les appeler vos gens ! Mais, voyons un peu ce que ces gaillards-là ont à dire : qu'on appelle le maître d'hôtel ! »

Le maître d'hôtel, en entrant, eut bientôt reconnu, à l'air de son ancien maître, que le règne du *Squire* était passé. « Répondez, lui dit sir William d'un ton sévère, avez-vous jamais vu ensemble votre maître et ce drôle affublé d'un de ses habits ? — Oh ! mille fois, avec la permission de Votre Honneur ; c'est lui qui amenait toujours au *Squire* ses maîtresses !... » Le jeune Thornhill l'interrompit : « Comment ! devant moi... — Oui, devant vous et devant qui que ce soit ! Tout franc, monsieur Thornhill, je ne vous ai jamais ni aimé, ni approuvé, et peu m'importe ; je veux aujourd'hui vous donner un échantillon de ma façon de penser. — Maintenant, reprit Jenkinson, dites à Son Honneur si vous savez quelque chose sur mon compte ! — Impossible de dire que je sache de vous rien de bien bon. La nuit où la fille de monsieur fut amenée au château, vous étiez de la partie ! — Vraiment ! s'écria sir William, le beau témoin à décharge que vous nous produisez là ! vous faites honte à l'humanité ! s'associer à de pareils misérables ! » Puis, continuant son interrogatoire : « Vous me dites, monsieur le maître d'hôtel, que c'est monsieur qui lui a amené la fille de ce vieillard !... — Non, avec la permission de Votre Honneur, monsieur ne l'a point amenée ; car le *Squire* s'en est lui-même chargé. Monsieur a amené le prêtre qui a été censé les marier ! — Il n'est que trop vrai ! dit Jenkinson, je ne puis le nier ; c'est le rôle qui m'avait été donné ; je l'avoue à ma honte.

— Bon Dieu ! s'écria le baronnet ; que d'infamie ! chaque nouvelle révélation me fait trembler ! Son crime est à présent trop bien démontré ; toutes ses poursuites n'ont été que violences, lâcheté, vengeance. A ma requête, monsieur le geôlier, élargissez ce jeune officier, votre prisonnier en ce moment. Je prends sur moi toutes les conséquences. Je me charge de présenter, sous son vrai jour, toute cette affaire au magistrat, mon ami, qui a décerné contre lui un mandat d'amener ! Mais la jeune fille elle-même ! où est-elle, l'infortunée ? qu'on la fasse venir pour la confronter avec ce misérable ! Il me tarde de savoir par quelles ruses il l'a séduite. Qu'on l'amène ! où est-elle ?

— Ah ! monsieur, cette question me déchire le cœur. J'ai eu le bonheur d'avoir une fille ; mais ses malheurs... » Ici, nouvelle interruption. Qui venait d'entrer ?... Miss Arabella Wilmot, que M. Thornhill devait épouser le lendemain. Rien ne peut égaler sa surprise de se trouver là, en présence de sir William et de son neveu ; car le hasard seul l'amenait. Elle traversait la ville avec son vieux père, pour se rendre chez sa tante qui avait exigé que son mariage avec M. Thorn-

hill se fit chez elle; et, pour se rafraîchir, ils venaient d'entrer dans
une auberge à l'autre bout de la ville. D'une des fenêtres de cette auberge, la jeune *lady* avait, par hasard, aperçu un de nos deux jeunes
enfants qui jouait dans la rue; elle avait à l'instant chargé un de ses
gens de lui amener l'enfant, et venait d'apprendre par lui une partie de
nos malheurs; mais elle ignorait encore que M. Thornhill en fût la
cause. Nous visiter dans une prison !... son père avait eu beau lui
représenter l'inconvenance d'une pareille démarche, toutes ses représentations avaient été inutiles; elle avait prié l'enfant de la conduire,
l'enfant avait obéi, et voilà comment elle nous surprenait dans une
circonstance si imprévue.

Je ne puis passer outre sans faire une réflexion sur ces rencontres
toutes fortuites, qui, bien qu'elles se reproduisent tous les jours, ne
nous surprennent guère que dans des occasions extraordinaires. A
combien de hasards ne devons-nous pas chaque plaisir, chaque douleur de la vie ! Que d'accidents, du moins en apparence, dont la combinaison est indispensable pour que nous soyons vêtus ou nourris ! Il
faut que le paysan veuille bien travailler, que la pluie tombe, que le
vent enfle la voile du marchand, ou des milliers d'hommes manqueront
du nécessaire !

Nous demeurâmes tous muets un moment. Il y avait, dans le regard
de ma charmante élève (c'est le nom que je donnais habituellement à
la jeune *lady*), un mélange de compassion et de surprise qui prêtait
un nouveau charme à sa beauté. « Mon cher monsieur Thornhill, dit-
elle au *Squire*, qu'elle supposait en ce lieu pour nous secourir et non
pour nous accabler, je vous en veux un peu d'être venu ici sans moi, et
de ne m'avoir jamais dit un mot de la situation d'une famille qui nous
est si chère à tous les deux. Vous savez que j'aurais été aussi heureuse
que vous de soulager mon vieux et respectable maître. Mais, je le vois,
comme votre oncle, vous trouvez du plaisir à faire le bien en secret !

— Lui ! du plaisir à faire le bien !... s'écria sir William en l'interrompant ; non, ma chère ; ses plaisirs sont aussi vils que lui-même.
Vous voyez en lui, madame, le scélérat le plus complet qui ait jamais
déshonoré l'humanité ; un misérable qui, après avoir abusé de la fille
de ce pauvre vieillard, après avoir attenté à l'innocence de sa sœur, a
jeté le père en prison, et le fils aîné dans les fers parce qu'il a eu le
courage de demander raison au fléau de sa famille. Permettez-moi,
madame, de vous féliciter d'avoir échappé aux embrassements d'un
pareil monstre !

 — Bonté divine ! s'écria l'aimable fille, combien on m'a trompée !
M. Thornhill m'a donné comme certain que le fils aîné de monsieur, le
capitaine Primrose, venait de se marier et de partir pour l'Amérique
avec sa femme.

— Ma chère miss, répondit ma femme, il ne vous a dit que des
mensonges. George n'a jamais quitté le royaume, et n'a jamais été
marié. Quoique vous l'ayez oublié, il vous a toujours trop aimée, lui,
pour penser à une autre, et je lui ai entendu dire qu'il voulait, par
amour pour vous, mourir garçon. » Puis elle se mit à s'étendre sur la
sincérité de la passion de son fils ; elle présenta, sous son vrai jour, le
duel de George avec M. Thornhill, et, après une rapide digression sur
les débauches du *Squire* et ses prétendus mariages, elle termina par
d'insultantes railleries sur sa lâcheté.

 « Grand Dieu ! reprit miss Wilmot, que j'ai été près de ma perte,
et que j'ai de joie d'y avoir échappé ! Monsieur m'a fait cent mille mensonges ; il est parvenu enfin à me persuader que mes promesses au
seul homme pour lequel j'eusse de l'estime ne m'engageaient plus,
depuis qu'il avait été lui-même infidèle. Ce sont ces mensonges qui
m'ont amenée à détester un homme aussi brave que généreux. »

Pendant cette explication, George avait été débarrassé des entraves
de la justice ; car on venait de reconnaître que le prétendu blessé

n'était qu'un imposteur. Jenkinson, qui lui avait servi de valet de chambre, avait arrangé ses cheveux, et lui avait fourni tout ce qu'il fallait pour se présenter convenablement. Il entra, revêtu de l'élégant uniforme de son régiment. Sans vanité (je suis au-dessus de cette faiblesse), c'était le plus joli cavalier qui eût jamais porté l'habit militaire. En entrant, il fit de loin, à miss Wilmot, un salut respectueux ; car il ne connaissait pas le changement que venait d'opérer en sa faveur l'éloquence de sa mère. La jeune fille rougit, et aucune convenance ne put tenir contre l'impatience d'obtenir son pardon. Ses larmes, ses regards, tout révélait sa douleur d'avoir oublié sa promesse, de s'être laissée duper par un imposteur. George semblait stupéfait de tant d'humiliation, et ne pouvait y croire. « Tout ceci, madame, n'est qu'une illusion. Je n'ai jamais mérité tant d'intérêt. Vous posséder !... Oh ! c'est pour moi trop de bonheur. — Non, monsieur ; on m'a trompée, indignement trompée ! Sans cela, rien n'eût jamais pu me faire violer ma promesse. Vous connaissez mon amitié pour vous ; vous la connaissez depuis longtemps. Pardonnez-moi ce que j'ai fait. Vous avez eu jadis mes premiers serments de constance ; je vais vous les répéter ; et soyez bien sûr que si votre Arabella ne peut être à vous, elle ne sera jamais à un autre !... — Oh ! non, jamais à un autre ! répéta sir William, pour peu que j'aie de crédit sur votre père. »

Ce mot fut un trait de lumière pour Moïse. Courant aussitôt à l'auberge où se trouvait le vieux *gentleman*, il lui conta tout ce qui venait de se passer. Au même moment, M. Thornhill, voyant bien que, de toutes parts, il était perdu, et sentant qu'il n'avait plus rien à attendre de la flatterie et de la dissimulation, en conclut que, pour lui, le meilleur parti était de faire volte-face, et de tenir tête à l'ennemi. Jetant donc de côté toute honte, et se montrant dans toute l'audace de l'infamie : « Je vois, dit-il, que je ne dois point attendre de justice ici ; mais, j'y suis bien décidé, justice me sera faite. » Puis se tournant vers sir William : « Vous saurez, monsieur, que je ne suis plus à votre merci ; je me moque de vos bienfaits. Rien au monde ne peut m'ôter la fortune de miss Wilmot, qui, grâce à l'économie de son père, est assez considérable. Mon contrat, la promesse de sa fortune, sont signés; elle est à moi. Ce que je voulais dans ce mariage, c'était sa fortune, non sa personne. J'ai l'une ; prenne l'autre qui voudra.

C'était un coup terrible. Sir William sentit toute la justesse de la prétention de son neveu; car il avait lui-même contribué à la rédaction du contrat. Miss Wilmot comprit bien que sa fortune était perdue sans ressource. Se tournant vers mon fils : « Cette perte, lui dit-elle, m'ôte-t-elle de mon prix à vos yeux? Si je n'ai plus de fortune à offrir, du moins puis-je disposer de ma main.

— Votre main, madame, répondit son véritable amant, est effectivement la seule chose dont vous ayez pu jamais disposer; c'est au moins la seule qui, selon moi, doive être acceptée. Je le jure, mon Arabella, par ce qu'il y a de plus saint au monde, la perte de votre fortune double en ce moment mon bonheur ; car elle me permet de prouver à ma douce amie la sincérité de mon attachement. »

M. Wilmot entra au même instant. Heureux de voir sa fille hors de danger, il consentit sans peine à la rupture du mariage. Mais, quand il apprit que M. Thornhill, à qui elle avait, par obligation formelle, donné sa fortune, refusait de la rendre, son désappointement fut extrême. Il vit que tout ce qu'il possédait allait enrichir un homme qui n'avait rien lui-même. Thornhill, un misérable ! il aurait pu supporter cette idée; mais ne pas trouver une fortune égale à celle de sa fille !... c'était pour lui un véritable supplice. Il resta donc quelques minutes absorbé dans ces douloureuses réflexions. Sir William essaya de le consoler. « Je dois l'avouer, monsieur, lui dit-il, votre mésaventure ne me chagrine qu'à demi; votre soif immodérée de richesses est en ce moment justement punie. Si votre fille ne peut plus être riche,

il lui reste assez pour être heureuse. Ce jeune et brave officier veut bien
la prendre sans fortune. Ils se sont longtemps aimés. Ami de son père,
je ne puis manquer de m'intéresser à son avancement. Renoncez donc
à cette avidité qui ne peut vous valoir que des mécomptes ! et, une
bonne fois, accueillez le bonheur qui s'offre à vous.

— Sir William, répondit le vieux *gentleman*, soyez-en bien sûr, je
n'ai jamais contrarié l'inclination de ma fille ; je ne le ferai point aujourd'hui. Si elle aime encore ce jeune homme, qu'elle l'épouse ; j'y
consens de tout mon cœur. Grâce au ciel, il me reste encore de la fortune, et votre bienveillance l'accroîtra. » Puis, s'adressant à moi :
« Que mon vieil ami s'engage seulement à assurer six mille livres sterling à ma fille, dans le cas où il retrouverait sa fortune, et, tout le premier, je suis prêt à les unir ce soir même. »

Le bonheur du jeune couple ne dépendait plus que de moi ; je me
hâtai d'assurer à miss Wilmot ce que son père demandait. Pour un
homme qui comptait aussi peu que moi sur un retour de fortune, il
n'y avait pas grand mérite. Nous eûmes donc le plaisir de voir les deux
jeunes gens se jeter dans les bras l'un de l'autre. « Après tous mes
malheurs, s'écria George, me voir ainsi récompensé ! C'est plus que
je n'eusse jamais pu attendre. Tant de bonheur après tant de souffrance ! Mes plus ardents désirs ne fussent jamais allés jusque-là ! —
Oui, mon cher George, répondit son aimable fiancée, que le misérable
garde ma fortune ; puisque vous êtes heureux sans elle, moi aussi, je
suis heureuse. Quel échange je viens de faire !... le plus vil des hommes contre le plus cher, le meilleur. Qu'il jouisse de notre fortune !
je puis maintenant être heureuse, même dans l'indigence. — Et moi,
répliqua le *Squire*, avec un sourire infernal, je vais être, je vous le
promets, fort heureux avec ce dont vous faites fi !

— Doucement ! doucement ! s'écria Jenkinson ; il y a deux mots à
dire à tout ceci. Quant à la fortune de miss Wilmot, monsieur, vous n'en

toucherez pas un liard. » S'adressant alors à sir William : « Le *Squire*, je vous prie, peut-il garder la fortune de madame, s'il est marié à une autre? — Pouvez-vous me faire une question aussi niaise? Non certainement, il ne le peut pas! — J'en suis fâché; nous avons, le *Squire* et moi, fait ensemble bien des folies, et j'ai pour lui de l'amitié; mais je dois le déclarer : aussi vrai que je l'aime, son contrat ne vaut pas un fouloir de pipe; car il est déjà marié. — Tu en as menti, misérable! répondit le *Squire*, qui parut furieux de cette insulte; jamais je n'ai été légalement marié! — J'en demande pardon à Votre Honneur; vous l'êtes, et vous payerez, j'espère, de toute votre amitié cet honnête Jenkinson, qui vous ramène votre femme. Je ne demande à la curiosité de la compagnie que quelques minutes, et je vais la lui montrer. » A ces mots, il sortit avec sa prestesse habituelle, et nous laissa dans l'impossibilité de former sur ses projets une conjecture vraisemblable. « Oh! qu'il aille! s'écria le *Squire*; quoi que j'aie pu faire, ici du moins je le défie. Je suis trop vieux à présent pour qu'on m'intimide avec des farces.

Je m'y perds, dit le baronnet; quelle peut être la pensée de ce gaillard-là? Quelque mauvaise plaisanterie, je suppose. — Peut-être, répondis-je, quelque chose de plus sérieux. Si nous songeons aux mille ruses dont monsieur s'est servi pour tromper l'innocence, peut-être un plus rusé que lui a-t-il enfin trouvé le moyen de le tromper à son tour. Sur tant de malheureux par lui ruinés, sur tant de pères qui pleurent en ce moment l'infamie et le déshonneur par lui imprimés à leur famille, il ne serait pas étonnant que...... O surprise! ma fille que j'avais perdue! Est-ce bien elle que je vois! Oui, oui, ma vie, mon bonheur! Je te croyais perdue, mon Olivia, et je te revois encore! et tu vivras pour me rendre heureux! » Les plus brûlants transports de l'amant le plus passionné ne sont pas plus vifs que les miens, quand je vis Jenkinson paraître avec mon enfant, quand je serrai dans mes

27

bras ma fille, dont le silence seul disait toute l'émotion. « M'es-tu bien rendue, chère enfant, repris-je, pour consoler ma vieillesse ! — Oui, bien rendue, répondit Jenkinson ; et ayez pour elle toute espèce d'é- gards ; car elle est toujours votre digne fille, aussi vertueuse femme qui soit ici, quelle qu'elle puisse être. Quant à vous, *Squire*, aussi sûr que vous êtes là, cette jeune dame est votre légitime épouse ; et, pour preuve que je dis la vérité, voici l'autorisation en vertu de la- quelle vous avez été mariés. » En même temps, il remit l'autorisation au baronnet, qui la lut, et la trouva parfaitement régulière sur tous points. « Maintenant, messieurs, ajouta-t-il, je vous vois bien étonnés de tout ceci ; mais deux mots seulement, et tout va s'expliquer. L'il- lustre *Squire*, ici présent, pour lequel j'ai la plus vive amitié (ceci tout à fait entre nous), m'a parfois confié d'étranges petites affaires pour son compte. Par exemple, il m'avait chargé de lui procurer une fausse autorisation et un faux prêtre, pour tromper cette jeune dame. Moi, son ami intime, qu'ai-je fait? Tout bonnement, je lui ai fourni une véritable autorisation et un prêtre véritable, et je les ai mariés aussi solidement que qui que ce soit au monde. Peut-être allez-vous croire que c'était de ma part acte de délicatesse. Pas du tout ; je le confesse à ma honte, ma seule pensée était de garder l'autorisation, de signifier au *Squire* que je pourrais, en temps utile, faire contre lui la preuve que je viens de lui administrer, et le mettre à ma discré- tion toutes les fois que j'aurais besoin d'argent. »

Une bruyante allégresse remplissait mon étroite cellule ; elle parvint jusqu'à la salle commune ; les détenus eux-mêmes y prirent part.

. . . . . Et ils secouèrent leurs chaines, dans les transports d'une sauvage harmonie !

Le bonheur s'épanouissait sur chaque figure ; les joues mêmes d'Oli- via semblaient colorées par le plaisir. Retrouver ainsi, tout à la fois,

réputation, amis, fortune, c'en était assez pour arrêter chez elle les
progrès du mal, et lui rendre sa santé, sa vivacité première ; mais il
n'était pas de joie, peut-être, plus sincère que la mienne. Serrant toujours dans mes bras ma fille chérie, je demandais à mon cœur si ces
transports n'étaient pas une illusion ; puis m'adressant à Jenkinson :
« Comment avez-vous pu, lui dis-je, comment avez-vous pu ajouter
encore à mes malheurs, par la fable de sa mort ? Mais peu importe ;
le plaisir de la retrouver compense, et au delà, la douleur de sa perte.

— A cette question, répondit Jenkinson, la réponse est bien facile ;
je sentais bien que le seul moyen de vous tirer de prison était votre
soumission au *Squire*, et votre consentement à son mariage avec miss
Wilmot. Mais, ce consentement, vous aviez juré de ne jamais le donner tant que votre fille vivrait. Il n'y avait donc pas d'autre moyen
d'amener les choses à bien, que de vous faire croire qu'elle était
morte. Je décidai votre femme à m'aider à vous tromper, et, jusqu'ici,
nous n'avions pas trouvé d'occasion de vous désabuser. »

Dans toute la compagnie, il n'y avait plus que deux figures sur lesquelles la joie ne brillât point. L'assurance de M. Thornhill l'avait
complétement abandonné. Il voyait le gouffre de l'infamie et de la misère s'ouvrir devant lui, et il tremblait d'y tomber. Tout à coup il se
précipita aux genoux de son oncle, et, avec les accents d'un désespoir
déchirant, il implora sa pitié. Sir William allait le repousser. A ma
prière, il le releva, et, après une pause de quelques instants : « Vos
vices, vos crimes, votre ingratitude, lui dit-il, ne méritent aucun
égard ; et pourtant vous ne serez pas tout à fait abandonné ; on vous
allouera ce qu'il vous faut pour subvenir à vos besoins, non à vos folies. Cette jeune dame, votre femme, aura la propriété du tiers de la
fortune dont vous avez déjà joui, et sa tendresse pourra seule vous
donner droit, pour l'avenir, à des allocations extraordinaires. » Le
jeune *Squire* allait, dans un remercîment apprêté, protester de sa

reconnaissance pour tant de bonté; mais le baronnet l'arrêta, en lui
enjoignant de ne point aggraver sa bassesse qui n'était déjà que trop
éclatante; puis il lui ordonna de se retirer, et de choisir, entre tous
ses gens, celui qui lui conviendrait le mieux, le seul qui lui serait
accordé pour son service.

Le *Squire* parti, sir William s'approcha très-poliment de sa nouvelle
nièce, et, avec un sourire, il lui offrit ses vœux pour son bonheur.
Miss Wilmot et son père en firent autant; ma femme, après eux, em-
brassa tendrement sa fille, heureuse, ce furent ses propres termes, de
la voir maintenant honnête femme. Vint ensuite le tour de Sophie et
de Moïse; Jenkinson, notre bienfaiteur, demanda à être admis au
même honneur. Notre bonheur semblait au comble. Sir William, dont
le plus grand plaisir était de faire le bien, promenait autour de lui ses
regards où rayonnait tout l'éclat du soleil. La joie brillait dans tous les
yeux, excepté dans ceux de Sophie, qui, pour un motif que nous ne
pouvions deviner, ne semblait pas parfaitement heureuse. Le baronnet
s'en aperçut. « Tout le monde ici, sauf une personne ou deux, dit-il
en souriant, me semble parfaitement content; il ne me reste plus
qu'un acte de justice à faire. » Puis, se tournant vers moi : « Vous
savez, monsieur, ce que nous devons tous deux à M. Jenkinson. Il est
juste que, tous deux, nous reconnaissions ses bons offices. Miss Sophie, j'en suis sûr, le rendra fort heureux. Je lui donne pour dot cinq
cents livres sterling, avec lesquelles je ne doute pas qu'ils ne puissent
vivre fort à l'aise. Allons, miss Sophie, que dites-vous de ce mariage
de ma façon? Voulez-vous de Jenkinson? » A cette affreuse proposition, ma pauvre fille faillit s'évanouir dans les bras de sa mère. « Jenkinson! monsieur, répondit-elle, d'une voix faible; non, monsieur,
jamais! — Comment! reprit sir William, ne pas vouloir de Jenkinson,
votre bienfaiteur, un garçon jeune, bien tourné, avec cinq cents livres
sterling et de belles espérances! — Je vous en supplie, monsieur,

répliqua Sophie, qu'on entendait à peine, renoncez à ce projet ; ne faites pas mon malheur ! — Vit-on jamais entêtement pareil ! Refuser un homme auquel votre famille a tant d'obligations, qui a sauvé votre sœur, qui vous donne cinq cents livres sterling ! Comment ! ne pas vouloir de lui !… — Non, monsieur, répondit-elle d'une voix irritée, je mourrai plutôt ! — En ce cas, si vous ne voulez point être à lui, il faut, je le vois bien, que vous soyez à moi ! » Puis, la pressant dans ses bras : « O la plus aimable, la meilleure des filles, avez-vous pu croire jamais que votre bon Burchell fût capable de vous tromper, ou que sir William Thornhill dût cesser jamais d'apprécier une amie qui ne l'a aimé que pour lui-même ? J'ai, pendant quelques années, cherché une femme qui, sans tenir compte de ma fortune, pût me trouver quelque mérite comme homme. Après avoir vainement cherché, même parmi les sottes et les laides, combien doit me sembler douce la conquête de tant de sens et de céleste beauté ! » S'adressant alors à Jenkinson : « Impossible, mon cher, de rompre avec cette jeune personne ; car elle a pris un caprice pour ma figure. Tout ce que je puis faire, c'est de vous donner la dot que je lui destinais. Vous pouvez, demain, vous faire compter par mon intendant cinq cents livres. »

Nos compliments recommencèrent de plus belle, et, à la ronde, ce fut pour lady Thornhill même cérémonie que pour sa sœur. Au même instant, le valet de chambre de sir William nous annonça que les équipages étaient là pour nous conduire à l'hôtel, où tout avait été disposé pour nous recevoir. Ma femme et moi, nous ouvrîmes la marche, et nous quittâmes ce sombre asile de la douleur. Le généreux baronnet donna l'ordre de distribuer aux détenus quarante livres sterling. M. Wilmot, entraîné par l'exemple, en donna vingt. Nous fûmes accueillis, à la porte de la prison, par les villageois. Dans la foule j'aperçus deux ou trois de mes bons paroissiens ; je leur serrai affectueusement la main, et ils nous accompagnèrent jusqu'à notre hôtel,

où un somptueux repas nous attendait. Une abondante distribution de
vivres moins recherchés fut faite à la populace.

Les alternatives de plaisir et de douleur par lesquelles je venais
de passer dans cette journée m'avaient épuisé. Le souper fini, je demandai la permission de me retirer, et je laissai la compagnie dans
l'ivresse de la joie. Dès que je me vis seul, mon cœur s'épancha en
actions de grâces au dispensateur de la joie aussi bien que du chagrin;
et puis je m'endormis jusqu'au lendemain d'un sommeil paisible.

CHAPITRE XXXII.

Conclusion.

Le lendemain, à mon réveil, je trouvai George assis au chevet de mon lit. Il venait augmenter ma joie par la nouvelle d'un autre retour de fortune bien heureux pour moi. Avant tout, il me déchargea de la disposition que j'avais faite, la veille, en sa faveur; puis il m'apprit que mon banquier, qui avait manqué à Londres, venait d'être arrêté à Anvers, et qu'il avait fait abandon de valeurs beaucoup plus considérables que la somme dont il était à découvert envers ses créanciers. Le désintéressement de George me fit presque autant de plaisir que cette bonne fortune si imprévue; mais, en bonne justice, devais-je accepter son offre? J'étais absorbé par cette grave question, quand sir William entra dans ma chambre; je lui fis part de mes scrupules. Son opinion fut que mon fils se trouvant déjà, par son mariage, en possession d'une fortune très-considérable, je pouvais accepter sans hésitation.

Sa visite avait un autre but. Il avait, me dit-il, envoyé, dans la nuit même, chercher les autorisations, et les attendait à toute heure; il

espérait que je ne refuserais point mon ministère pour rendre, dans
la matinée, tout le monde heureux. Pendant que nous causions, un
valet de pied nous annonça le retour de l'exprès. Je m'étais tenu prêt
dans l'intervalle, je descendis, et je trouvai la compagnie se livrant à
tout ce que la fortune et l'innocence peuvent donner de joie. Toutefois, comme ils se préparaient en ce moment à une très-grave cérémonie, leurs rires me déplurent. Je leur rappelai l'air de recueillement,
le maintien décent qu'ils devaient prendre, les hautes pensées auxquelles ils devaient s'élever dans la célébration du saint mystère, et je
leur lus, pour les préparer, deux homélies et une thèse de ma composition. Mais résistance complète, et un moyen de la vaincre ; même
en se rendant à l'église, toute gravité fut à peu près mise de côté. Je
marchais à leur tête, et, plus d'une fois, je fus tenté de me retourner
tout en courroux.

A l'église, nouvel incident dont la solution ne me parut pas facile :
quel couple serait marié le premier ? La future de George insistait vivement pour que *lady* Thornhill passât la première (ce qui devait
être). Sophie s'y refusait obstinément, protestant que, pour tout au
monde, elle ne voulait pas avoir à se reprocher une pareille inconvenance. La discussion se prolongea quelque temps entre toutes les
deux avec une égale obstination, mais avec une égale bienséance.
Moi, debout tout ce temps, mon livre ouvert, je me fatiguai enfin de
cette lutte, et, le fermant : « Je vois, leur dis-je, que ni l'une ni l'autre, vous ne voulez être mariées ; autant vaut nous en retourner ; car,
je le suppose, il ne se fera rien aujourd'hui. » Cette boutade les mit à
la raison. Le baronnet et *lady* Sophie furent mariés les premiers, puis
George et son aimable fiancée.

J'avais, le matin, donné l'ordre d'envoyer un carrosse à mon honnête voisin Flamborough et à sa famille. En rentrant à l'hôtel, j'eus le
bonheur d'y trouver les deux miss Flamborough arrivées avant nous.

Jenkinson donna la main à l'aînée ; mon fils Moïse à l'autre. Depuis, j'ai remarqué qu'il a pour la petite un attachement réel. Mon consentement et ma bourse sont, pour lui, tout prêts quand il jugera à propos de les demander.

Nous ne fûmes pas plutôt rentrés, que mes paroissiens, informés de toutes mes bonnes fortunes, arrivèrent en foule pour me féliciter ; et, dans le nombre, ceux qui avaient tenté de m'enlever des mains de la justice, et que j'avais si vertement tancés. Je contai leur histoire à sir William, mon gendre, qui, en sortant, leur fit une nouvelle semonce. Mais les voyant tout déconcertés par la sévérité de ses reproches, il leur donna une demi-guinée pour boire à sa santé et se remettre de leur déconvenue.

Un moment après, on nous annonça un magnifique repas préparé par le cuisinier de M. Thornhill. A propos de ce *gentleman*, je dois aire remarquer qu'il habite, à titre de familier, le château d'un parent dont il est fort bien venu, et il ne mange à la seconde table qu'autant qu'il n'y a pas de place à la première, ce qui est fort rare ; car on ne le traite point en étranger. Son temps se passe surtout à égayer le cher parent, qui est un peu mélancolique, et à lui apprendre à donner du cor. Ma fille aînée se le rappelle toujours avec regret ; elle m'a même dit, mais j'en fais grand mystère, que, s'il se réforme, elle pourra cesser de lui tenir rigueur.

Je reviens au dîner ; car je ne sais pas faire de ces sortes de digressions ; au moment de nous mettre à table, toutes nos cérémonies allaient recommencer. La question était de savoir si ma fille aînée, déjà dame depuis longtemps, ne devait pas prendre place avant les deux jeunes mariées. Mais George coupa court au débat en proposant de placer, sans autre étiquette, chaque mari à côté de sa femme. Sa motion fut accueillie à l'unanimité, moins une voix, celle de ma femme, qui, autant que je pus le voir, ne se trouvait pas tout à fait contente.

Elle s'était attendue à avoir le haut bout de la table et le plaisir de découper. Sauf ce petit contre-temps, la gaieté de toute la compagnie ne peut se décrire. Eut-elle ce jour-là plus d'esprit que de coutume ? Je ne sais ; mais bien positivement elle rit de plus grand cœur ; ce qui est tout un. Je me rappelle plus particulièrement un plaisant quiproquo : Moïse tournait le dos à M. Wilmot, quand le vieux *gentleman* but à sa santé. « Je vous remercie, madame, » répondit Moïse. Le vieillard, nous faisant un clin d'œil, prétendit qu'il pensait à sa maîtresse. A ce mot, je crus que les deux miss Flamborough allaient crever de rire.

Le dîner fini, je demandai, suivant ma vieille coutume, qu'on enlevât la table, pour avoir le plaisir de voir toute ma famille une fois encore réunie au coin du feu. Mes deux marmots étaient assis chacun sur un de mes genoux ; le reste des convives, chacun auprès de sa femme. Désormais, de ce côté de la tombe, je n'avais plus rien à désirer. Tous mes chagrins avaient disparu ; mon bonheur ne pourrait s'exprimer ; mon unique pensée devait être de montrer plus de reconnaissance encore dans la bonne fortune que de résignation dans l'adversité.

FIN.

NOTES.

NOTES.

Vicar. L'usage a consacré, en France, le titre de *Vicaire de Wakefield.* On a cru devoir, par ce motif, le conserver en tête de cette traduction, bien que les dénominations de *vicar* et de *vicaire* désignent, dans la hiérarchie de l'Église anglicane et dans celle de l'Église catholique, deux positions différentes.

Johnson définit le *vicar,* le possesseur *(incumbent)* d'un bénéfice *(benefice)* ecclésiastique *appropriated* (concédé à un établissement religieux, à un doyen, à un chapitre, à un évêché, à un collége, pour son usage propre et à perpétuité) ou *impropriated* (passé aux mains d'un laïque).

Le *vicaire* en France est, d'après la définition du dictionnaire de l'Académie (1835), celui qui fait des fonctions ecclésiastiques sous un supérieur.

Goldsmith a, dans le *Vicaire,* emprunté, à la hiérarchie de l'Église anglicane, quelques autres dénominations ; par exemple, celles de *priest, curate, parson, bishop, minister, chaplain, archdeacon.*

Johnson les définit :

Priest : celui qui fait toutes les fonctions *(who officiates)* du culte.

Curate : un ecclésiastique aux gages du possesseur d'un bénéfice *(beneficiary),* pour faire sous lui ses fonctions. La *cure* de l'Église anglicane répond à peu près au *vicariat* de l'Église romaine.

Parson : le prêtre d'une paroisse *(qui omnium personam in ecclesiâ sustinet— parochianus),* celui qui a charge de paroisse et d'âmes.

Bishop : le premier dignitaire de l'Église anglicane, l'*episcopus* de la basse latinité.

Minister : celui qui remplit les fonctions sacerdotales.

Chaplain : le desservant d'une chapelle, le directeur spirituel du propriétaire de cette chapelle et de sa famille, chargé de leur lire la prière, leur prédicateur.

Archdeacon : le suppléant du *bishop* dans tout ce qui tient aux fonctions épiscopales, son *vicar* : à peu près ce qu'est, en France, un *grand vicaire*.

Il est remarquable que Goldsmith n'a placé le mot de *vicar* que dans le titre de son ouvrage.

Page 6. — Vin de groseilles (*Gooseberry wine*). Vin de *groseilles à maquereau*.

« ..... Les Anglais font du vin des fruits mûrs du groseillier épineux. Ils les mettent dans un tonneau et répandent de l'eau bouillante dessus. Ils bouchent bien le tonneau et le laissent dans un lieu tempéré pendant trois ou quatre semaines, jusqu'à ce que le liquide soit imprégné du suc et de l'esprit de ces fruits qui restent insipides. Ensuite on verse cette liqueur dans des bouteilles ; on y jette du sucre ; on les bouche bien, et on les laisse jusqu'à ce que la liqueur, mêlée intimement avec le sucre pour la fermentation, se soit changée en une boisson pénétrante assez semblable à du vin. (*Encyclopédie*, tome VII, 1757, *Groseillier*.)

Même page. — (*Herald's office*.) Le bureau du héraut (d'armes), aujourd'hui le *Herald's college of arms* dont l'institution remonte à 1483 ; le dépôt des archives nobiliaires de la Grande-Bretagne ; ce qu'on appelle, en France, le *Sceau du titre*.

Page 7. — Châtelain (*Squire* ou *Esquire*). Titre dérivé du vieux mot français *escuyer*, autrefois purement nobiliaire, mais depuis longtemps commun à une foule d'individus étrangers à la noblesse, magistrats, fonctionnaires de la haute administration, avocats, hommes de lettres, etc.

Dans *le Vicaire*, le *Squire* est l'ancien *seigneur de paroisse* en France, le propriétaire de l'habitation principale d'une commune ou d'un hameau, de ce qu'on appelait le château.

Page 8. — Le voyage de Henri II (*Henri II's progress*), dans ses États d'Allemagne, désolés par de longues guerres, eut lieu en 1025, un an avant sa mort. Il avait été élu empereur en 1002, et roi des Romains en 1014. L'Église l'a mis au rang des saints, et célèbre sa fête le 14 juillet.

Même page. — Livres sterling (*Pounds*). Voir la 6ᵉ note de la page 227.

Page 9. — Professions savantes (*Learned professions*) : la théologie (*divinity*), la jurisprudence, la médecine, la musique, c'est-à-dire les quatre facultés des universités anglaises, et aussi l'enseignement en général. Les théologiens, les jurisconsultes, les médecins, les membres du corps enseignant sont habituellement désignés par le titre de *learned gentlemen*.

Page 11. — *William Whiston*, géomètre et théologien célèbre, né en 1667 à Norton, près Tycross, dans le comté de Leicester. Admis, en 1686, au collége de Clare-Hall, à Cambridge, disciple de Newton, en 1694, il publia, de 1694 à 1698, sa *Nouvelle théorie de la terre*, qui eut de suite six éditions, et dont Buffon a donné l'analyse dans sa *Théorie de la terre*. Newton l'avait, en 1698, choisi pour son suppléant à sa chaire de Cambridge; il lui succéda en 1709.

En 1708, Whiston se partagea entre la science et la théologie; mais l'hétérodoxie de ses opinions souleva contre lui le clergé anglican, et le fit, en 1710, exclure de l'université de Cambridge; elle lui ferma, en 1720, les portes de la Société royale de Londres. Newton, président, menaça de donner sa démission si Whiston était admis.

La vie de Whiston ne fut, dès lors, qu'une série d'orageuses controverses dont il a lui-même consigné l'histoire dans la préface du cinquième volume de son *Christianisme primitif* et dans ses *Mémoires sur sa vie et ses écrits*, publiés en 1748, espèce de factum qu'il composa pour rectifier plusieurs faussetés imprimées, sur son compte, en Allemagne et en Angleterre, et où conséquemment les détails biographiques ne le préoccupent qu'autant qu'ils se rattachent à ses luttes théologiques.

La préface de la seconde édition de ces *Mémoires* (Londres, 1753) se termine par ces mots :

« Le pieux auteur, plein d'années et de bonnes œuvres, est mort, après une maladie d'une semaine, le 22 août 1752, âgé de quatre-vingt-quatre ans huit mois et treize jours, et il a été enterré à côté de l'excellente femme qui fut son épouse, morte en janvier 1750, à Lyndon, dans le Rutland. »

Whiston n'indique que très-vaguement la date de son mariage. Il avait épousé, vers 1688, la fille de Georges Arrobus, son maître à Tamworth, en 1684. Sa femme est à peine nommée deux ou trois fois dans ses *Mémoires*.

Ses écrits sont remplis d'amères réflexions sur le scandale des mœurs du clergé de son temps; les siennes avaient été constamment irréprochables.

En 1748, il adressait, à l'orateur de la chambre des communes, une supplique pour appeler sa commisération sur la triste situation de sa famille; il demandait pour son fils, dont les travaux littéraires avaient épuisé la santé, une place de 100 livres sterling dans une bibliothèque publique.

Page 12. — *Back gammon*, ou seulement *gammon*, très-ancien jeu pour lequel on se servait de dés et d'une table; espèce de trictrac très-simple et sans aucune combinaison. On le fait remonter à la conquête par les Normands.

Page 15. — Un schelling par livre sterling (*A shilling in the pound*). Cinq pour cent.

Page 16. — Guinées (*Guineas*). Voir la 6ᵉ note de la page 227.

Page 17. — J'ai été jeune (*I have been young*), etc. Psaume 37, verset 25

Page 17. — Soixante-dix milles (*Seventy miles*). Le mille anglais équivaut à
1 kilom. 609, un peu moins du tiers d'une lieue de France.

Page 20. — «Dans l'hypocondrie (*A disorder*), les sens, dit le docteur Georget,
présentent en général une grande susceptibilité.... Le bruit, la lumière vive, les odeurs
fortes, le froid, la chaleur, les variations de la température, l'état électrique de l'atmosphère, provoquent des malaises, des souffrances.... L'Angleterre est peut-être
le pays où l'on voit le plus d'hypocondriaques. »
Cette surexcitation de la sensibilité est un caractère commun à plusieurs affections
résultant d'un état morbide du système nerveux.

Page 23. — *Carol* (*Christmas carol*), un chant joyeux, un hymne; de l'italien *ca-
rola*, dérivé lui-même de *choreola*, basse latinité; ce qu'on appelle, en France, un *Noël*.

Même page. — Le matin de la Saint-Valentin (*Valentine morning*) (14 février) les
jeunes gens des villages envoyaient un présent à la première jeune fille qu'ils rencon-
traient en sortant de chez eux. Les jeunes filles réciproquement.

Page 24. — L'acre d'Angleterre (*Acres*) équivaut à 40 ares 466 de France, un
peu plus d'un arpent de Paris (34 ares 588).

Page 25. — Ballade (*Ballad*). Non pas exactement ce qu'on appelait, en France, une
ballade, c'est-à-dire une suite de couplets avec mêmes rimes et même refrain; mais en
général une petite pièce de vers sérieuse ou légère, une chanson, une romance, une
complainte qui court les rues, *a of trifling verse*, dit Watts cité par Jonhson.

Page 30. — *Miss Wrinklers*. Littéralement, miss *ridées*.

Page 31. — Blanc (*Blank*). Un billet qui ne gagne pas, par opposition à *prize*, un
billet gagnant.
Avant la publication du *Vicaire*, comme depuis cette époque, le nombre des billets
variait suivant les tirages.
Les *State loteries* (loteries de l'État) étaient fréquemment, pour le gouvernement,
un moyen d'emprunt. L'émission des billets, l'encaissement du produit des mises, le
payement des gains étaient confiés à la banque.
Jusqu'à 1759, le nombre des billets avait été, en général, fixé à 150,000; le prix du
billet, à 10 livres sterling. Les *prizes* ou lots se graduaient de 5 livres à 10,000 livres, payables en annuités de banque, avec certaines primes. Les lots inférieurs à la
mise étaient une sorte d'indemnité pour les porteurs de *blanks*. On calculait de 5 à
6 *blanks* contre un *prize*.
En 1759, on établit deux lots de 20,000 livres.
En 1761, quatre ans avant la publication du *Vicaire*, George III fut autorisé par
le parlement, pour faire face aux frais de la guerre, à emprunter, par la voie de la
loterie, 600,000 livres. Le nombre de billets fut fixé à 60,000; le prix du billet resta

de 10 livres. Les *prizes* ou lots plus forts que la mise, et l'indemnité des *blanks*, étaient payables en annuités 5 p. 0|0.

En 1767, il n'y eut plus qu'un lot de 20,000 livres.

En 1807, un tirage d'octobre contenait un lot de 40,000 livres sterling.

Page 35.—La bête se retire (*The beast retires*), etc. Évangile selon saint Matthieu, chap. 8, vers. 20; selon saint Luc, ch. 9, vers. 58.

Même page. — C'est celui qui est venu le sauver, etc. Évangile selon saint Luc, ch. 9, vers. 56; ch. 19, vers. 10; selon saint Jean, chap. 3, vers. 17.

Page 35.— *Poker*. Petite barre de fer, petit fourgon dont on se sert pour remuer et attiser le charbon de terre.

Page 36. — *Feeder*. L'individu chargé de nourrir et d'exercer des coqs de combat.

Page 37.— Saint-Dunstan. L'église de Saint-Dunstan, de l'ouest, dans *Fleet street* (Cité de Londres), est célèbre par son horloge sur le cadran de laquelle deux figures de sauvages en bois, placées vers 1671, sonnent alternativement l'heure. La nuit, les alentours de cette église sont fréquentés par les femmes de mauvaise vie.

Même page.— Dîmes et simagrées, etc, etc. L'impertinente réflexion du *Squire*, à la table d'un ministre de l'Église, peut donner une idée de la manière dont on discutait déjà, en1765, la vieille question des dîmes.

Aristote et ses prédicaments (catégories), à propos de dîmes, tout cet imbroglio, où le *Squire* estropie à la fois l'une des plus simples propositions de la géométrie et la définition aristotélique de la *relation*, rappellent un peu le fameux :

Aristote, *primo, eri politicon*

Dit fort bien…

Page 40. — Thwackum et Square. Thwackum, le théologien, et Square le philosophe, les deux maîtres de Blifil et de Tom Jones.

Même page.—L'amour suivant la religion. On réimprime encore, en Angleterre, la *Religious courtship, or historical discourses on the necessity of marrying religious husbands and wives, and of their being of the same opinion*.

Page 42 — Allusion à *Dione*, tragédie pastorale de M. Gay : acte 3, avant-dernière scène.

Même page. — *Acis et Galatée*. Ovide : Métamorphoses, liv. 13.

Même page.— (**Ballade**). En juin 1767, le *St. James's Chronicle* publiait la lettre suivante adressée à son imprimeur.

« Monsieur,... Un de vos correspondants m'accuse d'avoir copié, sur une des ballades du spirituel M. Percy, une ballade que j'ai publiée il y a quelque temps. Je ne
crois pas qu'il y ait beaucoup de ressemblance entre les deux pièces en question. S'il
y en a, la ballade de M. Percy est copiée sur la mienne : je la lui avais lue, il y a
quelques années ; nous regardions ces compositions comme des bagatelles... N'était
l'humeur tracassière de quelques-uns de vos correspondants, le public n'aurait jamais
su que M. Percy me doit le sujet de sa ballade...

« Olivier Goldsmith. »

Page 49. — *Shakspeare*. Au moment de la publication du *Vicaire*, la réaction de
la littérature nationale contre la littérature étrangère, surtout contre la littérature
française importée à l'époque de la restauration, et en grand honneur jusqu'à
la fin du règne d'Anne, était très-vive. Quatre ans après, en 1769, Garrick célé-
brait, à Straford sur l'Avon, son jubilé de Shakspeare. Reproduite, à Londres, sur
le théâtre de Garrick, cette cérémonie eut, de suite, quatre-vingt-douze représentations.

Même page. — Harmonica (*Musical glasses*. Littéralement *verres à musique*.)
Un Irlandais, nommé Puckeridge, avait tout récemment imaginé de tirer des accords
de verres remplis d'eau. Son instrument, perfectionné par un membre de la société
royale de Londres, M. Delaval, venait de l'être encore par Francklin qui en avait
changé le système et lui avait donné le nom d'*armonica*.

Page 53. — *Nabab*. Nom des gouverneurs de province dans l'empire Mogol ; de
navab, pluriel de *naïd*, remplaçant.
On appelle aussi *nabob*, en Angleterre, les négociants qui ont fait, dans l'Inde,
une fortune considérable.

Même page. — Des bourses jaillissaient, etc. — *Farthings*. Voir la 6ᵉ note de
la page 227.

Le charbon de terre, chauffage habituel des Anglais, dégage souvent de petits
globes de feu qu'on nomme *purses* (bourses), à cause de leur forme, et qu'on regarde
comme un présage de fortune.

Même page. — Tasse à thé. La manière dont le résidu des feuilles du thé se dépose
au fond des tasses est, pour certaines personnes, l'objet de conjectures sur l'avenir.

Page 55. — La *queue de rat* est le résultat, ou de la chute complète des crins, ou
d'une simple diminution dans leur longueur ou leur quantité.

Page 56. — *Yards. La yard* équivaut à 0 m. 9144, un peu moins de moitié de la
toise de France.

Page 57. — Griller des noix. On place devant le feu deux noix qui figurent deux amants. Si toutes les deux grillent en même temps; les deux amants seront unis dans l'année. Pas de mariage si l'une des noix grille avant l'autre.

Même page. — *Dumplings.* Une espèce de *pouding*.

Même page. — *Lamb's wool.* Littéralement, *laine d'agneau* : espèce de boisson composée de bière chaude, de sucre, etc.

Page 59. — Chevaliers de la Jarretière (*Knights of garter*). « ..... L'ordre de la Jarretière fut institué par Édouard III, en 1349... L'anecdote de la jarretière de la comtesse de Salisbury, conservée par la tradition populaire, ne paraît reposer sur aucune autorité ancienne... » (Goldsmith, *Histoire d'Angleterre*. Édouard III.)

Lingard regarde la jarretière comme un simple emblème de l'union qui doit exister entre les membres de l'ordre.

Le très-noble (*most noble*) ordre de Saint-Georges de la Jarretière est le premier des ordres anglais. Avant 1786, le nombre des *knights* ou *companions* était fixé à vingt-cinq, plus le roi, chef de l'ordre. Depuis 1786, il est de vingt-six, plus le roi et quelques princes du sang, plus quelques souverains ou princes souverains étrangers.

Même page. — Pairesse. Ce titre, en Angleterre, ne désigne pas seulement, comme en France, la femme ou la veuve d'un membre de la chambre des pairs. La pairie, en Angleterre est, pour quelques femmes, une dignité toute personnelle qu'elles possèdent ou *in their own right*, ou *by creation*, ou *by descent*, selon ou qu'elles tiennent leur pairie d'un droit immédiat, en leur qualité de filles aînées de pairs, ou qu'elles la tiennent d'une création royale, ou qu'elles ont recueilli la pairie d'un frère ou d'une sœur aînés morts sans enfant.

Au commencement de 1857, à la mort de la vicomtesse Canning, créée pairesse en 1828, il n'y avait que dix pairesses. Elles siègent seulement dans certaines grandes cérémonies, par exemple, celle du sacre des rois d'Angleterre.

Page 60. — *Hanover square* Le *Hanover square*, dans le *West end*, près d'*Oxford street*, date de 1720, peu de temps après l'avénement de la maison de Hanovre au trône d'Angleterre. Plusieurs hôtels y portent des traces de l'architecture allemande. En 1765, comme aujourd'hui encore, c'était un des plus brillants quartiers de Londres, le quartier de la haute noblesse.

Même page. — La livre sterling (*pound*) vaut 20 *shillings* (au pair 25 francs), la guinée 21 *shillings*.

La livre sterling, primitivement monnaie réelle, n'est plus depuis longtemps qu'une monnaie de compte.

La guinée, dont la fabrication remonte à 1673, ne se frappe plus.

Elle a été remplacée par le *souverain*, dont la valeur est exactement celle de la livre sterling.

Le *shilling* se compose de 12 *pence* : chaque *penny* se divise lui-même en 4 *farthings*.

Page 65. — Tonnerre et éclair (*Thunder and lightning*). Drap de deux couleurs bien tranchées, l'une foncée, l'autre éclatante.

Page 74. — Critiques. Au mot *témoins* on a, dans la traduction, substitué le mot *critiques*, comme se déduisant mieux de tout ce qui précède.

Ce mot *témoins*, dans la pensée de Goldsmith, se rattachait exclusivement au passage de saint Grégoire le Grand auquel il fait une simple allusion, peut-être à quelques lignes des *Morales sur le livre de Job* dans lesquelles, appliquant à la pratique des bonnes œuvres ce verset de Job, *Testes tuos instauras in me*, etc., saint Grégoire dit que — « les *témoins* de Dieu sont les exemples des bons... que ces exemples nous embarrassent toujours, parce que nous sentons qu'ils sont *la voix de la vérité*. »

Page 76. — Cosmogonie (*Cosmogony*). Au moment où Goldsmith composait son *Vicaire*, le monde savant, et surtout les hommes d'église, étaient encore tout émus des graves discussions sur le système de l'univers, sur son origine, soulevées par la publication des ouvrages de Newton et de Whiston. Goldsmith s'était lui-même fort occupé de ces matières.

Même page. — *Anarchon ara kai*, etc. Ocellus Lucanus : *De universo*, chap. Ier, § 3.

Même page. — *Asser* ou *asar* (vainqueur) est effectivement une qualification commune à presque tous les rois assyriens, comme *nabon* (devin), *phal* ou *pal* (puissant), *adon* (maître).

Nebuchadon Asser : c'est le *devin, maître, vainqueur*.

Teglat-Phael-Asser : c'est le *puissant du Tigre, vainqueur*, etc.

Page 77. — La couronne (*crown*) est une monnaie d'argent de la valeur de 5 *shillings*.

Page 83. — Un honnête homme (*An honest man*). etc. Pope. *Essai sur l'homme*, Épître IV.

Page 86. — Recueil de bons mots(*Jest books*). On réimprime fréquemment, à Londres, le *New London* Jest book, *a choice collection of comical jest, droll adventures touches of humour, bons mots, whimsical anecdotes, Irish bulls and blunders*.

Page 88. — Espèce de monument de famille. (*Historical family piece*). Au moment où parut le *Vicaire*, la France avait encore, comme l'Angleterre, la triste manie du portrait mythologique, historique et pastoral.

Diderot, dans son Salon de 1765, s'écriait, à propos de quatre *pastorales* de Boucher : « Ne me tirerai-je donc jamais de ces maudites pastorales ! » et il déplorait la dégradation du goût, de la composition, des caractères, de l'expression, du dessin.

En 1767, il disait des portraits de Roslin, Vallé, etc. : « C'est Minerve et une Victoire qui soutiennent le portrait du héros ; c'est une Renommée joufflue qui trompète ses victoires... Et toujours Mars, Vénus, Minerve, Jupiter, Hébé, Junon ! Sans les dieux du paganisme, ces gens-là ne sauraient rien faire. »

Page 89. — C'est, disait l'un, le canot de Robinson Crusoë (*Robinson Crusoe's long boat*). «... J'abattis un cèdre... je mis vingt jours à l'ébrancher ; à l'équarrir... un mois à le façonner extérieurement en forme de canot... trois mois à le creuser... Il pouvait porter vingt-six hommes... Il ne s'agissait plus que de le mettre à la mer. Tous mes efforts furent inutiles... impossible de le remuer... L'idée me vint de creuser un canal pour amener l'eau de la mer à l'endroit où je l'avais construit... mais il m'aurait fallu dix ou douze ans de travail... Force me fut, quoique à regret, d'abandonner mon entreprise... »

Page 95. — Bonnes gens de toutes sortes (*Good people all*, etc.). Le premier vers de cette pièce rappelle le commencement d'une vieille chanson française ; le dernier, la fin d'une épigramme célèbre.

Goldsmith, dans ses *Essais* et dans son *Citizen of the world*, raille les frayeurs qu'inspiraient les chiens enragés à la population de Londres. Gay aussi a fait un petit conte intitulé *le Chien enragé*.

Page 96. — Ranelagh (*Ranelagh song*). En 1742, une vaste rotonde et des jardins, destinés à des concerts et à des divertissements publics, avaient été établis à Chelsea, près de la Tamise extrémité ouest de Londres, dans l'enceinte d'une ancienne résidence de lord Ranelagh, ministre de Charles II et payeur général de ses armées.

Les fêtes du Ranelagh eurent d'abord une vogue immense. Mais, avant l'époque de la publication du *Vicaire*, les soirées musicales avaient commencé à dégénérer en réunions de débauche qui firent disparaître la bonne compagnie.

En 1803, le Ranelagh ne servait plus qu'à des fêtes accidentelles. Il a été rasé en 1809.

Page 97. — La vieille Angleterre (*Old England*). Expression de tendresse et de respect, par laquelle les Anglais aimaient autrefois à désigner leur pays ; faussée par les discussions politiques, elle n'est plus aujourd'hui qu'une sorte de mot d'ordre pour la défense des vieux abus et des vices du système social de l'Angleterre.

Page 103. — Ce voyageur n'était autre que le libraire du cimetière Saint-Paul (*St. Paul's church yard*). La cathédrale de Saint-Paul, dans la Cité de Londres, est entourée d'un cimetière que ferme une magnifique balustrade en fer. Des boutiques sont établies sur les quatre faces de la place au milieu de laquelle s'élève l'église. Les libraires occupent plus particulièrement celle qui porte le nom de *Pater noster row*.

Page 104. — Le public ne songe pas à tout cela, etc, etc. (*The public think nothing... of character*). « ... Chaque soir, à Hay-Market (1757), le ministère était tourné en ridicule. Le spirituel et ingénieux Fielding, convaincu du peu de goût que le public avait pour les pièces de caractère, n'était que trop disposé à le satisfaire, en lui offrant des drames scandaleux, tels que ceux ue l'on nommait *pasquinades*... » (Goldsmith, *Histoire d'Angleterre*, Georges II.)

Page 105. — *Monitor, Auditor*, etc. Le Moniteur, l'Auditeur, la Quotidienne, le Public, le Grand-livre, la Chronique, le Journal du soir de Londres, le Journal du soir de White-hall.

Goldsmith avait travaillé au *Ledger* dans lequel furent d'abord insérées les *Lettres d'un philosophe chinois résidant à Londres*, réunies, vers 1762, sous le titre *Citizen of the world*, en deux volumes qui eurent un très-grand succès.

Page 107. — Privilége des Bretons (*Briton's boast*). Voir la dernière note de cette page.

Page 108. — Les *Niveleurs* (*Levellers*), « secte nouvelle née au sein de la grande secte des *Indépendants*, ne reconnaissaient aucune subordination et prétendaient qu'ils ne devaient avoir d'autre ministre, d'autre souverain, d'autre général que le Christ; que tous les hommes étaient égaux; que tous les rangs, tous les grades devaient l'être également, et qu'un partage exact des biens devait être fait par le gouvernement... » (Goldsmith, *Histoire d'Angleterre*, Charles Ier.)

Page 109. — Monde cartésien (*Cartesian system*). « On peut penser que Dieu a divisé toute la matière... en un très-grand nombre de petites parties qu'il a unies, non-seulement chacune autour de son centre, mais aussi toutes ensemble autour *d'autres* centres... en sorte qu'elles ont composé autant de différents tourbillons (je me servirai dorénavant de ce mot pour signifier toute la matière qui tourne ainsi en rond autour de chacun de ces centres) aussi nombreux qu'il y a maintenant d'astres dans le monde. » (Descartes, *Principes de la philosophie*, 3e partie, 46.)

Page 111. — La sainte monarchie (*Sacred monarchy*). Toutes les questions, effleurées dans le petit discours du *Vicaire*, étaient vivement agitées par la presse à l'avénement de Georges III. Goldsmith, dans son *Histoire d'Angleterre*, insiste fréquemment sur l'excellence du gouvernement monarchique, sur les inconvénients du gouvernement républicain, sur la nécessité de renforcer en Angleterre le pouvoir royal ébranlé par les luttes politiques, sur le danger des grandes fortunes, sur l'oppression des classes inférieures.

Même page. — Les mots de liberté... de Bretons (*The sounds of liberty... Britons*, etc.). Allusion au célèbre procès de la feuille de Wilkes, *The North briton*, déclarée, en 1764, libelle séditieux, et condamnée par le parlement à être brûlée en place publique.

Le vœu de Goldsmith ne devait pas se réaliser: Wilkes, expulsé de la chambre des communes et banni du royaume, était, en 1769, l'objet de nouveaux troubles et de nouveaux scandales.

Page 111. — Madame. Cette appellation peut s'adresser à la fois aux femmes mariées et non mariées ; seulement elle s'emploie absolument, c'est-à-dire sans désignation de nom ou prénom. Quand on décline le nom ou le prénom, on les fait précéder, pour les femmes mariées, du mot de *milady* ou *mistriss*, suivant le rang ; pour les femmes non mariées, du mot *miss*.

Page 112.— Gentlemen de province (*Country gentlemen*). En 1712, Addison écrivait dans le *Spectateur* : « ... Il faut pardonner à nos *Squires* de province toutes leurs bévues, parce qu'ils vivent dans la plus complète ignorance, et qu'ils ne distinguent pas, comme on dit vulgairement, leur main droite d'avec leur main gauche... »

Page 113.—*La Belle pénitente* (*The fair penitent*) , tragédie de Nicolas Rowe, jouée, pour la première fois, à Londres, en 1703. Colardeau l'a imitée dans sa tragédie de *Caliste*, représentée à Paris, en 1760.

Page 116.— Monsieur (*Sir*). On a cru devoir conserver quelquefois, dans la traduction, le mot de *monsieur* qui accuse plus fidèlement la sévérité des habitudes anglaises, la répugnance des Anglais pour ce *laisser-aller qui*, comme dit le *Vicaire, finit par détruire l'affection.*

Même page. — Maison d'éducation (*Boarding school*). Goldsmith, dans ses *Essais*, s'exprime en termes plus amers encore sur les pensions de son temps : « ... A-t-on fait faillite dans le commerce ? On ouvre une pension, et, faute d'autre commerce, on fait celui-là. On m'a cité des bouchers, des barbiers devenus maîtres de pension, et qui, — chose plus étonnante ! — ont fait fortune dans leur nouvel état... »

Même page. — Newgate. La principale prison de Londres, celle où sont enfermés les grands criminels de la Cité et du comté de Middlesex, bâtie près d'une des portes de l'épaisse muraille qui fermait autrefois la Cité. Elle servait déjà de prison d'État en 1218.

Page 117. — *Antiqua mater* de *Grub-street*. A Rome, on désignait par le nom d'*antiqua mater*, Cybèle, la mère des dieux, la déesse de la Terre, la nourrice du genre humain.

Grub-street, ancienne rue de la Cité, était, au temps de Goldsmith, le quartier des gens de lettres, journalistes, publicistes, etc. « .... Il y a quelques années, dit-il dans ses *Essais*, la pêche du hareng occupait tout *Grub-street* : c'était le thème de tous les cafés, le sujet de toutes les ballades ; nous allions pêcher des océans d'or... A présent, il n'en est plus question... »

Page 118. — Gentilhomme (*Nobleman*). Johnson définit le *nobleman*, l'homme noble (*ennobled*) proprement dit. — Le *gentleman* est l'homme de bonne famille (*homo gentilis*) non noble, l'homme au-dessus du vulgaire par son caractère ou sa position. Dans l'usage habituel, la qualification de *gentleman* se donne à tout venant.

Page 119. — *Philautos , Philalètes , Philelentheros , Philanthropos.* L'Ami de lui-même, l'Ami de la vérité, l'Ami de la liberté, l'Ami des hommes.

Page 120. — Le parc de St-James. *St-James's park.* Grand parc de Londres, dans le *West end*, près de la résidence des rois d'Angleterre, créé par Henri VIII, ouvert au public vers la fin du règne de Charles II.

Page 124. — *M. Crispe.* Célèbre recruteur.

Même page — Indiens Chickasaw (*Chicasaw Indians*). Les Chickasaws (Tchikkasahs) forment encore une nation assez nombreuse dans la partie septentrionale du Mississipi. Au commencement du dix-huitième siècle ils dominaient dans cette partie de l'Amérique du nord. (Balby, *Abrégé de géographie.*)

Page 126. — Comme le panier de pain d'Esope (*Esop and his basket*). « ... Ésope prit le panier au pain ; c'était le fardeau le plus pesant. Chacun crut qu'il l'avait pris par bêtise ; mais, dès la dînée, le panier fut entamé et le Phrygien déchargé d'autant. Ainsi le soir, et de même le lendemain ; de façon que, au bout de deux jours, il marchait à vide. Le bon sens et le raisonnement du personnage furent admirés... » (*Vie d'Esope*, traduite par la Fontaine.)

Même page. — Florins. Le florin ou *gulden* de Hollande valait autrefois 2 fr. 50 c.; il se divisait en 20 *stivers*.

Page 127. — Pierre Pérugin. (*Pietro Perugino*). Né à Citta del pleve, en 1446, mort, dans cette même ville, en 1724 ; élève d'André Verocchio, maître de Raphaël et chef de l'école romaine. Il avait longtemps habité Pérouse.

Page 132. — Brevet d'enseigne (*Ensign's commission*). L'enseigne, dans les armées de terre anglaises, est l'officier chargé de porter le drapeau. C'est le premier grade après celui de cadet ou volontaire, le plus bas des grades à brevet, immédiatement avant la lieutenance.

Page 155. — Lord Falkland. Lucius Cary, vicomte de Falkland, né en 1610, à Durford, comté d'Oxford, gentilhomme de la chambre de Charles Ier, en 1633 ; membre, en 1640, du parlement qui condamna Strafford, secrétaire d'État de Charles Ier, en 1642, tué le 20 septembre 1643, à la sanglante bataille de Newbury.

Page 135. — La couleur de son argent. Littéralement, *la croix de son argent* (*Cross of her money*). Les vieilles monnaies d'Angleterre, comme celles de France, portaient une croix.

Page 144.— La vue d'un pêcheur repentant (*A repentant sinner*). Évangile selon saint Matthieu, chap. 18, vers. 12 ; selon saint Luc, chap. 15, vers. 7.

Page 157. —Shérif (*Sheriff*). Le principal conservateur de la paix dans le comté qu'il habite.

Page 159. — Otez-nous le monde, pourvu que vous nous donniez un ami (*Ton kosmon aire*, etc.)

Page 178. — Une chaise de poste à deux chevaux. (*Post chaise and pair*).

Page 183.—J'ai envoyé un cartel... «... En Angleterre, les lois militaires punissent la *provocation* sans s'occuper des suites du combat qui peut en être ou en avoir été la conséquence... Mais les effets et les suites du combat sont réglés *jure communi* selon la déclaration du jury. Ce fut le célèbre Bacon, alors attorney général, qui fit prévaloir cette doctrine.

« ... Dans le *duel convenu*, dit Blackstone, les deux adversaires se rencontrent, au lieu du rendez-vous, avec l'intention avouée de commettre un homicide, dans l'idée qu'ils agissent comme le doivent des gens d'honneur, et qu'ils ont le droit de jouer leur propre vie et celle de leur semblable, sans y être autorisés par aucune puissance divine ou humaine, en offensant, au contraire, directement les lois de l'homme et de Dieu. Aussi la loi a-t-elle, avec justice, déclaré les duellistes coupables de meurtres, et punissables comme tels, ainsi que leurs seconds... » (Dupin, *Réquisitoire du 22 juin 1837*.)

Au temps de Goldsmith, la loi sur le meurtre (statut de Jacques Ier, 1604) avait été plusieurs fois rigoureusement appliquée au duel. Plusieurs fois l'*impious practice of duelling* avait été l'objet de sévères censures dans les deux chambres du parlement. Un bill spécial, pour sa répression, avait même été adopté, en 1725, par la chambre des communes ; mais les lords ne l'avaient pas admis.

Page 186.—Le fondateur de notre religion, etc. Évangile selon saint Matthieu, chapitre 5, vers. 4 ; chap. 11, vers. 28 ; selon saint Marc, chap. 10, vers. 21; selon saint Luc, chap. 4, vers. 40; chap. 10, vers. 37; chap. 14, vers. 13.

Même page. — Du pauvre de la parabole (*Poor man in the parable*). La parabole du Lazare. Évangile selon saint Luc, chap. 16, vers. 20.

Page 187. — Laissons le philosophe sur sa molle couche (*Philosopher from his couch*). Allusion au mot célèbre de Possidonius, dans un violent accès de goutte :

30

« Tu as beau faire, douleur ! quelque vive que tu puisses être, je n'avouerai jamais que tu sois un mal. » Le stoïcien avait reçu, dans son lit, la visite de Pompée, et il faisait à ses élèves, en présence de son illustre visiteur, une leçon de philosophie que la goutte le força d'interrompre par cette exclamation.

Page 194.— C'est le juste aux prises, etc. (*A good man struggling*, etc...). *Ecce par Deo dignum, vir bonus fortis cum mala fortuna compositus.* (Seneca, *de Providentia.*)

Page 197. — Juge de paix (*Commission of peace*). Commission royale qui confère aux hommes marquants des comtés le soin de veiller au maintien de la paix dans les districts qu'ils habitent.

Page 201. — *Tyburn*. Place où se faisaient autrefois les exécutions ; aujourd'hui, une barrière (*Tyburn's turnpike*) à l'extrémité d'*Oxford street* (*West end*), au nord de Hyde-Park.

Page 209. — Liard (*Stiver*). Voir la 7ᵉ note de la page 232.

Page 215. — Chercher les autorisations (... *Licences*). Ce sont les bans ; on s'en procure très-facilement avec de l'argent ; ce sont les paroisses qui les délivrent, et les formalités à remplir sont à peu près nulles.

Page 217. Donner du cor (*French horn*). Littéralement, le *cor français*, le cor d'orchestre.

FIN DES NOTES.

TABLE.

TABLE

FIN DE LA TABLE.

AVIS AU RELIEUR POUR LE PLACEMENT DES VIGNETTES.